北京九美

楚建锋 著

朝華出版社
BLOSSOM PRESS

图书在版编目（CIP）数据

北京九美 / 楚建锋著. -- 北京：朝华出版社，2025.7. -- ISBN 978-7-5054-5615-0

Ⅰ. I267

中国国家版本馆CIP数据核字第2025WP0762号

北京九美

作　　者	楚建锋
选题策划	蒯　燕
责任编辑	卞慧芹
责任印制	陆竞赢　昝　坤
装帧设计	悟阅文化

出版发行	朝华出版社		
社　　址	北京市西城区百万庄大街24号	邮政编码	100037
订购电话	(010) 68995509		
联系版权	zhbq@cicg.org.cn		
网　　址	http://zhcb.cicg.org.cn		
印　　刷	四川省东和印务有限责任公司		
经　　销	全国新华书店		
开　　本	880mm×1230mm　1/32	字　　数	222千字
印　　张	9		
版　　次	2025年7月第1版　2025年7月第1次印刷		
装　　别	平		
书　　号	ISBN 978-7-5054-5615-0		
定　　价	56.00元		

版权所有　翻印必究·印装有误　负责调换

采撷大美　评点古今

——楚建锋散文集《北京九美》序

赵德润

2024年7月27日，联合国教科文组织第46届世界遗产大会在印度首都新德里举行，我国申报的"北京中轴线——中国理想都城秩序的杰作"被正式列入《世界遗产名录》。如今，著名作家楚建锋的历史文化散文集《北京九美》由朝华出版社正式出版，书中第一美，恰好写的就是无与伦比的北京中轴线。

九，在中华传统文化中是最大的阳数和吉利数字。古代天下九州，天子九鼎，老北京九城门。北京有3000多年建城史、800多载建都史，人杰地灵，代有华章。历史从苍茫大地选中北京为都，使得这座城市在漫长的历史进程中，以其独特的地理、政治、经济、文化等优势，形成了纵贯古今、宏大幽远、精彩绝伦的宫廷、园林、士大夫、市井、商业、军事、宗教等多元历史文化。北京文化可谓博大精深、源远流长。

北京是中华文化灿烂星河中"众星共之"的"北斗星"，是世界文化中独具特色的参天大树。把大美北京、万象北京归纳为"九美"，足见其厚积薄发，于万千美妙中选取大美神奇之风采。

建锋是我在新华社工作时的朋友，他谦虚好学、笔耕不辍，给我留下深刻印象。这本散文集中的大部分作品我在《中国艺术报》《文艺报》《北京晚报》和新华网、光明网等媒体读到过，尤其是《北京青年报》独辟专栏，每周一篇，每每让我期待，读后则回味无穷。

如何用美的视觉去发掘、展现、传承好博大精深的北京文化呢？哲学求真，道德求善，而表达我们情绪深境和实现人格和谐的是美，是文化中的艺术之美。因而，走入燕京大地，走入书中的古都"九美"，你就来到了古老和现代的北京，在天地呼应间，看尽古城的深邃与繁华！

"北京九美"，正是作者立足于大美北京70多万年的历史源流、3000多年的历史兴衰、800多年的都城春秋，扎根于脚下这片土地，在"推己及物"中"万景入心"，畅怀于北京6处历史文化地标、世界文化遗产——长城、大运河、故宫、颐和园、天坛、中轴线，以及久负盛名的永定河、"双奥"和妙造自然的"万象北京"历史景观、新时代坐标、文化现象，从9个维度，用65节把北京的物态之美、历史之美、人文之美等展现讴歌，"仰观吐曜，俯察含章"。不同凡响的美学眼光、哲学思辨和文学笔触，让北京文化有了人文关怀的精神内涵、欣欣向荣的宇宙气象。其自然之美、充实之美和生命情调，焕发出北京文化的历史纹理、哲学境界、艺术妙悟的光彩。

走入"北京九美"，你会在不知不觉间为作者深邃、精微的美学观察所折服。首先映入眼帘的是"第一美"——北京心脏的中轴线的中正和谐之美：融汇天地之正气，把握万象之规律，缔造出鬼斧神工、吐纳天地精华的灵境之作。接着，你会因穷元妙意的"第二美"京杭大运河的上善若水、璀璨夺目，古都生命之源、流动的灵魂与万象之根的叙事而情不自禁。到了"第三美"，作者笔下的北京生命之河、母亲之河永定河，有了天地之镜、万物之景的神幻妙境——清澈之水，映照出燕京大地沧桑岁月、一统华夏、盛世文明的煌煌之美。

留恋在"第四美"旷世绝美的故宫，你会在不经意间升腾出哀婉的精神之美——"一座城，是一方水土、一地风情、一域文化。一座城的地标，孕育的是一邦民族气象，成长的是一域独特文明，象征的是一国之气节和政治、经济、文化、科技等的兴替演进"。美妙的文字和扣人心弦的历史捭阖，让你在13个横断面中走入不一样的紫禁城。

"了然云霞气，照见天地心。"作者在"天光云影"中把"宛如天开"的北京之江南——颐和园的宫廷、前山前湖、后山后湖，用笔下的15个故事和历史脉络，把"第五美"打造得浑然一体、美不胜收。翻开"第六美"的长城，作者笔下是古人深谙"天人合一"中"最美的君子品格、厚德示范，是古人高超的'通天彻地'智慧的结晶"，是中华民族厚德载物之意象，是中华民族卓然意志之妙境，是中华文明宏阔高远之底色。

站在"第七美"天坛公园的圜丘——明清皇帝们祭天的坛上，作者带你在文字海洋里妙悟古人仰天察地中与天对话。恭立于坛上祭天，在"天人感应"中，你会莫名地为脚下的土地所感染、所折服，对其有所敬畏。神情超迈、风流万里的"第八美"——"双奥之美"，作者从中华之美、充盈之德、物象之大美，到风尚漫京城、绿色生活万物醇，把美轮美奂的全球首个"双奥之城""真正无与伦比"的百年一梦，描绘得动人心魄、美不胜收。

进入"第九美"万象北京，你会为书中"人在画中，画在人中""大美的风尚画卷""由美入真"的京味儿，"京派熠熠"的艺术奇观，匠心"都韵"的文化创新，北京风格的光影真宰而

3

倾倒，越发觉得景物灿然、万物化醇、尽得其妙。

一个伟大民族想要实现复兴，必然要回望自己的历史。历史文化散文的写作，贵在"以铜为镜""择其善者而从之"。评点古今，既需要深厚的史学功底，又少不了"从善如流"的历史担当。唯有如此，才能在过往的历史中找到当代中国人的精神世界，涵养中国人的精神力量。"北京九美"正是在思考这些问题后形成的优秀作品。作者不但把信手拈来的史学知识运用于大美北京的昨天和今天，更让这些散发着灿烂民族魂魄的北京文化，昭示出伟大首都的辉煌愿景，在北京"四个中心"之一的"文化中心"建设中，释放出历久弥新的文化张力。

到此掩卷一想，在北京历史文化书写中，本书堪称别开生面的上乘之作。我愿把这本散文集介绍给更多的朋友。

2024年8月于怀德堂

（作者系中央文史研究馆馆员、光明日报社原副总编辑）

目录
CONTENTS

001　　第一章　情驰中轴

　　　　003　　点画有神机
　　　　005　　心远地自偏
　　　　007　　灵境意无穷
　　　　009　　登峰摄心魄
　　　　011　　时代有真谛

013　　第二章　上善运河

　　　　015　　运河开"都韵"
　　　　018　　泽物以利民
　　　　023　　大哉赋风骨
　　　　027　　至善光明生

031　　第三章　灵动永定

　　　　033　　一渠开燕京
　　　　036　　文明出永定
　　　　039　　一水滋都城
　　　　043　　粼粼华夏兴
　　　　049　　纷呈文明长

1

055　　第四章　旷世故宫

　　　　057　凄美而绝伦
　　　　060　一统出紫禁
　　　　064　建非常之功
　　　　067　究天人之际
　　　　070　皇权的图腾
　　　　078　大美成永恒
　　　　084　巍峨几度春
　　　　091　匠多集大成
　　　　096　24皇明月夜
　　　　103　瓦砾多冤魂
　　　　114　蓬荜万古明
　　　　122　文明精气神
　　　　132　余晖烁古今

137　　第五章　颐和春秋

　　　　139　宛若天开
　　　　141　七里成泊
　　　　144　湖水接天
　　　　148　大明西湖
　　　　151　妩媚瓮山
　　　　154　好山有园
　　　　157　清漪成园
　　　　160　昆明湖阔

163　园中玄机
167　过眼学堂
170　浴火重生
173　颐和惊魂
178　水木幽梦
182　传世长廊
185　童话千秋

189　第六章　长城绝唱

191　厚德载华夏
194　灿然有气韵
197　大略成巨制
201　宏阔见文明

205　第七章　天坛秋思

207　心有敬畏
209　受命于天
212　皇天后土
215　天圆地方
218　无往不复
221　抟虚成实
223　信可乐也
226　威仪神圣

229	第八章	美美"双奥"

     231 中华美之美

     234 充盈之德美

     236 物象之大美

     241 风尚漫京城

     243 绿色万物醇

247	第九章	万象北京

     249 妙造自然

     252 人心大美

     255 由美入真

     258 京派熠熠

     261 匠心"都韵"

     264 光影真宰

270 后记

第一章

情驰中轴

唐代张怀瓘在《书议》中评王羲之书法造诣云："情驰神纵，超逸优游。"艺术感悟，只有深入肺腑，才能惊心动魄；只有意趣超拔，才能深入妙境、展示个性，营造出生机无限、一往情深之妙境。

煌煌古城，流动在城市心脏的中轴线，是中国儒释道精神高度融通并完美运用于城市建设的集中体现，是点画自如、天马行空、幽深灵境、登峰造极，始终让人情驰神纵、魂牵梦萦的都市灵魂。

点画有神机

中国古人已认识到，天有轴，地有轴，人有轴。天轴，是宇宙的中枢；地轴，是贯穿大地南北的中轴线；人轴，是影响人生命运转折的任督二脉之经络通道。

中轴对称的规划布局，在一些西方国家的建筑规划中也有体现，但赋予中轴线深刻哲学内涵的，是中国。

这源于中华民族悠久的历史文化。可以说，中轴线文化是与华夏文化共生共荣的最高表现形式。

孔子曰："立于礼""不知礼，无以立也。"儒家经典《中庸》曰："致中和，天地位焉，万物育焉。"老子曰："道法自然。"

这些哲学思想告诉我们，和谐与秩序，是事物"立"的基础、"位"的基础、"道"的基础，也是美的追求。

城市犹如一座巍峨的建筑，星罗棋布的点、线布局，只有在井然有序的秩序中和谐共生，才能实现千形万象统于一城而融为一体，达到生动、壮美的艺术效果，才能构成城市的美，产生建筑美学的生命镜像。

中国人自古向往天人合一，盼望得到天地的力量以达到和谐之美。据此，古代中国发明了一整套从环境、生理、心理等方面对人进行调节的方法，力求使人与自然万物协调共生。

这一方法，就是风水学，也叫堪舆学、地理学，即堪舆风（空气)、水(水文水质)、地(地形地质)、理(研究分析原理)。

自古以来,中国的建筑就以"生气"为风水的核心。晋代儒道大家、风水鼻祖郭璞说:"气乘风则散,界水则止。"藏风聚气,择山伴日,沾染天地之灵气的地方就是风水宝地。

百尺是形,千尺是势。势从天上降,形在地上成。势与形,成生气。"气"顺畅活泼,就能充满生机活力。都城选址,主要就是看都邑的形与势。

北京,是形与势兼备、天造地设的风水宝地。宋代理学大师朱熹就曾指出:"冀都是正天地中间,好个风水。"在风水宝地上建设都城,更讲究建筑的形与势、点与线间的和谐共生。

开大都建设之端倪的元朝开国功勋、丞相刘秉忠,学兼三教,尤精儒道,在规划设计时"立于"《周礼》的古制,创四方城门与纵横街道形成"左祖右社,前朝后市"的"位"之势;遵循中国儒学"不偏之谓中,不易之谓庸。中者,天下之正道。庸者,天下之定理"的"道"的理念,在城内,以一条贯通城市南北、主要建筑对称坐落其上的中轴线为控制线,建造宫室和城市,打造都城之形。这种设计既鲜明突出了九重宫阙的位置,显示出"天地之中"的布局,也体现了几千年来中国传统的"中心"思想。

与此同时,它不但包含着儒家"中庸之道"中的中正、稳定、和谐的理念,而且点化出中华儿女的人生哲理——不偏不倚、无过无不及的处世之道。

这些都是大一统思想在古代都城布局中的体现,营造出浩大的气势,成为整座城市的脊梁和灵魂,真可谓"若伏若连,其原自天,若水之波,若马之驰,其来若奔……若万乘之尊也"。

心远地自偏

《道德经》云:"无,名天地之始;有,名万物之母。"万物皆空,其景、其形、其势,皆为人类所造、所创。人类在观其微、观其妙、观其玄中,发现其规律和特性,故而从思想上把握世界。

这就是思想之天马,驰骋于宇宙天地间,把美的微观变为宏观,变为盛景,形成宇宙天地间的万象大美。

这种美,体现在中国传统书法、绘画、音乐、舞蹈等艺术中,更体现在建筑美学中。

北京的中轴线之美,就是这种美的景象之一。如均衡、比例、对称、层次、节奏等,均在约8千米的南北线上展现。其美,既如行云流水,让人情驰神纵,又似行空天马,让人意游万里。正如东晋陶渊明诗云:"结庐在人境,而无车马喧。问君何能尔,心远地自偏。"

人是万物之主。宇宙天地间,最美不过人。中华民族的祖先敬畏天地、敬畏自然,认为人是宇宙和大自然的缩影。

后人因此将人体的各个部位与宇宙相对应,将人身的"黄金分割"视为上天所赐,并将其视为一种审美法则,推广到艺术创作中。如《山水论》中的"丈山尺树,寸马分人"讲了山水画中山、树、马、人的大致比例,其实也是根据黄金分割理论而来的。

美是共通的。资料显示，早在公元前6世纪，古希腊数学家毕达哥拉斯就发现了在"黄金分割"状态下存在一种和谐的美。后来，古希腊哲学家、美学家柏拉图正式将此称为"黄金分割"，后来人们视之为体现美的最佳比例。

中轴线的大美，就在于按人的线、段比例的审美标准进行"黄金分割"而成的点、线布局，使空间与空间、线段与线段之间协调、美观而有韵致。

比如，人身的"黄金分割点"在肚脐处。人如果把手脚张开，呈仰卧姿势，然后以肚脐为中心，用圆规画出一个圆，那么，手指和脚趾就会与圆周接触。这样，不仅可以在人体中画出圆形，而且可以画出方形。

如果由脚底量到头顶，并把这一量度移到张开的两手之间，我们就会发现高和宽相等，恰似在平面上用直尺确定方形。

这种天工妙造的方圆之美、和谐之美，是"神意"下的自然之美，是"天机"，更是天赐的万象美之定律。

反之，如果人的肢体过长、过短，就会比例失调，失去美感，失去上天赐予的自然之美感。

所以，元大都、明北京城、清都城，在规划之初，就确定好了"黄金分割点"（元、明在乾清宫，清在大前门）。

在"黄金分割"之下，贯穿全城，全长约8千米，连着四重城（外城、内城、皇城和紫禁城），其南至外城永定门，经内城正阳门、中华门、天安门、端门、午门、太和殿、中和殿、保和殿、乾清宫、坤宁宫、神武门，越过万岁山万春亭、寿皇殿、鼓楼，直抵钟楼中心点的中轴线，比例无不体现在主要部位，在对称、起伏、开合上协调、美妙，显得健硕而充满美感——似人的肌体般雄壮、和谐而美如处子。

灵境意无穷

庄子在《逍遥游》中云："乘天地之正，而御六气之辩，以游无穷。"庄子告诉我们，只有遵循宇宙万物之规律，把握天地间六气之变化，才能遨游于无穷无尽之境域。

中轴线的深境之美，在于融天地之正气，把握万象之规律，缔造出鬼斧神工、吐纳宇宙之精华的灵境之作。

"天人合一"是人与自然和谐相处的宇宙大美，与老子的"甘其食，美其服，安其居，乐其俗"的哲学思想有相同之意。

究其根，天、地、人之间，也是有中轴相通的。

"人法地，地法天，天法道，道法自然。"敬畏天地、敬畏自然，是人与天地、自然和谐共生的道家思想。

从"夸父逐日"的神话，到契丹、女真的"拜日为神"，古人有"面向东方"和"面向南方"的精神崇拜。故而，中轴线的方向都是面向南方，就有了"迎接"太阳、承接"天命"的"法天"之意。

中轴线，寄托着人对天的崇拜和信仰。在古代，最高统治者被称为"天子"，即天的儿子，被认为是与天相通的。

古代以"子"为正北，以"午"为正南。地质学家用经线和纬线确定在地球上的方位，经线是在地面上连接南北两极的线，表示南北方向，所以经线又叫作"子午线"。

皇宫建在中轴线上，意指帝王承接"天意"和"天命"，体现"君权神授"的使命,又是天地相通,天人感应,天、地、人和谐共生的"灵线"会意。

北京的中轴线北起钟楼北街的"丁字路口",南至永定门,体现了北京城"面向南方"承接"天命",以达"永定"之"天意"。

南面而治,显示帝王权威,城市南边多为政府机构与朝堂宫殿。北段,来自各地的市井小民、文人商贾在中轴线的钟鼓楼及周边的商业街市云集。大部分平民百姓住在外城,这个区域汇聚了大量行会会馆和地方会馆,形成了繁华的商业区。

子曰:"为政以德,譬如北辰,居其所而众星共之。"因此,"敬天保民"是北京中轴线体现儒家思想、实现"天人合一"的又一表达方式。

在这一思想的指导下,中轴线的"左祖右社",既有"天子""替天行道"的统治与秩序功能,又有地上建筑物"前朝后市"的社会功能,巧妙地把中轴线的"天人合一"理念融于美学之中。

中轴线由永定门进入城内,一路上,皇家祭祀皇天的天坛、祭拜祖宗的太庙与护佑江山社稷的先农坛、社稷坛分列中轴线的东西两侧。一边象征敬天法祖,另一边寄寓国泰民安;一边是对往昔的崇敬,另一边是对未来的期盼。

"国之大事,在祀与戎。"有了"左祖右社",明清时期,国家最重要的礼乐活动在北京的坛庙举办。

500年间,王朝统治者在天坛祭天,在先农坛、社稷坛祈求五谷丰登、社稷安定,不敢有丝毫懈怠。

人道与天道同合,人德与天德同化,金朝的"应天门"、元朝的"崇天门"、明朝的"承天门"、清朝的"天安门"以及

"替天行道"的天坛、天桥、天宫……无不体现着应天、承天、替天的"天人合一"的文化内涵。

登峰摄心魄

建筑的美,也是音乐的美。古今中外,音乐都是直击心灵、动人心魄、超越国界和种族的。

歌德说:"建筑是凝固的音乐。"音乐理论家姆尼兹·豪普德曼说:"音乐是流动的建筑。"艺术是相通的,都追求和谐、对称、均衡之美,只不过音乐是在时间上展开变化,而建筑是在空间上流动。

《礼记·乐记》云:"感于物而动,故形于声。声相应,故生变,变成方,谓之音。比音而乐之,及干戚羽旄,谓之乐。"就是说,音乐是"声相应"的节奏,变成"方"的旋律,和声"比音"而乐之。这些构成了音乐的要素。

音乐是用节奏、旋律、和声传递美的感受的,建筑是用比例、均衡、节奏来美化空间景象的。

北京中轴线的盛景,离不开音乐美学的熏陶、传导。

至元八年(1271年),忽必烈建国号大元。此时,音乐生活最大的变化是以市民为中心的音乐大盛。元曲、杂剧、教坊大乐、十八律等盛行。明清时期,音乐活动繁荣发展。这一时期说唱的弹词、鼓词、牌子曲,戏曲的昆曲、京剧,器乐的《弦索十三套》等广为流传。

音乐的发展，在元明清大都、皇都的建筑上，尤其是在布局谋篇上得到了具体、形象的展现。最典型的代表就是中轴线的盛景。

和声中的行线美。元代刘秉忠规划的思路是：一原点（青山，即景山）、一轴线（中轴线）、两个中心（以青山为中轴线的中心点、以鼓楼为中心台）、五重城（宫城、夹垣、禁垣、皇城、大城），把元朝的教坊大乐、十八律等合奏音乐审美尽化其中。

明朝北京中轴线南北纵贯"六重城"，在约8千米的中轴线上，规划有山、水、宫、殿、门、阙、楼、台、亭、阁、桥、苑、廊、广场等空间，把明代音乐和声中的弹词、昆曲、《弦索十三套》等在中轴线的建筑上完美体现。

此可谓气吞山河，充分把音乐的形式与内容高度统一于建筑，缔造出点线交错、明暗、凹凸有序，有宇宙空间的深远、煌煌的国都大美。

节奏中的艺韵美。中轴线的空间规划与建筑群组的分布开合有度，既充分体现出庙堂、市井的有序分布，又体现出"庄"与"严"、"雅"与"颂"、"风"与"俗"的音乐节奏的高度、宽度、深度、旋律等，把元明清的音乐盛景传神地表达出来，传递出建筑的艺术神韵。

旋律中的姿态美。中轴线的10个不同区域和15个建筑群内，规划有42座建筑和16个广场。不同建筑的高度不同，与广场形成高低起伏、错落有致的布局。在把握节奏的基础上，中轴线旋律线的应用恰如其分，充分展现出其立体的、静态的韵律之美。

时代有真谛

一个时代有一个时代的文化取向和审美趣味。

中轴线绵延700年至今，在不同时代都能有蓬勃的生命力，一个重要原因，就在于各个时代都在不断为中轴线注入新的活力。这才是文化遗产"传承"和"保护"的真谛。

1949年10月1日，天安门广场吸引了全世界的目光。这一天，天安门广场举行开国大典，宣告中华人民共和国成立。此后，纪念近代以来中国人民不屈奋斗经历的人民英雄纪念碑在天安门广场上奠基。再后来，毛主席纪念堂静静地矗立在中轴线上。

中华人民共和国成立后修建的国家博物馆与人民大会堂，延续了"左祖右社"式的空间布局。位于天安门广场东侧的国家博物馆、天安门广场西侧的人民大会堂，一次次庄严地聆听时代的声音。

如今，北京中轴线有了新的起点。据媒体报道，北京的中轴线将向南北两侧延伸，连接北起奥林匹克公园、南至南五环外的广阔地区，北京传统的中轴线将大大延长，并按地域分成"时代轴线""历史轴线""未来轴线"3段。

"时代轴线"在北中轴，由体育文化城、都市社区两部分组成。"历史轴线"在传统中轴，有民俗展览馆、文化纪念中心、民俗大观园、皇家祭祀文化与民间艺术博物馆等。"未来轴

线"在南中轴,有现代商业圈、文化小镇、田园社区、科学文化城等。

2011年6月11日,北京中轴线申遗文物工程正式启动。同时,北京市还启动了中轴线文物保护工程。此后,确定了永定门、先农坛、天坛、正阳门及箭楼、毛主席纪念堂、人民英雄纪念碑、天安门广场、天安门、社稷坛、太庙、故宫、景山、鼓楼及钟楼等14处遗产点,确保到2035年实现申遗目标。

据媒体报道,2022年5月25日,北京市第十五届人民代表大会常务委员会第三十九次会议审议通过了《北京中轴线文化遗产保护条例》。2024年7月27日,联合国教科文组织第46届世界遗产大会通过决议,将"北京中轴线"列入《世界遗产名录》。

山水有真意,尽在不言中。令人魂牵梦萦的、素有"北京脊梁"美称的中轴线,在秉承"国之大者"的首都文化建设理念中,必将以更加夺目的光彩闪耀于世界建筑艺术之林。

第二章

上善运河

世界上很多伟大工程，往往都是天、地、人感应中人类高超领悟和不懈创造的产物，是探得天机，通透宇宙和天人感应、合和以德，造化于人类之意匠。

老子曰："上善若水。水善利万物而不争，处众人之所恶，故几于道。"京杭大运河，就是京城千年光芒与乳汁滋养下的破虚空之大美，实在妙不可言！

在历史的长河中，大运河历经千年而愈发光芒万丈、璀璨夺目，成为古都的生命之源、流动的灵魂与万象之根、世界文化遗产。

大运河之美，穷元妙意，合神天机，正如上善之水。

运河开"都韵"

《道德经》第八章言及"上善若水",表达了老子的宇宙观、社会观、人类发展观。老子认为天下最崇高的德行应如水一样帮助万物生长,而不与万物相争,总是停留在卑下之处。

老子认为,道是万事万物发展变化之规律,是宇宙之根本,进而云:"道生之,德畜之,物形之,势成之。"就是说,"道"会生发万物而有"德","德"养育万物,使万物自立、成熟。

故而,孔子在川观东流之水,回答子贡"君子见大水必观焉,何也"之问,说:"夫水者,君子比德焉。遍予而无私,似德;所及者生,似仁;其流卑下,句倨皆循其理,似义;浅者流行,深者不测,似智;其赴百仞之谷不疑,似勇;绵弱而微达,似察;受恶不让,似包;蒙不清以入,鲜洁以出,似善化;至量必平,似正;盈不求概,似度;其万折必东,似意;是以君子见大水必观焉尔也。"

水,孕育了地球上的生命,与人类生活的关系最为密切。《管子》有云:"水者何也?万物之本原也,诸生之宗室也。"

水生民,民生文,文生万象。《周易》曰:"地势坤,君子以厚德载物。"京杭大运河,居善地而厚德载物,纵贯大半个中国。

京杭大运河始建于公元前486年吴王夫差开邗沟,距今已有

2500多年历史，是世界上开凿时间最长的运河。她孕育于春秋，贯通于隋朝，繁荣于唐宋，取直于元代，重整于明清，经历了漫长而曲折的历史变迁。邗沟开通后，从战国历经秦、汉、魏晋，一直到南北朝，各朝都开凿了一些运河，为大运河的最终建成奠定了基础。

7世纪初，隋炀帝先后下令开凿了从洛阳到淮河末口的通济渠和从洛阳到涿郡（今北京附近）的永济渠，并重开了邗沟，疏通了江南运河。这样，形成了一条以都城洛阳为中心，北至涿郡、南达余杭（今杭州），全长2000多千米的南北大运河，成为南北水运大动脉。

元朝建立，定都大都（今北京），先后开凿了会通河、济州河、通惠河等运河河段，完成了大运河的改造，形成了由北京直达杭州、纵贯南北的人工运河。改直后的大运河全长1794千米，跨越今北京、天津、河北、山东、江苏、浙江四省两市，大大促进了南北经济文化的交流和繁荣。

大运河是中国古代劳动人民创造的伟大奇迹，是中国唯一南北走向的水上运输大通道，支撑了北方的稳定和国家统一。

大运河居善地，是人类通过对自然的认知并在改造自然中创造的"得水而兴"的文明体现。建元大都后，北京日益成为全国政治、经济、文化中心，大运河是当时统治者紧紧抓住了漕运这一关乎王朝命脉的"咽喉"，顺"天意"而建立的历史功绩。

在北京成为首都之前，一部书、一道堰、一条运河都是单独出现的，后来，这三点关联起来，就形成了一条主线，即北京古代水利发展进程的主线——北京从北方军事重镇发展成全国首都的主线。这就是"天意"。

古代有一部书，传达出古老北京的"善地"之奇伟和必成王霸之地的地利之妙造。

幽燕，水之灵动、人之灵性。郦道元在《水经注》一书中，详细记载了流经幽燕之地的五大河流——拒马水、瀑水（永定河）、湿馀水（温榆河）、鲍丘水（潮河）、沽水（白河）的走势和支脉分流，以及流域内的自然景观和人文景观。

戾陵堰是三国时期魏国在湿水（今永定河）上修筑的引水工程，它开启了幽燕大地"因水而建，因水而兴"的水利进步之"天意"。它位于今北京石景山西麓，可灌溉农田百余万亩。时任镇北将军刘靖派军工开凿的车箱渠，下游利用古高梁河道，向东到潞县（在今通州）入鲍丘水。遇洪水时，堰顶可以溢流，平时可拦截河水入渠，设计合理，易于维修。此堰，促进了幽燕大地的农业灌溉和水运发展，把"莫尊于水"的"水德"思想应用于实践，从而开启了幽燕之地从华北平原上一个居民点向都城、皇城的演变。

到了隋代，一项重大水利工程把幽燕地区与中原紧紧联系在一起——隋为加强对辽东地区的控制，把通往洛阳与长安的大运河分出一支向北凿，一直到达涿郡。

这条大运河的开通，极大地提高了幽燕地区的水运能力，为北京最终发展成全国的政治和文化中心奠定了重要基础，更为北京成为全国的首都奠定了不可或缺的物质基础。

有了运河与漕运，涿郡具备了"兵马未动，粮草先行"的物质条件，就能于"运筹帷幄之中"执掌中枢于大都，就能纵横驰骋于天下。如果没有运河与漕运，涿郡就只能是北方重镇，而不可能逐渐发展成国之都城。

元世祖忽必烈正是深谙此"天意"，不但建都北京，改金中都为大都，而且在兴建都城时，放弃了历代相沿的旧址，将城市中心迁到了东北郊外的高梁河水系。之后，开凿了著名的通惠河，不但为大都开辟了前所未有的水源，而且南来的漕船也由通州溯流而上，直抵大都，推动了大都的经济迅猛发展，为元朝开辟近百年基业，通过"一河"而定大势。

梁启超在《中国地理大势论》中指出："自运河既通以后，而南北一统之基础，遂以大定。"这一脉水源，使"宝地"北京从此成为"善行天下"的京都、皇都、国都的"都韵"而绵延不绝，至千秋万代。

泽物以利民

水之德，善利万物而不争，不舍昼夜，流行万古而不已。故神鉴自明，为善以修，以利物济人为怀，达到天下大同、天下一家。

这高度体现出京杭大运河不争、不息、不已的本真之美。

水，是生命之本。人类从"穴居野处""采食经济"的原始生活，迈向"逐水而居"并"制土田，各因所生远近"的农耕生活，再迈向"美食佳肴"不断的近代，直到今天"小康社会"的现代物质生活，无不与水息息相关。

水，既创造了人类的物质生活，又提升了人类的文明程度。从"鲧作城""壅防百川""九年而水不息"，到"决江疏河""浚畎浍""功成水土"而"四奥既居"，再到开挖陂塘沟渠、建造堤堰闸坝的"以水就人"，直到如今"高峡出平湖""南水北调"，无不通过水提升人类用水、治水、管水的文明景象，可谓"上善水德"。

幽燕之水的起源、景象，《水经注》早有记载。

从流经幽燕之地的"拒马河"于战国时代作为灌溉水网之大德，到为秦国所垂涎而上演了"荆轲刺秦王"的"图穷匕见"，郦道元道出了人的欲望可以改变"水德含和"。再记"湿馀水"，导源关山，南流历故关下，山岫层深，晓禽暮兽，寒鸣相和，凸显自然美。又记述"瀔水"，秦始皇不满郡人王次仲变仓颉旧文为今隶书，奇而召之，三征而不至，始皇怒其不恭，令槛车送之，仲发于道，化为大鸟，翻飞而去，落二翮于斯山……描绘出幽燕人士不畏强权的人性美。

幽燕之水的水德，自古就传承了水的精神根脉，是京杭大运河水利、水文化发展的源头，是照亮幽燕文明和真善美的精神灯塔。

从7世纪起，隋炀帝开凿了从洛阳到涿郡的通济渠，形成北至涿郡、南达余杭（今杭州），全长2000多千米的南北大运河；到元朝进一步开凿会通河、通惠河，打通了北京至杭州的大运河，实现了京杭大运河的全线贯通；再到明清的完善与整治，京杭大运河不断泽及万物、繁荣经济、集聚人口、积淀市镇，在民族融合、国家一统中散发出水之大德光辉。

这是一条流动的财富之河、商贸之河。元定都大都，使政治中心与经济重心彻底分离——《元史·食货志》载："元都于燕，去江南极远，而百司庶府之繁，卫士编民之众，无不仰给于江南。"然而，京杭大运河的开通和海运航道的开辟，使江南经济重心与北方政治中心紧紧连接在一起，使原来的"关东之漕"与"江淮之漕"转变为"江南之漕"。

这改变了延续千年之久的以中原地区为中心的漕运体系，确立了以大都为中心的新漕运体系，进而奠定了明清两代的漕运体系。从此，作为南北唯一的水路运输大通道，大运河不仅是漕运之河，更是商运之河、民运之河。

如此，大运河如一条纽带，把五大流域的经济紧密联系在一起，将南方出产的丝绸、茶叶、糖、竹、木、漆、陶瓷等物资源源不断地运往北方，北方的松木、皮货、煤炭、杂品等也经运河源源不断地运往南方。

南北货物借助漕运，上下走集，销售各地，大大带动了运河沿岸贸易的繁荣，推动了一批沿河城镇的兴起，形成了一派繁荣景象。可以说，"天下大命，系此一河"，运河承载了整个王朝的命运。

这是一条促使人口大流动、大聚集之河。每年数以万计的漕船及商船、数百万石漕粮与商品，给运河沿岸带来了大量人气与无限商机，带来了人口大流动，催生出一批新兴聚集地。元代，大运河两端的北京、杭州是当时世界上著名的聚集地，也是世界经济贸易中心。

与此同时，通州、天津、临清、济宁等一批新兴运河聚集地相继崛起。明代诗人曹代萧有诗云："潞水东湾四十程，烟光无数紫云生。王孙驰马城边过，笑指红楼听玉筝。"此诗描写了潞河与永定河交汇处的张家湾美景。当时，张家湾既是京城东部第一大天然良港，又是繁华的市井小镇，所在地通州更成为"水陆要会"和"百货所聚"之地。

明清时期，大运河成为王朝的经济动脉。国内外市场不断开拓，商品经济日趋活跃，更将运河聚集地推向了繁荣发展的新阶段。

资料显示，当时全国著名的工商业发达地区有30多个，包括顺天（北京）、镇江、苏州、松江、淮安、常州、扬州、仪征、嘉兴、济宁、德州、临清等。尤其是天津，到了明代中期，四方物资云集，商品经济飞速发展，人口急剧增长，成为北方的商业重地。

临清，位于会通河与卫河交汇处，为南北交通第一要津，在此时期一跃成为区域性商业贸易中心。济宁，地处济州河与中运河交汇处，为大运河中枢，被称为"南北咽喉，子午要冲……闽广吴越之商持资贸易者，又鳞萃而猥集"。

此外，运河沿线还出现了一大批规模较大、人口较多的工商业繁盛市镇。

这是一条改变社会结构、生活方式的河。运河的开放性、人口的流动性，打破了北宋以前中国大、小区域都是封建统治者的政治中心，政治功能居于第一位，统治阶级是区域内主要居民，工商业处于边缘化的社会状态。随之，运河沿线的市镇数量、规模、密度等迅猛增长。

在运河沿线，城市构造逐步显现，大量河工、船户、水手、搬运工人、官僚、衙役、军兵、商贾、僧道等仕、商、工等不同社会阶层的人相继出现，城市经济迈上快速发展轨道。

沿线民众的谋生手段和生活方式的变化，带来了中国以城乡二元结构为主的大变革，打破了中国传统社会以农耕为主的社会结构，分流了"日出而作，日入而息""面朝黄土背朝天"的群体。随之，带来了中国社会形态和社会生活的大发展和文明新景象。

忽必烈建立元朝，在广阔的境内大规模修建大运河等交通网络，不仅大大促进了以京师为中心的各地政治、经济的密切联系,而且有力地促进了王朝的社会结构的改变。元代王礼在《麟原文集》中有"四海为家""无此疆彼界""适千里者如在户庭,之万里者如出邻家"的记载。在如此开放的环境里,来自北方、南方、边疆以及中亚、东欧、南亚等地区的国内外人员的大交流、大融合,也大大促进了汉、辽、金、夏的佛教、道教、伊斯兰教等文化的交融,及社会风俗和生活方式的融通。

淮安,居南北交通要冲,为水运枢纽、漕运码头,后逐步发展成被称为"漂浮在水面上的工商业城市"。在淮安河的下游,还聚集了大量的外籍商人,形成了壮观的国际化集镇。

有南北"水陆咽喉"之称的临清,已发展为以工商业从业者为主要人口的城市。天津则"人多煮海,秦晋诸豪,趋利如鹜"。天津的城市人口更是五方杂处,商人、手工业者、船工、纤夫、漕夫和兵丁等成为主要群体。

北京是明清两代的政治中心,是官吏和权贵最多的城市。随着工商业的兴盛,北京城市人口结构发生了巨大变化,商人、手工业者占人口的大多数。明代中后期,商品经济出现了前所未有的活跃势头,地域性的商帮如徽商、晋商、闽商、吴越商、江右商、粤商等足迹遍布各地,商人根植于农业的社会经济结构开始松解,开始出现商业资本主义萌芽。清代以后,工业、金融等产业革命在大运河周边发生,中国几千年的小农业和手工业生产方式彻底被颠覆。

在运河沿线的大、中、小城市群中,还居住着许多豪强士族、文人士绅、特殊职业者、无业游民等多阶层人士,社会职业和民众生活趋于多样化、多元化、复杂化,呈现出五彩纷呈的新型社会景观。

大哉赋风骨

"仰望碧天际，俯磐绿水滨。寥朗无厓观，寓目理自陈。大矣造化功，万殊莫不均。群籁虽参差，适我无非新。"用晋代王羲之的五言诗表达运河的造化之工，揭示"寓目理自陈"的"万殊"和"无非新"的至深宇宙生机，最适合不过了。

鬼斧神工夺心魄。京杭大运河纵贯大半个中国，所经过的地形地质条件复杂。首先，运河所处的南、北，地形、地貌、地质差异大。其次，南段位于水乡，河道纵横，湖泊密布，常有水患之灾；北段位于丘陵山地，高低起伏，人们深受缺水之苦。再次，京杭大运河横穿海河、黄河、淮河、长江、钱塘江五大河流，不仅有水位控制、路途艰涩等问题，而且河口常常发生淤积，特别是黄河，善淤、善决、善徙，常常泛滥成灾，影响运河的日常通行。

对此，中国古代的能工巧匠们，发挥出超人的才智，在开凿、引水、调水、过船等技术上别具一格、天然妙造，体现出当时的先进水平。英国著名科学史家李约瑟撰写的多卷本《中国科学技术史》，通过丰富的史料提到了9项原创性水工技术，其中有7项是在大运河上创造并运用的。

在河道技术上，人们需要根据运河和自然河流的地形、地貌进行设计，解决运河的高程和水流等复杂问题。至明清时，河道技术已有明确的标准。

在船闸技术上，南北朝时发明了"斗门"，唐代李白有"海水落斗门，潮平见沙汭"的诗句。北宋充分利用运河水源，发明了复式闸门，组成可泄、可引、可蓄的运河船闸体系，是世界上最早运用船闸技术解决运河水位落差和船舶通航问题的。据记载，中国的复式船闸比欧洲的荷兰船闸早了约400年。

在水源技术上，运河两岸修建了多个用于蓄水的天然塘泊，解决了枯水期的河道供水问题，发挥了较好的调节功能。如济宁以北水源严重缺乏，而会通河以汶河为水源，通过在汶河上修建一座大坝——戴村坝，把水流引入了大运河。至明代万历年间，此地已修建了一座长437米，具有壅水、导流、排沙等多功能的拦河大坝，此坝显示了中国古代先进的水工技术。

大运河在漫长的历史变迁中，始终与治理黄河紧密相连。人们通过"借黄行运""引黄济运"、综合治理等措施，积极解决黄河对京杭大运河的侵扰问题，确保运河的通航。一直到清康熙年间，政府先对黄、淮、运三河同时进行整治，再开凿皂河和从直河口至清河县的中河，实现了大运河与黄河的完全分离，保证了京杭大运河的彻底畅通。

碧波荡漾生态美。"水光潋滟晴方好，山色空蒙雨亦奇。若把西湖比西子，浓妆淡抹总相宜"，这是北宋文学家苏轼对大运河上杭州西湖美景的描写。与此同时，苏轼《赤壁赋》中的"白露横江，水光接天""天地之间，物各有主""惟江上之清风，与山间之明月。耳得之而为声，目遇之而成色"，及《后赤壁赋》中的"江流有声，断岸千尺；山高月小，水落石出""适有孤鹤，横江东来"，借以歌咏被称为"第二条黄金水道"的大运河之美，也不失其范。

从今天北京通州一路南下，经天津、沧州、德州、临清、聊城、济宁、徐州、淮安、扬州、镇江、常州、无锡、苏州、嘉兴、杭州、绍兴，直到宁波，一路上，或春或夏，或秋或冬，四季流觞，山水一线，北段雄奇，南段妖娆。

千里奔腾中，风声、水声、鸟声、猿啼声，声声不断；两岸，稻花香、泥土香、瓜果香、茶树香，香香弥漫；绿树，或高或低，或遮或露，或浓或淡，或连或断，或隐或现；水中，鱼戏虾游、鳖欢蟹闹……好一派流动的水之美、瓜果之美，绿之美、生灵之美。

大运河在春生夏长、秋收冬藏中美不胜收，在千年流淌中，尽显水天一色的自然壮美。

置身其中，不由而然地让人仿佛在天地间转换，在天上银河与大地运河中穿梭、流连，尽享宇宙、山海生态之妙美。

水入奇怀多姿彩。陶渊明在《和刘柴桑》诗中云"良辰入奇怀，挈杖还西庐"，表达出对山的苍翠、水的潺潺、晴空之晶耀的美景的喜爱。这美景，直入胸怀，持杖返回而忘我。

大运河两岸，诗情画意的园林、姿态万千的古桥，无不体现出"良辰入奇怀"的虚涵纳万境。

大运河上的官私园林、古桥，堪称一系列奇观。元明清时期，运河两岸逐步形成的以水、湖、山而闻名的古城古镇，以及从北到南组成的园林、庭院、古桥，展现出"不出城郭而获山水之怡，身居闹市而有林泉之致"的集自然美、建筑美、艺术美、动态美、形象美、节奏美于一体的运河盛景。

从北京、天津、临清、聊城、济宁，到扬州、苏州、杭州，皇家园林、私人园林、别墅和官亭等园林景观，在楼、台、亭、阁、泉、潭、井等建筑上，意趣盎然、巧夺天工，妙不可言。北京的园林，首推皇家园林，如元大都太液池、明故宫的御花园、清大内御苑、"三山五园"("三山"指香山、玉泉山、万寿山,"五园"指静宜园、静明园、颐和园、圆明园、畅春园)。尤其是颐和园,占地2.97平方千米,水域面积达四分之三,由万寿山和昆明湖组成,园内林木苍郁、湖水碧澄、山光水色,风景如画,集全国园林之精华。此外,北京还有大量官僚、贵戚、文人等居住的私家园林,如定国公园、英国公园、梁园、勺园、半亩园等。

苏州园林极盛时有220多处,其中以当时号称"四大名园"的沧浪亭、狮子林、拙政园、留园最为著名,这四座园林体现了宋、元、明、清四朝的园林艺术特色。现在,苏州园林已成为世界文化遗产,而享有"一棹径穿花十里,满城无此好风光"美誉的杭州,更是"以湖山胜",人们竞相建造园林。

"逢山开路,遇水架桥"。大运河上,从通州的八里桥到杭州的拱宸桥,千里运河上广布的规模不等、形式各异的古桥,是大运河上最美的风景之一。据乾隆年间编纂的《南巡盛典》记载,古桥从北京起就有57座之多,除景州、德州间是一座浮桥外,其余均为石拱桥。既名"永通",又名"八里",被称为通州"八景之一"的"长桥映月"的八里桥,呈南北走向,横跨通惠河,为石砌三券拱桥,是全国重点文物保护单位。被称为"大运河上第一桥"的杭州广济桥,是运河上仅存的一座七孔石拱桥,桥身上雕刻有许多精美的石刻浮雕和名家墨宝,工艺精湛,是石拱桥建筑史上的一大壮举。大运河上最长、最美、最为壮观的苏州宝带桥,是现存最长的多孔联拱桥,有桥孔53个,全长317米,始建于唐代。整座桥狭长如丝带飘于水面之上,多孔联翩,倒映于水中,如长龙浮水,蔚为壮观。

至善光明生

水之德，几于道，唯善是从，止于善，而光明生。在上善之水的川流不息中，大运河把黄河文明与长江文明紧紧联系在一起，孕育出水文化的千年光芒，构成一幅幅精彩纷呈的绚丽画卷，传承着一条活的文化景观长廊，演绎着中华文明的历史变迁。

劳动催生了"离骚"。战国诗人屈原的《离骚》表现出"哀民生之多艰"的浪漫主义精神，开创了中国文学史上骚体诗的先河，对后世产生了深远影响。大运河上的艄公的号子，就是船民与挑河筑堤的河工们，从生命深处呼唤出的"离骚"。

自大运河开通后，年年岁岁的河道治理与疏浚相伴而生——挑河、抬土、筑堤、下桩、打夯等，都是重体力活，河工们为了消除疲劳、焕发精神，便不由而然地喊唱出或粗犷简朴，或高亢雄劲的号子；运河上的纤夫、船民们，在漫长、单调、苦闷的长途跋涉中，也从内心深处呼唤出触景生情、迎难而上的劳动号子……因地域、方言等差异，形成了河工、纤夫、船工等不同类别，以唱、吆、喊、打、叫、吼等不同称谓为主的英勇无畏、劳动快乐、笑对人生的劳动号子。

这些号子，产生于运河，激荡于劳动人民的心间，流传于元明清以来的不同时代，因"思无邪"的韵律、韵味和唱词，以及发之情、动之情的真情实感，多数号子成为民间争相传唱的经典，被大众接受并流传至今。通州就流传下了"闯船号子""拉纤号子"等十多种号子，这些号子不仅被收入《中国民间歌曲集成》，还被列入北京市非物质文化遗产名录；山东的"抬土歌""船工号子""拉粮号子"等数十种号子，至今还广受大家喜爱。

别开生面的戏曲。大运河的逐步兴盛，开戏曲、曲艺艺术之新景。杂剧在大运河的北端元大都发展，歌舞演唱在大运河的南端杭州兴盛。随之，两地的戏曲、曲艺等也随大运河渐渐相互交织、传承，历经明清两代愈发兴旺，逐渐形成了南北戏曲、曲艺杂会空前繁荣的景象，并逐渐诞生了国粹京剧。明清时期，昆曲沿大运河北上、"四大徽班进京"形成京剧，这成为中国戏曲史上的里程碑。

据史料记载，元代大批杂剧作家如"过江之鲫"，如关汉卿、马致远等纷纷南下"入乡随俗"，创作出一批南戏，并融合催化出一批新的剧种，如流传至今的淮扬剧等。

"忽听鼓声敲八角，游人争爱本京腔。"清人张维桢创作的这两句诗，就描写了诞生于清北京的由八旗子弟创作的打击乐器"八旗鼓"南传至山东、江苏后的盛景。"八旗鼓"传到南方后，各地又融入了地方的戏剧、山歌、渔谣等独具特色的曲艺形式，演变出各自的曲艺，如徐州的"丁丁腔"、聊城的"石榴花""倒推船"等。

南北曲艺通过大运河交流，北京的相声、八旗鼓，山东的大鼓、评书，江苏的徐州琴书、扬州评话、苏州评弹，浙江的滩簧、评词、评话，以及豫、皖等地的曲艺小调通过大运河相融，大运河成为中国曲艺发展的纽带。

民俗演绎流万家。大运河跨越燕赵、齐鲁、荆楚、吴越等不同地域，人们在运河的流动中耳濡目染、相互碰撞，发展出多姿多彩的以水为主的民俗。

中国人最讲究节庆，大运河上的渔家、船家、依河而居的人们，给传统的节日赋予了水的特性，使其魅力无穷。如元宵节的舞龙灯，运河边与陆地的表演方式也不相同。通州有象征着"水"的蓝色双龙；微山湖的龙灯分载于多只船上，穿桥过闸；端午节的赛龙舟，淮安有"丢标""抢标""捞标"等环节，煞是热闹。

"开漕节"是大运河沿岸独有的节日。每年农历四月十五这一天，在通州码头，数以百计的商船依次停泊在码头上，码头两岸的商户、小贩、脚夫、车夫、搬运工等人山人海，仪式上的"万头鞭"响彻云霄，紧随其后，高跷、舞狮、中幡、旱船、竹马等表演十分热闹，最后在给河神敬香的高潮中落幕，开漕节已成为每年运河上最隆重的节庆。

在众多的习俗中，南北的语言、生活、生产、交易等习俗，也在长期的运河流动中，相互取长补短、优势互补，形成了丰富多彩的缘水而居的文明风尚。

流光溢彩运河美。传世巨作《清明上河图》，是北宋画家张择端描绘东京汴河两岸的市井风情图。图中有城郭、市肆、桥梁、街道，以及街中的居民、行人、舟车等等，场面宏大、市场繁荣、市民熙熙攘攘，从中可见运河的兴盛。俗话说"窥一斑而知全豹"，一幅画足以展示出运河盛景的全貌。清代画家徐扬的《姑苏繁华图》，把当年苏州运河上近400艘船篙动橹摇、帆樯满河的繁荣景象展现了出来：船上，要么满载大米、棉花、柴草、瓷器、酒，要么满载品酒论茶、抚琴歌舞的游人；岸上，店铺鳞次栉比、百货充盈的景象跃然纸上。

中国古典四大名著之一的《红楼梦》第六十四回提到的"小花枝巷",以及第三十二回的"兴隆街"、第五十七回的"鼓楼西大街"等都透视出大运河的兴盛。与此同时,另外三部名著《三国演义》《水浒传》《西游记》,也都诞生于大运河沿线地区,其成书背景、内容莫不与运河相关。

大运河承载着灿烂文明,传承着历史文化,是中华民族生生不息、发展壮大的实物见证。当前,北京作为日益走向世界舞台中央的大国首都,传承好大运河的优秀传统文化,是推动中华文化走向世界的重要职责与使命。

第三章

灵动永定

探寻幽燕河流之美，仰观宇宙、俯察天地，最终把目光聚焦于数百万年前诞生、至今仍滋养京城的永定河。

　　这条流淌了数百万年的河，流经燕京大地。知古鉴今、拥古载今、溯古开今，永定河被称为北京的生命之河、母亲之河。

　　她，如天地之镜、万物之景。清澈之水，在沧桑岁月中，映照出燕京大地一统华夏的幽幽之变、煌煌之美；灵动之河，展现出居善地而不与万物相争的水之美德，滋养幽燕人生生不息，如龙似虎，行华夏、跃四方，统一国之大、美炎黄之德，尽把幽燕的气派、胸怀、仁爱、胆略，贯于古今、化于四方，映照和生发出北京建城3000余年、开国运800多载之大美！

　　这条河，流淌于中华儿女的血脉之中，不断展现出盛世文明的风采。至今，它仍傲视苍穹，笑傲于世界民族之林！

一渠开燕京

人类，因水而生而美丽；城市，因水而兴盛而鲜活。一河水，让富有灵性的鸟儿择"良地"而栖——在永定河缔造的美如天堂的大自然里嬉戏、生存。漫步于官厅水库，翩翩起舞的天鹅、黑鹳、丹顶鹤等珍稀鸟类让人流连忘返；冬季行于华北最大、北京唯一的湿地鸟类自然保护区野鸭湖，湖畔东侧树林围合的粮田里，灰鹤、大鸨、豆雁、铁爪鹀、蒙古百灵等近十种、成百上千只重点保护动物在其中觅食，煞是迷人；在门头沟段、石景山段、房山段、大兴段等多处形成的较大面积的湿地上，一群群奇珍异鸟追逐打闹、自由翱翔，与人类和谐共生……好一派灿烂的天地人共欢之盛景。

行走在这条流动、绿色、清澈的大河两岸，不经意间，你会有飘飘欲仙般的感受，宛如游走于天河镜像里，与北京城的前世今生相遇。

十亿年前，泱泱华夏，一片泽国。"苦海幽州"，浸泡其间。岁月不居，一亿多年前，火山喷发、地壳变动，一场强烈的"燕山运动"致使巍巍太行以西的山地凸起、以东的平原下降，在华北地区形成了一系列地堑盆地；到距今2600万至250万年前，盆地沉积，连成一片，形成了很大的内陆湖泊，这就是今天的华北大平原。据此，淹没在汪洋大海中的幽州得以脱离"苦海"，成为平原的一部分，成为今天的"北京湾"。

"北京湾",西、北、东三面环山,西面是连绵起伏的西山,是太行山延伸到北京的山脉,东面与环绕的燕山相连,东南面敞开向渤海,中间是平原,宛如一个海湾。在涿鹿—怀来—延庆盆地东边的燕山山地,湖沼相连,水草茂盛,加之长期受外力的侵蚀,慢慢变成了准平原,并有一些较短的河流开始发育。今门头沟境内的永定河就是其中一条,永定河从三家店附近进入"北京湾",并将大量泥沙砾石冲运到下游堆积起来。

　　湾内小溪,渐成一条大河。在250万至1.5万年前,在喜马拉雅运动影响下,"北京湾"与河北平原拗折下沉,使"三家店河"上游的侵蚀加速加剧,河源越来越接近涿鹿—怀来—延庆盆地大湖,河水也随着地面的抬升而下切,河床变得越来越深,使得相向进行的"三家店河"与大湖泊之间的薄弱地带被冲垮而相会。于是,浩浩荡荡的涿鹿—怀来—延庆盆地的湖水顺"三家店河"河道倾泻而下,使"三家店河"由一条小河变成一条穿山而下、汹涌澎湃的大河。渐渐地,作为"北京湾"内最大、最古老的河流——永定河,便形成了。

　　一河既成,遂成一地之势。这条大河,古称无定河、浑河,上游有两大支流,北支发源于内蒙古兴和县,南支发源于山西省宁武县。河流从晋北高原穿过崇山峻岭奔腾而下,流经山西、河北、北京、天津等地。永定河在北京境内,流经门头沟、石景山、丰台、房山、大兴5个区,河段长约170千米,流域面积达3200平方千米。

　　当时,晋北和延庆古湖河水携带泥沙穿越崇山峻岭奔流而下,不断填平湖泊、洼地,游荡、淤积,造就了土壤肥沃、地下水丰富的"北京小平原",为燕京城的诞生、发展奠定了最初的"神来之笔"。

永定河一开，燕京城遂成。随之，由永定河等河流冲积形成的洪积冲积扇的"北京小平原"，成为燕京建城的地理基础；永定河水滋润抚育的燕京大地，成为燕京开埠和得以延续发展的不可或缺的资源。北京城，就在冲积扇的"脊背"上逐渐形成。

据记载，永定河上的古渡口作为古代南北交通的枢纽，是燕京城选址的直接原因之一。永定河直接或间接地为燕京城的形成和发展提供了不可或缺的水源和水利条件。永定河流域丰富的森林资源和物产，为历史上的燕京城市建设和城市生活提供了大量的木材、石材和燃料。

从3000多年前蓟城诞生，后西周封召公于燕，再到辽、金、元、明、清各代，永定河流域丰沛的水源、广袤的森林、富饶的矿藏和物产，不断哺育着燕京人民。燕京城在永定河的怀抱里逐渐形成，又在永定河水的哺育下成长。

燕京城一定，遂开北京九州一家、四海承平之景象。地处永定河下游的古都北京，3000多年来养育着生活在这里的各族人民，使燕京地区从原始聚落、诸侯国都邑、北方军事重镇，逐步发展成中国的政治、经济、文化中心，进而跃升为统一多民族的封建王朝首都，乃至如今的社会主义祖国首都、迈向中华民族伟大复兴的大国首都、国际一流的和谐宜居之都。

一河水，顿开混沌之燕京，哺育出北京地区最初的文明。岁月流转，这块土地越发焕发出无限生机和活力。北京承载着中华民族的辉煌，引领新时代的潮流。

文明出永定

永定河从远古走来，经商、春秋、西汉、东汉、隋、唐，直至清康熙筑堤之后，成现状。其间，河道虽然数次被冲改走向，河水也几经易名，但是，时间的千锤百炼却让这河之水不断改变幽燕大地荒蛮、原始、蒙昧的状态，步步蒸腾出中华民族生生不息的文明之景。

善渊之水"长出"人类曙光。水，孕育了地球上的生命，创造了"万物之灵"——人类，更养育了人类。原始社会"缘水而居"，人类须臾也离不开水。正是遵循这一朴素的道理，永定河的发育、成形、生长，皆把《道德经》中列居水德之第二善的"心善渊"予以完美展现——在天造地设中，以其独一无二的"善渊之水"为北京地区人类进化提供了不竭的生命"乳汁"。

在汪洋大海中，地壳变动，生出了华北平原；此后的变动，生出了"水甘土厚"的北京小平原；再变动，生出了形如手掌，似扇面的永定河——河水从晋西北高原穿过崇山峻岭，奔腾而下，切穿西山，并在三家店出山以后，在广阔的北京平原摆动、宣泄，形成了以石景山为顶点的大片的洪积冲积扇。这个冲积扇，北起清河，东至通州，南达河北省的小清河，西北高、东南低，地势平坦、水源充足，形成了适宜人类生存的地理条件。

就这样，永定河在华北大地成长，北京城在永定河中孕育。

大约8000年前，北京平原上的草原面积扩大，湖泊消退，永定河渐成。5000年前，平原地区，特别是南部平原，在永定河的哺育下水草丰茂。从生活在山洞里的北京猿人、山顶洞人，到以平原和台地为居住地的东胡林人、上宅人，北京远古的祖先、中华民族的祖先们，走出森林、洞穴、土台，完成从猿到人、从"穴居野处""采食经济"的原始文明，向依永定河"逐水而居"的文明的转变。

善仁之水孕育文明生活。滋养着永定河丰腴水土的北京城，在北到清河、东到温榆河—北运河、南到白沟—大清河、西到（房山）小清河的辽阔的洪积冲积扇上，尽享水德善仁之美的真诚、友爱、无私而"利万物而不争"，育化万物而泽被四方，渐进孕育着人类文明的生存方式。

随着北京门头沟区东胡林遗址、东城区王府井遗址、房山区周口店遗址以及河北省阳原县泥河湾盆地马圈沟遗址、山西朔州市峙峪遗址和阳高县许家窑遗址等古人类遗址被不断地发掘出来，永定河流域丰富的古人类遗址构成了一张流域汇集网。它涵盖了旧石器时代早期、中期、晚期以及新石器时代早期，时间跨度近200万年。这些地方已成为世界人类文化的宝库，也是中国第四纪地质学、古人类学、石器时代考古学的圣地。

资料显示，北京地区处于旧石器时期的周口店猿人主要生活在平原与山脉过渡的山前丘陵地带的岩洞内，新石器时代早期的人类主要生活于山区河谷台地上，中期的人类则活动于山前地带或山前平原的河谷台地上。新石器时代晚期，部分人类已深入到洪积冲积平原的河畔，如昌平、海淀等地，逐步摆脱狩猎、采集的生活方式，有靠河水浇灌从事农耕的，有靠河流养殖、捕猎为生的，有利用河流从事运输维持生计的……在肥沃的平原上，人们逐渐向农耕、渔猎、交通、石材等农业、手工业、商贸业等文明生活过渡。

善时之水诞生多彩文化。"动善时"，一条河，从洪荒走来，从太行山走来，走出了华北平原，走出了北京平原，走出了人类的精气神，走出了北京这块土地的奔腾万景。

商时，蓟国建都蓟城，使永定河成就的北京平原为皇都开埠走出了第一步。随后，朝代变更，后燕代蓟，燕将都城迁至蓟城，武王克殷，封召公于燕地，北京地区快速进入华夏发展的历史进程。之后，春秋大变，"七雄"之一的燕逐渐形成游牧与农耕并存、高原与山川并存的"慷慨悲歌、以勇尚武"的幽燕文化。接着，多民族的辽、宋、金文化在北京平原交融、发展，包容精神使北京渐进成为北方的政治、文化中心。在金改燕京为中都，元明清设为大都、皇都后，多元交融的风尚与习俗，使得北京形成了士大夫、宫廷、商贸、园林、军事、宗教等文化，这些文化不但成为全国的主流文化，更渐进成为南北荟萃、东西碰撞的中国文化。

海河水系五大支流之一的永定河，其两岸丰富多样的城堡、寺庙等文化元素相映生辉，竞放异彩。作为世界文化遗产分布最广的支流，永定河两岸的周口店猿人遗址、长城、故宫、颐和园、天坛、十三陵等，皆是水生万象的文化瑰宝。

一水滋都城

泱泱华夏，混沌未开时，传说盘古开天辟地、营造万物：口中呼出的气，变成了风和云；四肢和躯干变成了大地和高山；血液变成了江河……盘古血脉营造的江河，流过㶟水、清泉河、桑干河、卢沟河，在幽燕大地育我华夏。

约在300万年前，地壳运动造就了现在永定河流域的地形、地貌，永定河、潮白河、北运河、拒马河、泃河构成的北京五大水系，犹如一个巨大的蘑菇展开在北京小平原上，各水系如树枝状排列开来，滋养着北京城。

永定河流域从山西宁武的管涔山和内蒙古高原发源，流经山西、河北、北京、天津，是北京境内最大、最古老的河流，是人类活动之地，形成了丰富的遗迹。

《水经注》载："㶟水南至马陉山……瀑布飞梁，悬河注壑，渊湍十许丈，谓之落马洪"，"自南出山，谓之清泉河"，"又东南迳良乡县之北界，历梁山南，高梁水出焉"，"又东迳广阳县故城北……又东北迳蓟县故城南……昔周武王封尧后于蓟，今城内西北隅有蓟丘，因丘以名邑也"。就是说，㶟水，即古永定河从今山西朔州境内发源后，经今河北蔚县、涿鹿进入今北京境内。河水在官厅附近穿越西山，这一段叫"马陉山"，流出西山后叫"清泉河"，继续向东南到良乡县（治所在今房山窦店镇西南土城）北界，又经梁山（今石景山西南）转而东流，经过广阳县故城（今房山良乡镇东北广阳城村）以北，再转为东北方向，经过蓟县故城南（今广安门一带）。

据记载，古永定河是一条桀骜不驯的大河，从黄土高原北部跳入几个山间盆地，再穿越崇山峻岭进入北京小平原，河道落差大，水流湍急。加之华北平原的气候特点是夏季降水集中，河水泛滥，往往破堤毁岸，先民们为躲避水灾，选择在古永定河渡口东北方向的高地上居住。这里遍地生长着叶长、叶片多刺的植物——大蓟，建立的居住点，又被叫作"蓟丘"。北京城的前身"蓟城"，就是因蓟丘而得名。

《礼记》载："武王克殷，反商，未及下车，而封黄帝之后于蓟。"《史记》载，灭商后，"武王追思先圣王，乃褒封神农之后于焦，黄帝之后于祝，帝尧之后于蓟"。稍后，又"封召公奭于燕"，其都城在今房山区琉璃河董家林一带。因此，从武王伐纣时起，蓟地已具备了城市的功能。

随着历史的发展，从西周初年的蓟国之都，到战国时的燕国之都，蓟地一直是北方的行政中心和军事重镇。永定河流域丰沛的水源哺育着蓟城，使其成长、壮大，直至后来成为金、元、明、清各朝的都城，成为全国的政治、军事、经济、文化中心。

丰沛水源兴燕京。"蓟丘"就坐落于今广安门白云观附近。据记载，这里是潜水溢出带，湖面宽广，绿野平畴，流泉萦绕，湖塘相间，丰沛的地下水源，使蓟城一带溢出的泉水汇成一个大湖，又称西湖，即今天的莲花湖。这个大湖，是蓟城的重要水源。

《水经注》云："又东与洗马沟水合，水上承蓟水，西注大湖。"即㶟水到达蓟城后，由南向东流，又与西湖相遇。从湖中流出的"洗马沟"（莲花池）水，沿蓟城西南折向东流，被直接引用为蓟城的水源，供居民、牲畜饮用并作为城市用水。

流经城北的瀔水，从今石景山附近向东流，经八宝山北、田村、半壁店、紫竹院、高梁桥，再由德胜门以西入积水潭、什刹海、北海、中南海，穿过长安街，从人民大会堂西南、前门向东南流，经龙潭湖再向东南，至马驹桥附近汇入瀔水故道。

"高梁无上源，清泉无下尾"，是清泉至潞河所在分支更为精微的谚语，反映的是瀔水即清泉河下游到渔阳雍奴（今天津武清）后分汊的情况。

据记载，永定河在历史上曾经历过多次河道变迁。远古时期，永定河出西山后，河道北起清河，西南到小清河—白沟河的扇形一带；商以前，永定河出西山后经八宝山，向西北过昆明湖入清河，再沿北运河入海；春秋至西汉，永定河自积水潭向南，经北海、中海斜出内城，经由今龙潭湖、萧太后河、凉水河入北运河；东汉至隋，永定河已移至北京城南，即由石景山南下到卢沟桥附近再向东，经马家堡和南苑之间，东南流经凉水河入北运河；唐以后，永定河于卢沟桥以下分为两支，即东南支仍走马家堡和南苑之间，南支开始沿凤河流动；直到清康熙筑堤后，永定河才成现状。

正是有了这条清澈美丽的大河，有了丰沛水源的滋润、灌溉，从先秦时期的蓟城到金中都、元大都、明清的皇都，永定河周边的农业得以持续发展，为北京城的军民提供了丰富的物质保障，使蓟城逐步繁荣兴盛。

据史书记载，"京西稻"的历史可以追溯到东汉，建武十五年（39年），原蜀郡太守张堪调任渔阳太守后，在顺义狐奴山（位于今顺义东北15千米的木林、北小营交界处）"开稻田八千余顷，劝民耕种"。之后，三国时期的曹魏征北将军刘

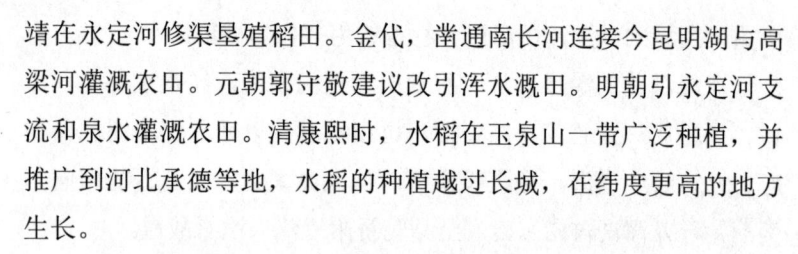

靖在永定河修渠垦殖稻田。金代，凿通南长河连接今昆明湖与高梁河灌溉农田。元朝郭守敬建议改引浑水溉田。明朝引永定河支流和泉水灌溉农田。清康熙时，水稻在玉泉山一带广泛种植，并推广到河北承德等地，水稻的种植越过长城，在纬度更高的地方生长。

从金代开始，永定河两岸茂密的森林成为黎民百姓生活、城市建设的主要资源。元明清时期，城市的建筑，人们衣、食、住、行等所需的木材、石材、煤炭等，由永定河源源不断地运往大都、皇城，成为城市的能源保障，托起了北京城。

水系演变润都城。有人认为，战国时期，燕太子丹派荆轲刺秦王，荆轲所献的督亢地图，描绘的是燕国的一块膏腴之地，即督亢陂。燕国的"粮仓"土壤肥沃，便于灌溉，早为秦国所求。

进入东汉，北京大地上出现了三件水利开发的大事件，即，张堪在狐奴山种稻，王霸的"温水行漕"，曹操开凿平虏渠与泉州渠。据考，《后汉书》载的"温水"，就是《水经注》中的"灅水"，即今永定河。这是当时人们在满足生活用水、农田灌溉需要之外，利用河道、沟渠开展水上运输，推动河运发展而开展的水系利用新阶段。

一代枭雄曹操主持开凿的平虏渠与泉州渠，使北京地区的水系迈入历史新征程——建设人工运河。据《三国志》载，建安十一年（206年），曹操为征讨袁尚所依乌丸蹋顿，担心军粮难至，凿平虏、泉州二渠入海通运。据考证，平虏渠即今河北青县至天津静海独流镇的一段南运河的前身，泉州渠上承潞河（今北运河的前身），下游即今天津市的海河。

永定河水系，在历史变迁中顺势而为，留下了丰富的城市文化遗产。在先秦蓟城到金中都的2000余年间，城市围绕广安门一带引西湖水入护城壕环绕全城，并把城西的百泉溪、丽泽泉等平地泉流作为水源的补充。与此同时，金朝设法使洗马沟一段向东、南流动，在原辽的显西门分为两支，一支继续向南而后向东，另一支进入皇城内，作为宫廷园林的水源。因而，金朝建立了风景秀丽的同乐园，并把护城河以及大大小小的湖塘与莲花池水系相连，形成了以西湖为起点、以洗马沟为轴心，铺展在城内的一派碧水环绕的优美景象。

隋唐时期，永定河分为南北两派，北派的清泉河靠稳定的水量，曾行船通漕，大兴水运。据《资治通鉴》记载，隋炀帝"自江都行幸涿郡，御龙舟，渡河入永济渠"；《新唐书》载，贞观十九年，运粮使韦挺受命来到幽州，"遣燕州司马王安德行渠，作漕舻转粮，自桑干水抵卢思台……"；五代时，赵德钧镇守幽州10余年，开凿了一条长约200米的"东南河"以通水运。

金海陵王把西山脚下的玉泉水系与高粱河连接起来，沟通了中都城池和各处的苑囿，构成了城内外相互关联、补充的水系新格局。元朝完成了从以莲花池水系为主向以高粱河水系为主的重大转变，使高粱河从此成为北京城的水源大动脉，并成为明清城市水源的主导。

粼粼华夏兴

一河波光粼粼之水，映照古今，升腾出神州大地亘古不竭、美轮美奂的龙兴之象。

五帝时期，黄帝在永定河流域的阪泉通过与炎帝交战，实现了一统华夏的目标。《史记·五帝本纪》记载，黄帝在这场战争中，"三战，然后得其志"。阪泉之战以后，黄帝、炎帝连同分别从属于他们的部落结成联盟，形成了超越亲属部落联盟的新型联合体的雏形，确立了黄帝的领导地位，拉开了英雄时代的帷幕。阪泉之战后，中国政治制度发生了具有划时代意义的历史变革。

沧桑巨变握乾坤。大禹治水，首在冀州。冀州之治，即有永定。永定之治，在碣石山。据说，4000多年前，连续9年的倾盆大雨，使九州大地成一片汪洋，大禹临危受舜帝之命治水。大禹发现，汪洋中的冀州永定河两岸人口密集，正经受着洪水的威胁。于是，大禹果断地把治水的第一步放在了这里。当大禹随着水势，从西山的管涔山一山一山治理时，水"乖乖就擒"，然而，到了第四十四座的碣石山（今天的石景山）时，水不肯就范。碣石山虽不高，但横在泄洪的水道上，把上游来的洪水死死挡住。大禹先在洪水露出的蟠龙山开一个马鞍形的口子让洪水泄进东海，但因口子过高，泄洪作用有限。大禹在梦中化作一头黄熊扎进碣石山拼命掏洞子。不久，巨浪的洪水喷薄而出，洞子也越来越大，先是变成了一座桥。后来连洞也塌了下来，洪水一泻千里，冲进大海。神奇的是，多年以后，大禹治理过的碣石山东边的大海看不见了，上游的洪水夹杂着大量石沙过碣石山后不断沉淀，硬是把渤海逼退了好几百里，形成了北京湾小平原。此后，人们便开始在这块小平原上繁衍生息，传承华夏血脉。大禹治水1000多年后，碣石山已改名为梁山，后世在《诗经》中记载道："奕奕梁山，维禹甸之。"

春秋时代，与燕毗邻的是西拉木伦河以南至大凌河一带的山戎。处于奴隶社会早期的山戎，以畜牧业为主，并以掠夺战争作为补充生活资料的重要来源。因此山戎游骑时时南下，对北方各国进行掳掠，使北方的社会生产遭到了严重的破坏，尤其是与山戎紧相毗邻的燕国遭受的危害最大。燕国无力制服山戎，于是强大的霸主齐桓公开始了对山戎等族的征伐。公元前663年，山戎再度侵燕，"燕告急于齐"。齐桓公"遂伐山戎，至于孤竹而还"。大约3年之后（前660年），齐桓公又"北举事于孤竹、离枝（令支）"，彻底征服了山戎。其主战场，就在永定河一带。齐桓公的军事行动，消除了山戎对中原的骚扰，对北方的社会生产起到了保护作用，还加强了南北之间的交流，开辟了民族间经济和文化交流的渠道。所以，当时孔子大力称赞说，如果没有齐桓公包括北伐在内的军事伟业，我们很可能倒退到野蛮人生活的时代去。

战国和秦汉时期，中原王朝与北方部族之间的战争多数发生在永定河及其周边一带，尤其是西汉时刘邦攻打匈奴，在平城（今山西大同）被匈奴围困数日。

唐朝时，唐军多次与突厥在永定河畔对决。唐太宗曾派名将李靖率三千骑兵在马邑（今山西朔州）击溃了突厥颉利可汗的军队。宋辽对峙期间，主战场大都在永定河流域。特别是宋辽之间爆发的高梁河之战，宋军惨败，宋太宗在慌乱逃窜中大腿中箭，虽保住了性命，但是多年后仍因箭伤复发而去世。

早在明初，北元残余势力就成为明朝最大的隐患。因此，明成祖朱棣有了"天子戍边"的战略防御。到了1449年9月，好大喜功的明英宗朱祁镇在永定河上游的"土木堡"（今河北怀来土木堡北面）上演了震惊青史的"土木堡之变"，兵败为瓦剌所俘，使当时正值"全盛之天下"的明王朝由盛转衰。兵部左侍郎于谦面对国家危亡镇定、从容、英勇无畏，演绎出"粉骨碎身浑不怕，要留清白在人间"的壮美诗篇。再之后，康熙、乾隆等都在永定河畔留下了许多治水的故事，令人遐想和难忘。拱卫京师的永定河被赋予了民族气节、浩然正气、凛凛大义之象征意义，同时它也寄寓着"国泰民安"。

终使无定成永定。自大禹疏通碣石山，成就北京小平原，永定河便成为北京黎民百姓的生命河、母亲河，是世世代代繁衍生息的血脉长河。北京小平原的龙脉渐渐被人类识透"天机"，人们便乘"龙"而御四海，在此兴城建都。

然而，试问苍茫大地，谁主沉浮？

这"苍龙"神性大发，几度摇头摆尾、吐水撒珠，在桀骜不驯中与人类争斗。在北京历史上，水灾是仅次于旱灾的第二大灾难，而且旱灾也是伴随水灾而生的。

早期的永定河洪灾少有发生，对城市的危害也比较小。据记载，金代以前的西晋元康五年（295年）夏季，洪水冲垮了梁山（石景山）附近的庆陵堰，损毁了一定的坝体，冲垮北岸70余丈。此后，辽统和十一年（993年）、咸雍四年（1068年）、大康八年（1082年）等年份的史料中，也有永定河水灾的记录，但灾害程度有限。

据传说，公元前3世纪，永定河大灾，黎民百姓四处逃难，有人向秦始皇献计，说永定河有座碣石山，山上住有炎帝的后裔，是个仙人，懂医术，也懂治水。始皇闻讯立即从陕西启程，东渡黄河，穿越太行山脉，来到当时是燕国属地的永定河碣石山，不顾长途跋涉的疲劳，拜访仙人，得到指点，最终使洪水得以治理。

金朝建立，中都成为北方的统治中心，随着人口的增加、城市的扩大，永定河的灌溉、航运功能也随之增强。不幸的是，水灾呈直线上升之势。据专业部门梳理，水灾发生的主要原因是永定河上游的森林被不断砍伐甚至被彻底破坏。水灾呈现出几大规律：季节性强，如汛期集中于夏秋时节，尤以七八月为主；决口地段集中，如主要在出山峡以后，即三家店以下，对北京威胁最大的是石景山至卢沟桥以下一段；灾害区域集中，重点在下游地区，如石景山往东南，良乡、宛平、丰台、大兴、南苑、通州，以及城区西南、南部地区；危害严重，常常造成京畿地区大片房屋倒塌、田亩无人收、人畜溺毙，以及城区积水、交通瘫痪等灾难性后果，严重威胁了京城的安定；水旱相伴而生，越是干旱时期越容易出现水灾。

因而，北京城从辽以前对永定河的依赖、利用，因生态退化、河性改变、水害增加而变为以防御为主。所以，永定河的名称也像其水性变化般，从"无定""清泉河""桑干""卢沟"等，到康熙年间的"永定"。

据民间传说，当时是仙龟化作了"燕都第一仙山——石景山"，挡住了连年泛滥的洪水，所以，在康熙年间，洪水被制服，无定之水成永定之河。被折服之下，顺从地为人类所用，永定河就"定了"，也就风调雨顺了。此外，还有"大黑龙大闹无定河""石景山镇恶龙""天河吞水兽""关老爷挥刀拦洪水""无定河神龟斗怪龙"等传说，以及于成龙生死不离永定河、曾国藩修河难如愿、左宗棠治水有招、冯玉祥派兵修永定河堤等典故。

1949年，中华人民共和国成立后，在河上修建了官厅水库。之后，又在1967年、1973年、1974年、1976年、1983年、1984年等年份对永定河进行了多次治理。1973年制定了《卢沟桥至梁

各庄河段规划》；2005年6月，永定河综合治理工程一期工程完工；2006年启动了永定河综合治理二期工程。经过治理，永定河目前已成为继密云水库后的北京第二个饮用水水源地。

满园春色波光里。元世祖至元十二年（1275年），意大利大旅行家、作家马可·波罗到达中国，在随后的十几年中，他游遍了中国各地。之后，他口述的游记《马可·波罗游记》中，不仅详细记录了元代中国的政治事件、物产风俗，还对永定河进行了描写。书中记载道："从皇城出发，骑行十多里就到了一条很大很大的河，这河叫永定河，河水川流不息地流向大海。商人利用这条大河运输商货，集聚的商货可多了，河上舟楫往来，帆船如织。最重要的是这河上有座美丽的大石桥，长300步，宽逾8步，就是10个人骑着马并行都没问题。这桥下有桥拱24个，桥脚25个，可谓佳作。桥两旁都是精美的大理石栏，还有柱子，每根柱子上都有雕刻精致的石狮子。每隔一步，有一个石桩，形状都一样。两桩之间，是灰色大理石，避免行人不慎落水。桥两面皆如此，颇为壮观。"

永定河畔茂密而广阔的森林和草地，史料也多有记载。据《山海经》介绍，永定河上游的山地分布着以松树、柏树、漆树、棕树、桐树等乔木为主的茂盛的草木。《水经注·㶟水》云：永定河上游的浑水"夹塘之上，杂树交荫"，于延水"水侧有桑林，故时人亦谓是水为桑河"。古画《卢沟运筏图》描绘的正是元代从永定河上游砍伐林木，顺河漂运至卢沟桥，再运往大都市的盛景。永定河流域的地名，如松树岭、桦榆坡、榆林沟、槐树沟、杨树沟、椿树沟、檀木沟、椴木沟、梨树台、桃园、樱桃沟等，真实反映了永定河流域历史上林木分布的地域广泛和种类丰富。

永定河美丽的山间地带的泉水，也堪称一景。明代历史地理著作《帝京景物略》云："右安门外南十里草桥，方十里，皆泉也。会桥下，伏流十里，道玉河以出，四十里达于潞"，有了泉水的滋润，养花、种稻、修建园林等盛极一时。清人励宗万描绘道："右安门外西南，泉源涌出，为草桥根深叶茂，连接丰台，为近郊养花之所，元人园亭皆在此。"而"凉水出凤泉，玉泉各别路。源出京西南，分流东南注"，则是清乾隆皇帝为凉水河所作的诗。

"病有四百四十样，茶通八百八十方"，这是京西大山里流传的对永定河上游山茶的赞美。作为北京最高的山，灵山不但风景优美、植被茂密，而且盛产黄芩茶、野毛尖茶、枣芽茶、罐儿茶、棍儿茶、金莲花茶、野菊花茶、百合花茶等。与此同时，"百姓采摘人蜂拥，消食生津竞相夸"的龙泉务香白杏，在京西诸岭香飘四溢。还有被誉为"中国玫瑰之乡"的妙峰山的高山玫瑰，果肉细腻、酸甜适口、风味独特的"京白梨"，被称为"神树"的挂满枝头的大片核桃树，都是永定河流域的特色产品。

800多年前，永定河高粱河故道连接运河，运粮的漕船将物资送进北京城，烤鸭、茉莉花茶等来到了北京，至今都是北京人味蕾中永远忘不掉的记忆。

纷呈文明长

绵绵的永定河从历史和岁月中走来，化为五彩纷呈的文明景象，在人类发展史上游走、延伸、传承，留下了诸多记忆。

一河渊源文脉深。永定河流域，是东方文明的起源之地、中华文化的发祥之地。距今200多万年前，人类祖先的足迹就出现在永定河上游的泥河湾一带；之后，到距今约1万年前的旧石器时代，人类在这里活动。后来，周口店北京猿人、新洞人、山顶洞人，门头沟东胡林人等古人类遗址的发现，进一步揭示了永定河流域内的人类活动情况。

历史悠久的水文化。从蓟城初立，到战国燕都、唐幽州城、辽南京城、金中都城，城市的主要水源都是城西的大湖，即今莲花池。莲花池遗址，为历史留下了文化记忆。为京城水利史留下重要一笔的金口河，是元代城市大运河引水济漕的首选河道。三国时，北京历史上第一次大规模引永定河水灌溉的戾陵堰和车箱渠，绘制了抵御自然灾害的历史画卷。始于金代，于清代走向高峰的永定河大堤，留下许多历史遗迹。始建于金代的卢沟桥，不但留下了"卢沟晓月"的美景，还见证了中华儿女奋进抗争的"七七事变"。

从远古至今，从上游到下游，永定河还见证了华夏民族融合发展的历史脉络。如永定河跨越晋北高原与华北平原，途经畜牧与农耕两类经济区域，自然成为经济的走廊、民族交往的通道、文化融合的摇篮。

永定河流域拥有丰富的宗教文化，如灵泉寺、潭柘寺、戒台寺、华严寺、悬空寺、永安寺、山神、土地、龙王等，覆盖儒、释、道，形成了永定河独特的文化气象。

与此同时，永定河畔的古渡口、古堡门楼、古民居建筑等，历史悠久，独具特色，蔚为壮观。

长河秀美多名山。北京是座有山的城市，燕山与太行山在北京相接，对撞出山河秀丽、幽谷奇绝、琳琅百态的天然画廊。山有魂，水有灵，更显示出永定河天工妙造的不同凡响。永定河上游，有著名的古战场野狐岭，佛教名山五台山、北岳恒山，以及大同西部的武周山，武周山上的云冈石窟是中国三大石窟群之一。

在怀来—涿鹿这块小盆地里，镶嵌着与黄帝、炎帝、尧帝、舜帝有关的山——涿鹿山、桥山等，诉说着永定河畔悠久灿烂的名山文化。

人称"神京右臂""神皋奥区"的北京西山，是太行山的余脉，峰峦叠嶂，如绿色屏障般拱卫京师。历史上，这里的神庙、道观、寺院、庵堂等数以千计，香火不绝。被称为"燕都第一仙山"的石景山，山上有石经台、普观洞、普安洞、孔雀洞、舍利宝塔等诸多名胜，清《日下旧闻考》云"穷极壮丽，都人岁以元日往祠，至四月士女又群集"，香火极盛。地处门头沟与房山交界处的马鞍山，因有戒台寺和寺内百年以上的古松而闻名京城。

据记载，京西七十里的妙峰山"峰峦拱秀，中有平顶，如莲花心，旁有五峰，曰独秀、翠微、紫盖、妙高、紫微"。妙峰山庙会香火旺盛，是中国民俗文化集大成之地。已是京西著名旅游胜地的百花山，兼具山形石态、树木花草、寺庙古迹，是自然风光与历史人文共生的名山。位于门头沟西北部的灵山，奇峰峻峭，花海无垠。还有位于延庆的海坨山、松山、缙阳山等，绮丽壮伟，傲视苍穹。

……

岁月不居，沧海化桑田。如今，永定河流入北京市内的主河占全市面积的约18.9%，其中山区面积2491平方千米，河床最宽处为3800米。永定河的主要支流有妫水河、清水河、天堂河等，沿河建有官厅水库、斋堂水库、苇子水水库等大型水库。永定河于1985年被列入中国四大重点防洪河道之一，河上有大、中型桥梁48座，京广铁路、京原铁路、丰沙铁路等跨河而过。

近几年来，永定河连续进行生态补水，使"流动的河、绿色的河、清洁的河、安全的河"更为光彩夺目。最新统计数据显示，陈家庄至卢沟桥段永定河沿线10千米范围内，地下水位平均回升1.26米，首都西南地区地表、地下水生态环境得到持续改善。可以说，这条贯穿京津冀晋的绿色生态河流廊道，北京的母亲河，正如前文所描述的，"一群群奇珍异鸟追逐打闹、自由翱翔，与人类和谐共生……好一派灿烂的天地人共欢之盛景"，重现了水绿岸美的自然山水风貌。

如今，永定河畔森林绿地连珠成串，永定河水碧波荡漾。据统计，多达198种野生动物在永定河流域安家落户，包括我国特有的珍稀鸟种震旦鸦雀和世界极危物种黄胸鹀。永定河流域内有笔架山、清水尖、九龙山、黄草梁、百花山风景区、灵山风景区，以及永定河纪念林区、永定河峡谷、永定河绿野高效农艺园、永定河观光旅游带、珍珠湖、龙泉水上乐园、东方骑士中心及鹰山森林公园等，景象万千，卢沟桥、灵岳寺、川底下村、金门闸、求贤坝遗址、十里铺渡口、门头沟卧龙岗等古迹，令人流连忘返。

目前，按照《北京市"十四五"时期文物博物馆产业发展规划》，有关部门正积极推进永定河文化的综合体建设，充分展现永定河流域历史演变、美好未来；推动永定河沿线皇家园林、寺庙、石窟寺、传统村落、京西工业遗产等的整体保护、利用；推进周口店北京人遗址、琉璃河遗址、云居寺等文物的保护与利用，加强东胡林人遗址的规划建设，力求打造出新的国际旅游经典路线。推动潭柘寺、戒台寺、大葆台西汉墓遗址等文物保护展示，并以举办西山永定河文化节为代表，不断展示永定河的时代变迁。

相信，未来的永定河，在一代又一代人的接力建设下，必将大放异彩，展现出水天一色的生态文明新风采。

第四章

旷世故宫

一个宫殿群，随着王朝的解体，在渐行渐远中，如落幕之余晖：残阳似血，在神圣、迷离中令人眩晕而倾倒；晖光陆离，折射出斑斓的兴衰更替、后宫喋血、权谋争斗，令人惊心、悲凄而哀婉；晚霞璀璨，映照出过往的盛景和日复一日的文化记忆。余晖，在"犹抱琵琶半遮面"中增加了这群建筑的神秘莫测，让人在不断留恋宫殿的宏大、旷世绝美中，不经意间生出哀婉之叹！

　　这，就是故宫的前世今生！

　　朋友，每当站在首都天安门广场，向北凝视朱红色城楼和城楼后面展开的故宫，你会不由得从心海中升腾起无尽的遐思，不自觉地领略和思考建筑背后的浩瀚历史。

凄美而绝伦

五朝宫阙近千载，天下承平三大殿，四夷来朝有乾坤，二十四皇显威权。巍峨的宫殿，神圣的皇权，灿烂的霞光，耀眼的晚霞，惊诧于1911年辛亥革命的"一声枪响"，落幕在1912年隆裕太后率宣统皇帝发布的清帝退位诏书，凝固于1924年冯玉祥部下鹿钟麟将末代皇帝溥仪赶出紫禁城，定格在1925年"故宫博物院"宣告成立。

这之后的100多年来，昔日的禁地——紫禁城，成了百姓的观赏地、游览地、猎奇地、寻美地，成了中国古代建筑的符号，成了3000多年中华优秀传统文化的宝库。

一座城，是一方水土、一地风情、一域文化。一座城的地标，孕育的是一邦民族气象，成长的是一域独特文明，象征的是一国之气节和政治、经济、文化、科技等的兴替演进！

环顾当今之中国，走入历史隧道，纵览五千年、雄视三千载，不见殷纣之鹿台、始皇之阿房宫、曹魏之铜雀台、汉之未央宫、唐之大明宫……唯独存世者，故宫紫禁城是也！

历经辽、金、元，北京城内的三朝宫阙遗址，已有800多载[①]历史！

[①]本章的800多载，皆从金中都算起。800多年前，金王朝将都城从上京（今黑龙江阿城）南迁到燕京，取名"中都"。自此，北京的身份由"城"转变为"都"，开启了作为帝都的城市发展新纪元。

紫禁城，扼南北、令九州、安天下、抚四夷，是几代王朝的中枢，是当今世界仅存的规模最大、保护最完整的皇家宫城。

这群任何建筑都无法替代的宫殿，是由中华民族历史发展所决定的。历经了游猎、氏族、部落、封建时代，以华夏族及其延续的汉民族为主体的中华民族，一直在崇尚皇权中，在黄河、长江流域聚散起伏，寻找着国家一统、民族团结的"稳定器"——王朝都城。苍天在上，"君权神授"，唯"天子""居其所而众星共之"，才能在"龙行天下"中树立起民族团结的号召力、凝聚力、向心力，才能大定天下、号令四方、兴盛家国。

地处华北平原北端的北京，是中原文化与北方游牧文化的交错地带。不同民族与文化之间的斗争和冲突，使这一地区成为文化交流和民族融合的舞台。因而，多民族杂处，在这块"龙兴之地"建起"天子"行宫，是故宫在600多年前必然出现的大势所趋、帝国重器！

尤其自辽代以来，辽改幽州为南京，作为"五京"之一，这一地区开启了民族文化发展的新气象。到了金代，随着金中都（故址在北京西南西城至丰台一带）的设立，多民族的文化融合使北京成为引领中华文化的集大成者；元大都，作为中国少数民族建立的第一座全国统一王朝的都城，使民族融合成为历史文化发展的主线，不但把北京文化推向了前所未有的高峰，而且使其自身逐渐成为世界上最有影响力的国际大都会。

明清两朝，政治一统、国家稳定、商贸繁荣、文化兴盛，汇集大江南北、长城内外的多民族、多地域的封建文化走向鼎盛。此后，象征皇权的明清故宫也在经历威慑天下、四夷朝服之后，渐渐走向了其最终的命运——凋敝、没落。正如明代杨慎的《临江仙·滚滚长江东逝水》云："滚滚长江东逝水，浪花淘尽英雄。是非成败转头空。青山依旧在，几度夕阳红。白发渔樵江渚上，惯看秋月春风。一壶浊酒喜相逢。古今多少事，都付笑谈中。"故宫作为古典建筑的"灯塔""明珠"和皇权象征，如"青山"依旧在，似"夕阳"几度红，成为永远的"东逝水""喜相逢"。

走进夕阳中的故宫，宏伟、壮丽、威武的宫阙无不透露着皇权至上的气息——黄瓦红墙、彩画护栏，每一处建筑、装饰、用器，都是皇权物化、制度和等级的载体。置身其间，仿佛不断有明永乐、洪熙、宣德……清顺治、康熙、雍正等"天子"在天下中心的"太和殿"登基，端坐于保和、中和两殿中开"金口"，把"奉天承运，皇帝诏曰"的诏令发往全国各地。甚至不时"见到"皇后、嫔妃们在乾清宫、交泰殿、坤宁宫，交替演绎着争宠权斗、夺嫡谋位、步步惊心……数百年前的明清往事，一幕幕在脑海里呈现。

俗话说，人"赤条条来，赤条条去"，不带走一丝丝富贵和钱财，最终都化为青烟，回归自然。

想到这儿，举目夕阳下的紫禁城，仿佛24帝张着血盆大口，在吞吐民脂民膏中，把宫殿染得血红，使这座令人眼花缭乱、穷奢极欲的空城，终究化为一梦，让人五味杂陈、莫衷一是！残阳如血！这就是暮色中的紫禁城！美，凄美，却令人不寒而栗！

在这座宫殿的前世今生中，凄美而绝伦是故宫的底色，但更多的是古人通天彻地的高超智慧和在天、地、人中寻求"天意"而驾驭万物的本领。

一统出紫禁

中国人从小在四书五经、金木水火土、天地日月人的教化中成长，自小就多多少少知道些"天人感应""天人合一"等儒道学说，故对盘古开天地、女娲造人以及天地位尊、万物育尊的"天理"都略知一二。这为紫禁城这一宫殿群的诞生奠定了重要的民族文化基因。

在既没有航测遥感，又没有卫星精确定位、测量的情况下，古人用"仰观天象、俯察地理"、中参人和的天文知识、哲学理念，准确地把这一宫殿群定位于"龙兴之地"北京，起于中轴线上，并按天上星宿"三垣四象二十八宿"分布的"天理"设置，使天帝居于"紫微垣"（紫禁城）。"紫微垣"是天上的中枢，群星围绕其运行。因而"天人感应"，"天子"所建宫城与天对应，当为"紫禁城"。所以，古人便把这想出来、看出来、说出来，还能设计出来的"天宫"付诸现实，使其天马行空不落空。

紫禁城"降临"人间，"天子"居其间，便可在此一统八方、号令四海。由此，这一宫殿群便成为中华民族几百多年来的"天庭"，"天子"居其所，行"天理"，施令于天下。它是"上承天意"，下接庶民，"诰命于天下"的法的正统所在。

在几千年的儒家和道家学说的教化下，紫禁城就这样诞生了！其要义是"天子"——皇帝为自己建造的宫殿，是体现皇权、稳固天下、发号施令的东方建筑，是中国传统文化、中国皇权礼教、儒道哲学的高度结晶。

也正是因为有中华民族古人的高超智慧，紫禁城才能成为举世无双的传统文化瑰宝、历史传承的精髓、时代印记的象征，成为永远无法超越的东方建筑大成、世界文化遗产。

在"守中致和"理念的指导下，建筑群在多年的不断打磨、修建、更新中，日臻完善。

辽代的"五京"之一"南京"，即幽州（今北京），是紫禁城所在地北京城的历史渊源之一。其历史背景是契丹经过多年努力，得到了"燕云十六州"，随后经与宋多次交战并缔结"澶渊之盟"，长期占据这里。辽作为少数民族政权，916年，盟主耶律阿保机正式废除部落联盟制，学习汉人的"王朝体制"建立了"大契丹国"，史称"辽太祖"。938年，辽太宗耶律德光改幽州为南京道，升为辽国的陪都，并用汉人的传统管理制度管理幽州，产生了显著的社会效益，这些制度也被推广到其他道。

《吴越春秋》曰："鲧筑城以卫君，造郭以守民，此城郭之始也。"就是说，"城""郭"的出现，是城垣发展的第一阶段，即由单一的城垣发展到"城"与"郭"的"二重城"阶段。社会发展到一定时代，王权诞生，靠血缘维持的部族被分封各地的公、侯、伯、子、男的邦国替代。《礼记·王制》云："天子祭天地，诸侯祭社稷。"作为天地之主，"天子"的"三重城"，即宫城、大城、外郭便为"天子"皇城的标配。

既是陪都，是皇帝的"都"，就要有"都"的模样、气势和内涵。纳入辽政权下的幽州，不仅为北方民族学习中原传统文化提供了便利，也使以汉族文化为主的农耕文化与以契丹等少数民族文化为主的游牧文化相互借鉴、相互融合。因而都城的建设，既继承了大唐文化，如宫廷布局、天文历法、礼仪规章等，又遵循《周礼·考工记》"匠人营国，方九里，旁三门。国中九经九纬，经涂九轨，左祖右社，面朝后市，市朝一夫"的理念，严格按照"三重城""九大殿"进行建造。

辽南京城的选址在今北京的西南，即西城区偏西一带。据载，辽南京城在唐幽州城"城方三十里"的基础上，外罗西南而为之，方圆三十六里，形成了"前朝后市"的皇城规划。皇城内的宫殿有元和殿、便殿、内殿、嘉宁殿、弘正殿、紫宸殿、御容殿等"九大殿"。元和殿为正殿，皇帝在此举行朝贺、殿试、册封等重大活动；弘正殿、紫宸殿，是萧太后和辽圣宗召见百官的地方；昭庆殿是皇帝与群臣举行宴会的地方；御容殿是供奉辽景宗、辽圣宗遗像的宫殿。这些宫殿高大壮丽，各殿之间有甬道相通，初步显示了都城的雏形。

1151年，金海陵王完颜亮下诏在辽南京城的基础上营建中都作为金的首都。营建前，海陵王派画工和技师到北宋都城东京的皇宫把宫殿的规模、布局、格式、尺寸、用料等一一描绘、测量、记录，后交给左丞相张浩等参考模仿，并按《周礼·考工记》中"准四重城"的建制，在辽大城、子城、外罗城"三重城"的基础上又建造了"内城"，形成了"宫城、皇城、内城、外城"的新格局，并在沿用辽南京宫城、皇城以及中轴线的基础上，向东、南、西三面扩展了都城格局，使原来偏于城市西南部的宫殿苑囿成为整个城市的中心，城门12座，每面又分3门。同时，与宫殿配套的皇家园林、皇室寝陵、祭祀宗庙、官僚衙署等，全部参照北宋王朝国都的标准建造，一改辽南京只是陪都而非政治中心的格局。

据史料记载，金中都皇城设有4门。正南门是皇城的正门，称为宣阳门。宣阳门与中都正南门之间有一座汉白玉的龙津桥。

宣阳门上重楼壮丽，绘有龙形图案的中门专供皇帝出入，绘有凤凰图案的左、右旁门供其他人员出入。门内正北是御道，两侧是东、西相对的千步廊。御道往北是端门，端门再往北就是宫门——应天门，由此进入皇宫。皇城东门，称为宣华门，又称东华门，是辽南京的东门——宣和门；西门，称为玉华门，其西南就是辽著名的皇家园林同乐园，又称西苑；北门，称为拱辰门，取"譬如北辰，居其所而众星共之"之意，相当于辽南京的"子北门"。

宋人周煇在《北辕录》中记载金中都皇宫："瓦悉覆以琉璃，日色晖映，楼观翚飞，图画莫克摹写。"言其辉煌壮丽的程度，已非笔墨所能描摹。在当时，这座皇城皇宫已经完全摄人心魄、威服四方，尽显皇家和"天子"的风范，而"紫微"普照。

元朝的皇宫，是紫禁城的前身。有一个"不破不立"的故事。1215年，蒙古军队以迅雷不及掩耳之势荡平了金的中都，昔日豪华的皇城、皇宫没能经受住蒙古铁蹄的践踏，一夜之间化为废墟。

宋代理学大师朱熹说："冀都是正天地中间，好个风水。山川从云中发来，云中正高脊处。自脊以西之水则西流入于龙门西河；自脊以东之水则东流入海。前面一条黄河环绕。右畔是华山耸立，为虎。自华来至中为嵩山，是为前案。遂过去为泰山，耸立于左，是为龙。淮南诸山是第二重案。江南诸山及五岭，又为第三四重案。"作为明成祖朱棣"龙兴之地"的北京，在历史关口必将迎来象征其皇权至尊无上的宫殿建筑。

就这样，在"破"与"立"中，宏大而千古留名的紫禁城，就在永乐大帝"龙兴"的风水宝地北京横空出世了！

第四章 旷世故宫

建非常之功

任何事物都不是独立存在的，如老子云："人法地，地法天，天法道，道法自然。"与此同时，任何事物的成败得失，尤其是名垂青史的大事件，都是天时、地利、人和共同作用的结果，三者必须同时具备才能协调发展。

西汉司马相如上书汉武帝说："盖世必有非常之人，然后有非常之事；有非常之事，然后有非常之功。"当历史走到那个时段，具备非常之才的忽必烈就出现了。辉煌的元大都，在忽必烈的脑海中展开了——在燕京建都，而且要建大都（意为大汗之居处）！

要建接天连地、立于寰宇、传于千秋万代的大都！

忽必烈，生于1215年，卒于1294年，蒙古族，政治家、军事家，是大蒙古国的第五代可汗，元朝的开国皇帝。据记载，忽必烈在青年时代便"思大有为于天下"。1251年，长兄蒙哥继大汗位，忽必烈受封为王。1260年，长兄去世，忽必烈在开平即汗位，建元中统，开始按中国传统的王朝年号纪年。1271年，改国号为大元，1272年迁都元大都（今北京），随后举兵南下，1279年消灭了流亡在崖山的南宋残余势力，完成了全国的统一。元世祖忽必烈是一位有宏才大略且功勋卓著的帝王。

推翻元朝的大明开国皇帝朱元璋评价忽必烈道："昔中国大宋主天下三百一十余年，后其子孙不能敬天爱民，故天生元朝太祖皇帝，起于漠北，凡达达、回回、诸番君长，尽平定之。太祖之孙以仁德著称，为世祖皇帝，混一天下，九夷八蛮、海外番国，归于一统。百年之间，其恩德孰不思慕？号令孰不畏惧？是时四方无虞，民康物阜。"

清代名士曾国藩评价说："自古英哲非常之君，往往得人鼎盛。若汉之武帝，唐之文皇，宋之仁宗，元之世祖，明之孝宗。其时皆异材勃起，俊彦云屯，焜耀简编。"

在近700年的历史长河中，帝王、名流、先贤们对忽必烈的评价可见一斑。其与汉武、唐宗、宋祖的"四方无虞，民康物阜"功德媲美，还是"异材勃起，俊彦云屯""英哲非常之君"的"志之士矣"，且"焜耀简编"！

事实上，自1211年起，成吉思汗就开始向大草原南面的金朝发起猛攻，直到1227年成吉思汗去世，金一直是蒙古的劲敌。窝阔台继位后，继续担负起了灭金大任。1233年，金哀宗从归德逃到蔡州（今河南汝南）。次年，宋元联盟，宋军攻破南城，蒙古军攻破西城，金哀宗自缢，金国灭亡。

1251年，忽必烈长兄蒙哥继汗位，是为元宪宗。为维护对中原地区的统治，蒙哥任命同母弟弟中"最长且贤"的忽必烈总领中原事务。

珠联才能璧合。元朝起于北方大漠，吞西域、灭女真、定南诏、占江南，使得天下归一。在这场帝国大业的建立中，有一个人——刘秉忠，起了不可估量的作用。

刘秉忠（1216—1274），邢州（今河北邢台）人，是大蒙古国至元代初期杰出的政治家、思想家、文学家，官拜光禄大夫、太保，领中书省政事，赠太师、上柱国、常山王等。其幼聪颖，8岁能日诵文数百言，13岁在帅府做质子，17岁为邢台节度使府令史，之后一度弃官隐居，拜虚照禅师为师。他博览群书，尤深研《易经》及宋代邵雍所著的《皇极经世书》等，融通释、道、儒，是"上知天文，下晓地理"，善"运筹于帷幄之中，决胜于千里之外"的旷世奇才。

起初，海云禅师奉忽必烈之诏前往和林，路过云中时，听闻刘秉忠博学多才，便邀其同行。借此机会，两位年龄仅相差一岁的盖世之人——一位霸才和一位奇才，相遇、相知、相携了。此时，27岁的忽必烈，阅历、资历、能力、眼界、思想等已臻成熟，与小自己一岁、同样胸怀大志和奇谋的刘秉忠一拍即合、相见恨晚。两位盖世之才惺惺相惜，谈天说地，纵横捭阖，誓平天下。促膝夜谈之后，奉命还俗的一代名臣刘秉忠便"出山"了。之后，君臣珠联璧合，相携20载。刘秉忠不负先祖的期望。作为重臣，他参与大元之初创，辅佐元世祖忽必烈"开文明之治，立太平之基"，使元政权迅速完成了由奴隶制向封建制的蜕变，元朝成为当时世界上疆域最广、实力最强盛的帝国。

有刘秉忠、元好问等一大批鸿儒熏陶，不久，忽必烈就被奉为"儒教大宗师"，由"霸才"成长为"圣度优宏，开白炳烺，好儒术，喜衣冠，崇礼让"的"盖世雄才"。

1259年，元宪宗蒙哥病逝。1260年，忽必烈继承大统，第一件事就是完成在燕京建大都的夙愿。

首先，忽必烈采纳刘秉忠的建议，取《易经》"大哉乾元"之意，将国号由"大蒙古国"改为"大元"，他也成为元朝首任皇帝。其次，忽必烈将在抚州之东、滦水之北龙岗建的开平升为上都，复改燕京为中都，实行两京制度，为最终将都城迁于燕京做准备。

究天人之际

道，乃万事万物之规律。只有娴熟于"道"，才能"道法自然"，才能与道合一，从而达到天人合一。

正是有忽必烈、刘秉忠两位盖世之才，才使博大精深的中华传统文化在大都建设中得以完美体现。

雄才大略的元世祖在继承太祖、太宗、宪宗衣钵，横扫八方、一统天下的同时，更深深知道都城乃一国之中枢和皇权的象征，建皇城大都一刻也不能停。尤其面临唐末以来的天下分割局面，结束两京制度，在燕京城建一座更加宏伟的都城，使其成为全国新的、唯一的统治中心，不但是实现年轻时的梦想和追求，也是稳定太祖、太宗千秋大业之关键和必然，更是世祖把都城建造与一统天下大业同步进行所必需的。

为一梦，世祖时时刻刻在奋斗着——在登上大位的几年前（1256年），世祖便让刘秉忠在桓州东、滦水北设计修建了一座王城，算是小试牛刀。刘秉忠用了3年时间完成了这一工程。城修好后，取名开平（忽必烈就是在此登上皇帝宝座的），并升其为上都，其遗址在今内蒙古正蓝旗东20千米处。

就这样，融通儒释道理念、缜密规划的元大都，便在刘秉忠的"通天彻地"、暗合"天机"中，向燕京走来。刘秉忠，作为世界历史上最伟大的城市设计师之一而名垂青史。元大都，也成为统一的多民族国家的政治、经济、文化中心，奠定了明清乃至今天北京城的基础，是当时世界上最大的都市之一。

这是这座城最初也是最终的模样，余晖中的模样。

至元三年（1266年），刘秉忠又奉命在原燕京城东北设计建造新的都城，取名大都。1267年动工，直到至元二十二年（1285年）初完工，历时18年之久。

在建大都的过程中，刘秉忠的各项规划都遵从"金木水火土，天地日月人"的辨方正位、象天立宫以及儒释道学说和推演移易进行，是在全国政治中心的宫城建筑中首次运用中华传统文化的不折不扣的体现。

将大都选址在金中都的东北，充分利用前代宫苑空间的基础来规划，使大都成为汉代以来唯一一个宫城居于城市中轴线偏南的皇都，按《周礼·考工记》的"左祖右社"的原则建造——以金太宁宫中轴线为大都的中轴线，以"青山"（今景山）为中轴线的中心点，以金太宁宫和琼林苑基址为"前朝"皇宫和大内御园，以钟楼南北的区域为"后市"，并依《周礼》"面朝后市，市朝一夫"和"三朝五门"与"天南地北""南上北下"的思想，将宫城规划在中轴线的南半部，以为上，达到上承"天"意；将"国市"规划在中轴线北半部，以为下，表达出下接"地"之道。而且"朝"与"市"的面积均为"一夫"，即"百亩"。所以"后市"的"钟楼市"按元的度量衡为南北长240元步、东西长100元步，合24000元步。"三朝"为外朝、治朝、燕朝，分别处理重大政务、特殊政务、日常事务。"五门"为皋门、库门、雉门、应门、路门，与《洛书》的"十五"之数相合。"禁城"为"凸"字形，城门有九座。"禁城"与"卫城"之间，为阔24步的"驰道"。将金太宁宫中轴线向南延伸至丽正门，在南中门以南新建皇城棂星门，并在棂星门以南至丽正门以北规划了"天街"和千步廊，廊的总长约700元步，左右各350元步，以合《洛书》的"三五之数"，象征皇权的"九五之尊"。

按照古人"究天人之际"的理念，大都城市中心建有中心台，是城市东西南北的中心，这在中国城市建筑史上尚属首创。中心台与元大都南北城垣的距离相等。中心台占地一亩，其旁有中心阁。《析津志》载："齐政楼，都城之丽谯也。东，中心阁。"齐政楼即元大都的鼓楼，其在中心阁西，亦即大都中轴线西侧，位于今北京旧鼓楼大街。明代，始将鼓楼和其北的钟楼向东移至今北京鼓楼、钟楼位置，亦即城市中轴线上。元大都鼓楼上置有壶漏、鼓角等计时、报时工具；钟楼上有阁楼，飞檐三重，内置大钟，声响洪亮，全城遍闻。

据记载，整个大都城为三重城，都城套皇城，皇城套宫城。"城方六十里，十一门"，呈长方形。南北两面城墙长约6500米，东西两面城墙长约7800米。南、东、西三面各开三门，北面开两门；南面的三门，正中称丽正门，东侧为文明门，西侧为顺承门；东面三门，正中称崇仁门，南侧称齐化门，北侧称光熙门；西面有三门，正中称和义门，南侧称平则门，北侧称肃清门；北面有两门，东侧称安贞门，西侧称健德门。全城的居民被分为49个坊里，大街宽24步，小街宽12步，384条火巷、29条弄通（堂），颇为壮观。大都城形成了大街小巷横平竖直的棋盘式城市格局，完全废除了此前金中都的城市主体被高大房墙阻隔的封闭状态，成为一座完全开放的都城，城门、城墙、胡同、四合院等成为整个城市的景观要素，美不胜收。

1275年，意大利人马可·波罗来到大都，被东方大国的都城巨制震慑了，在其著名的游记中记载道："美善之极，未可宣言！"明初萧洵也赞叹道："虽天上之清都，海上之蓬莱，犹不足以喻其境也。"

就这样，这座按照儒释道学说建立起的皇城，便在元世祖、刘秉忠的"神来之笔"、呕心沥血中诞生了。

而今，我们徜徉在元大都浩瀚的史料以及大都遗址之中，不禁为设计者的"皇天至上""天人合一"的"奇门遁甲"绝活而感叹！刘秉忠在布局、造型上遵从《周礼》中王城图的规制。宫城用蓝、白色（蓝瓦白墙）打造出的"蓝天白云"，犹如元青花瓷般美丽。

这可能也是中华文化中"天人合一"之妙吧——让你身临其境而不得不赞叹！

皇权的图腾

紫禁城的诞生，是雄心勃勃的元世祖在刘秉忠等一群汉学大家的启示下，看到了游牧文化的落后，知道了历史悠久的中原文化的雄厚、神秘、悠久，尤其是儒家倡导的"君权神授""君君臣臣，父父子子"等是实现和稳定皇权的最好"统治术"，便娴熟地把游牧文化与中原文化的精髓巧妙结合，让深谙儒道玄学的刘秉忠把昆仑山与燕山相连、海河与运河相通，使紫禁城在幽燕大地横空出世，把以汉文化为中心的中华文化的"普天之下，莫非王土；率土之滨，莫非王臣"的"帝王"思想，用一座城在中华大地壮美展现！

四时有常，万物无常。《易经·乾·象传》中说"大哉乾元，万物资始，乃统天"，《易经·坤·象传》说"至哉坤元，万物资生，乃顺承天"。万事万物都有其始终，在浩瀚的历史长河中，紫禁城也注定要焕发出它更加灿烂的光彩和魅力。

如果说朱棣把紫禁城推向了王朝的新高度，那么王朝也把紫禁城打造得更加辉煌而至尊无上。

至今，余晖中的光彩不断，成为大美不言的古典建筑之灵魂，成为我们感知皇权文化的媒介。

《易经》曰："有天地然后有万物，有万物然后有男女，有男女然后有夫妇，有夫妇然后有父子，有父子然后有君臣。"这就是古代哲学家们对中国社会起源的推想。

中华民族管理社会的形式从母系、同族到氏族、部落、分封的不断发展，推动了人们对事物法则认知的进步。原始人不知道自然界的法则，以为凡事都有一个像人一样的东西在暗中主持着。这就像我们相信人有灵魂，山川有神，老树、蛇、怪石等物有精灵一样。人们认为，社会组织在变化，灵界组织也跟着在变，即从部族的神到分封的神的变化。而且，部族的神只保护一个部族，与另一个部族的神是敌对的。正如《左传》中记载："神不歆非类，民不祀非族。"到了分封时代，各个神灵之间不但要有一个联系，还要分出尊卑等级，如《周官》便把其分为天神、地祇、人鬼、物魅四类，所以就有了《礼记·王制》中的"天子祭天地，诸侯祭其域内名山大川"。还有主四时化育的五帝，居中央者为黄帝。

在古人看来，天子是天帝的儿子。譬如：商朝的始祖契，其母简狄就是吞下了一枚玄鸟的卵而怀上契；周的始祖后稷，其母姜嫄踩上了一只大脚印后怀上后稷。因而，契、稷都是天帝之子，应是天下之"王"，其子孙后代也都是受命而为的天子，身负王命。所以，天下姓"王"，是"王"的天下。在"王"的土地上出生、生活的人们，一诞生，就注定是"王"的百姓。这是谁也违背不了的"天意"。

据记载，黄河流域对农耕生产及节气变化、天地运转的认知处于领先地位，成为周边部落向往的中心。禹，姒姓夏后氏首领，传说为帝颛顼的曾孙，是黄帝轩辕氏的第六代玄孙，是正统的天子。其因治黄河水患有功，成为"万王之王"的众部落首领，并利用"天子"的权威而"号令天下"，打造出中国第一个朝代——夏。

自此以后，人们崇拜的神，便由部族发展到诸侯、列国，以至一统到"夏"的各部落、各诸侯国的"天子"。渐进发展，"天无二日，地无二主"的社稷（社，即土神；稷，即谷神）江山，是为"王土"。"率土之滨，莫非王臣""君权神授""皇权至上"的皇权文化趋于成熟，绵绵不绝，渐进成为中华民族遵从的规则和信条，成为封建时代人们根深蒂固的精神支柱，一直主宰着人们的社会生活。

所以，儒道学说中大地的"天子"应与天上的"天帝"对应，居大地中枢的皇城而号令四方，便理所当然地成为社会的信条和法则。

自民族形成之初，族民们就从心理上开始接受这种崇拜和规范。加之儒道的"三统五德""德不配位，必有祸殃"等思想的教化和训诫，古代中国的朝代更迭史，就是一部族民们不断寻找"真命天子""明主""明君"而不破不立，破而再立的"择主而事"的历史。

元朝未能走出儒道学说"三统五德"的历史循环。后堪比元世祖、刘秉忠式的雄才明成祖朱棣、"黑衣宰相"姚广孝应运而生。

朱棣（1360—1424），是大明开国皇帝朱元璋的第四子，是明朝第三位皇帝。他早期被封为燕王，在姚广孝的策划下发动"靖难之役"，起兵攻打侄子建文帝，于1402年在南京登基，次年改元永乐，迁都北京。明成祖朱棣在位期间，改革机构，疏浚大运河，巩固南北边防，多次派郑和下西洋开辟海上丝绸之路，命人编修《永乐大典》等，将"靖难之役"后的疮痍局面发展至经济繁荣、国力强盛的盛世，史称"永乐盛世"。

姚广孝（1335—1418），长洲（今江苏苏州）人，法名道衍，年轻时在苏州出家为僧，精通三教。洪武年间，马皇后病逝，明太祖挑选高僧随侍诸王诵经祈福，姚广孝以"臣奉白帽著王"结识燕王朱棣，之后逐渐成为朱棣的左膀右臂，策划了"靖难之役"，参与了北京城的规划布局。

朱棣以区区燕地敌全国兵马，且最终获胜，与姚广孝运筹帷幄、决胜千里、屡建奇功分不开。起兵之初，朱棣犹豫不决，问姚广孝道："百姓都支持朝廷，怎么办？"姚广孝说："臣只知道天道，不管民心。"此言坚定了朱棣起兵的决心。之后的3年中，朱棣每遇进退的危急关头，都是姚广孝屡献奇计。一次在建文二年（1400年），朱棣大军围困济南3个月不破，正在进退两难之时，姚广孝传信于朱棣"班师休整"；另一次是决定生死的战略谋划——燕军克东昌（今山东聊城）大败，欲退军休整时，姚广孝极力劝谏进军，并建议调整战略，以轻骑挺进，径取南京，使朱棣一举克城渡江，登基称帝。

还有一则逸闻记述了姚广孝的非凡"功力"。据载，朱棣起兵之时，突有暴风雨来临，将王府的檐瓦吹落于地。风吹落瓦，在当时被视为不祥之兆。朱棣不禁色变，姚广孝解释道：

"这是吉兆啊！自古飞龙在天，必有风雨相从。王府的青瓦坠地，这预示着殿下要用上皇帝的黄瓦了！"一席话打消了朱棣的顾虑。

燕王朱棣正是看透了老百姓"皇权至上"的思想，便在姚广孝的"不管民心"建议下，以靖难之名夺下了侄子朱允炆（建文帝）的皇位。之后，朱棣为彰显"天子"正统，大造皇城，树威于天下，把中国人的"皇权崇拜"发挥到了极致。

1421年，朱棣迁都北京，可以说，天时、地利、人和全占齐了。

朱棣完全按照《周礼》等的规制，在大破大立中进行皇城的谋划、布局、建造，缔造出集各种权力于一身、高度体现传统政治观念和制度的皇家都城，并使其成为世界五大宫殿之首。

中国都城形制从五帝时期的"单城制"发展到夏商周时代的"双城制"（宫城与郭城），北魏首都洛阳首开"三城制"（宫城、皇城、郭城），一直延续到朱棣迁都。南、北分为外朝和内廷两部分；东、西分为三路纵列，中宫和东、西六宫，形成众星拱月的布局。外朝的中心为奉天、华盖、谨身三大殿，统称"三大殿"，是国家举行大典礼的地方；内廷的中心是乾清宫、交泰殿、坤宁宫，统称"后三宫"，是皇帝和皇后居住的正宫。

按照"天人感应""天人合一"的哲学理念，天上的星宿对应着地上的人间的万物。所以，从秦汉至盛唐，人间帝王所居住的宫城都模仿天帝居住的紫微垣，将宫城称为"紫宫"。皇帝居所为禁区，其他人等非请勿入，故称"禁城"，亦称"紫禁城"。"紫禁城"没有匾额，但在持久的皇权威仪之下，已根植于百姓的心中。

朱棣的紫禁城选址基本与元朝皇宫重合。元朝覆灭后，藩王朱棣依托元皇宫修建了燕王府，也是由此"发迹"。朱棣划定为紫禁城后，便要压制元朝的"皇气"。所以，朱棣彻底拆毁了在元大明宫基础上建起的旧燕王府，而且把北京南城墙南移到现在的前三门一线，使紫禁城、皇城及整个北京城的范围和格局敲定，并将规划内的建筑腾空、居民外迁，重新做地基。新地基俗称"满堂红""一块玉"。

紫禁城就在一块巨大、完整的人工地基"一块玉"上，进行设计、建设。地基四周挖筑了方正的筒子河以护城池。在北护城河的北部中段，还垒起了一座山，被命名为"万岁山"。

万岁山的峰顶正对着皇宫的中线，既是内城的几何中心，也是北京城的制高点。紫禁城的东、南、西、北各开一门，正门是南端的承天门（天安门），北门为地安门，东、西分别为东安门、西安门。

站在万岁山上，中轴线上"前朝后市，左祖右社"的建筑自南而北展开，又在以三大殿广场、乾清门广场、后三宫院落、御花园为中路，内廷三宫两侧对称的东、西12座宫殿，即东六宫、西六宫中铺排，把数千年礼法与建筑完美结合，不经意间把规则融入了对称与繁华的秩序平衡中。

就这样，占地72万多平方米，相传共有9999间半房屋（实际有8707间）的紫禁城横空出世了。紫禁城真正成为城中城、帝王的城，整个帝都无不显示出至高无上的"皇权"文化，由此也影响了北京城数百年的历史文化发展大格局。

广义上的紫禁城，除筒子河包围的城池外，还泛指北部的万岁山、东南部的太庙、西南部的社稷坛，以及与紫禁城功能密切相关的西苑、东苑。西苑，在紫禁城之西，包括北海、中海、南

海以及周边的园林，是在元朝大内太液池、琼华岛的基础上扩建而成的。东苑，在皇城东南部、太庙之东，也称"小南城""南内"。东苑建设初期是朱棣的"观击球射柳"场所，之后，随着历史的发展，相继改建为宫殿、亭馆、王府府邸，最后成为寺庙（普度寺）。

校定皇城"地轴"。继承元大都"五重城"的规划，将中轴线上"三朝五门"的皇城、大城"南拓"，按明里制使中轴线向南延伸1.25明里（约712米），让外城、内城、皇城、宫城上的所有建筑都与中轴线贯穿起来，并略向东南方向进行了微调，使永定门与钟楼不在一条经线上，使中轴线成为紫禁城、北京、大明帝国"三线合一"的中轴线。南拓后，不仅使"三朝五门"的规划得以实现，一改元禁城规划为"凸"字形结构为"中"的布局，显示出"居中而为"的帝都气象，而且还使"五重城"中的"卫城"和"禁城"有了"南门"。与此同时，将皇城南垣改为禁城南垣，进而将"左祖""右社"，即太庙和社稷坛围入南禁城，使紫禁城的功能更加完善。在此基础上，按《河图》《洛书》的"三五"之数，在中轴线上规划了35座建筑物，从北往南依次展开，充分显示出古代哲学、礼教礼制与建筑美学的完美结合和统一。

处处显"皇权"。明都城以皇权至上为核心，改变了元代大内、隆福宫、兴圣宫三足鼎立的布局，形成以居中轴线正位的"外朝内廷"为主、西北御苑为辅、皇家供应机构环绕四周的新格局。外朝，按照"君为臣纲"和"民非政不治，政非官不举，官非署不立"的礼制，把儒家文化中皇宫应有"三朝五门"，其"三朝"，是皇帝处理国家军政要务之所，外朝太和、中和、保和三大殿的太和殿更是居于第一之至尊，是皇帝举行重大典礼和接受百官朝拜的所在，高入云霄而与天相接，并按九五之尊的传统文化，面阔九间、进深五间进行修建，让人产生云拥天子的壮观之感。其"五门"（奉天门、午门、端门、承天门、大明门）也完全按照"天子五门"的礼制建造，充分显示出皇家宫殿至高无上的尊贵地位。与此同时，衙署的"东文西武"也按照古代礼制的东方"生"为文职的吏礼户，西方"杀"为武官刑司的结构而建造，内廷的"后三宫"乾清宫、交泰殿、坤宁宫也按《易经》中的"天地交泰"之意而命名。在此基础上，所有的建筑、空间，不管大小、宽窄，一律以中轴和奉天殿为核心，以方正、规矩、条理、秩序来规划，强烈渲染出天子宫殿的稳固、崇高、至尊之意。

建筑色彩也按照金木水火土的五行之说布置：土位居中央，代表黄色，象征皇权尊贵，因此紫禁城多用黄色铺排屋顶；火代表红色，象征吉祥、喜庆、美满，紫禁城的木柱、宫墙、门窗等多用红色，这与元大都的风格（蓝瓦白墙）明显不同。

……

一切的一切，无不主题鲜明、布局严谨、规模宏大、气势雄伟，充分展现出中国古代皇城建筑的灵魂和精髓，正如明代文学家解缙所描绘的"日月光天德，山河壮帝居"，明代大学士杨荣所称赞的"仰在天之神灵，隆万古之尊号"，可谓蔚为壮观，傲视苍穹，万古长存。

大美成永恒

"天地为一朝，万期为须臾，日月为扃牖，八荒为庭衢。行无辙迹，居无室庐，幕天席地，纵意所如"，用西晋"竹林七贤"之一刘伶的诗句来赞美故宫的伟岸，可谓恰如其分。须臾间，明清早已成为历史，皇帝时代也结束100多年了。"幕天席地，纵意所如"的故宫却向世人、世界演绎着绝世风华，成为中华大地的大美品相。

大成若缺恢宏美。《道德经》云："大成若缺，其用不弊；大盈若冲，其用不穷。"故宫布局之美就是大成、大盈的哲学示范。在单体与整体、个性与共性、有限与无限中，清晰的肌理、参差的轮廓、变化中的统一等，无不展现出移步换景的浑厚、典雅、华美。院落文化是中国古代建筑的核心，一座房子是独立的，一处院子也是独立的，然而它们又在独立中巧妙地形成一个整体。

这，就是故宫的美。在建筑面积约15万平方米的"一块玉"上，8707间半房子，在中轴线上被红墙和通道围合分割得星罗棋布，整体的大院与局部的中院、小院之间既独立又依存，无论大小、高矮、宽窄、主次、内外，尽显其美。

于是，有限的故宫在你步入其间后，又会让你在一座门又一座门、一个院落又一个院落、一片区域又一片区域的无穷变化、精妙转换中充满无限的遐思，这里，天地交融、上下呼应、前后相随、左右对称、高低错落、四季更迭……恢宏的建筑美、自然美、哲学美、物象美、音乐美，宛如一部序曲，前奏、协奏、鸣奏和美共鸣，主旋律突出，多声部协调的绝世中华古典建筑交响曲。

殿尊宫深御苑奇。在"一块玉"上又人工夯层16米以上，建成"土"字形的三层汉白玉铺就的须弥座大台基。在台基上建起的"外朝"太和殿、中和殿、保和殿三大殿从南向北依次展开，高低错落、浑然一体，使本来空旷的广场凸显出最高施政场所"重中之重"的地位，更加蔚为壮观。尤其是太和殿，建在长130米、宽200米的广场上，更显示出其伟岸肃穆。

三大殿建筑群南北长437米，东西宽234米，占地约8.5万平方米，约占紫禁城总面积的12%，是宫城内最大的建筑群。前方太和广场占地约3.6万平方米，可容纳一两万人朝会。两者合计约12万平方米，约占紫禁城面积的六分之一。三大殿的名字，明成祖时期为奉天、华盖、谨身，分别意为"奉天承运""伞盖护卫""谨言慎行"。清朝顺治年间，取《周易》中"乾道变化，各正性命，保合大和，乃利贞"之意，将三大殿更名为太和、中和、保和，以期"和合天下"。

太和殿俗称"金銮殿"，平时不使用，只有在新皇帝登基、册封皇后、册立太子、颁布重要诏书等重大国事典礼时才会使用。太和殿象征着"奉天承运"，意为帝王协调宇宙与大地间一切关系的重地，从建筑规模、高度、用料等方面看，太和殿都是故宫中规模最大、最重要、等级最高的建筑。建筑面积达2377平方米，长64米，宽63.96米，高26.92米，连同台基共高35.05米，是现存体量最大的单体建筑；建筑形式最尊贵，是五脊四坡的重檐庑殿顶；梁枋彩画的等级最高，是金龙和玺彩画；檐角垂脊上走兽多达10个，以及4718块"金砖"铺地，殿前"丹陛"平台上姿态传神的铜龟铜鹤铜鼎，殿内72根巨柱、盘踞的13433条金龙。尤为耀眼的是正中摆放的"龙椅"——雕龙髹金宝座，放置在七层高台之上、七扇云龙纹髹金漆大屏风之前，椅圈上缠绕着13条金龙，椅背正中央昂首翘立着一条大龙，周边的梁、枋上的群龙彩画、盘龙藻井，使大殿组成了一个金碧辉煌的"龙世界""龙海洋"。

大台基腰部是正方形的中和殿，明初称为"华盖殿"，高27米，面阔、进深各3间，四周出廊各1间，为单檐四角攒尖顶，屋面为黄色琉璃瓦，中为铜胎鎏金宝顶，殿中设有雕镂金漆御座，是三大殿中最小的，是皇帝参加重大典礼前歇息和整理仪容的场所。

保和殿是大台基后部的最后一座大殿。面阔9间、进深5间，重檐歇山顶，建筑面积1240平方米。屋顶是黄色琉璃瓦，内、外檐都是金龙和玺彩画，天花是贴金正面龙。殿内结构采用"减柱造"法，减去了殿内前檐6根金柱，开阔了空间。殿内宝座居中。保和殿后门称云台门，门下的丹陛上有一块巨大的雕有龙、云、海水和山崖的御路石。保和殿是皇帝举行大典前更衣、接受朝贺、宴请等的场所。

三大殿的外匾额，形如大斗，又称"斗匾"。资料显示，明代的匾额已没有遗存，现存最早的是顺治给乾清宫题写的"正大光明"，康熙给交泰殿题写的"无为"、为乾清宫题写的"克宽克仁"等。三大殿内，有乾隆题写的匾额、对联。太和殿匾额是"建极绥猷"，对联为"帝命式于九围，兹惟艰哉，奈何弗敬；天心佑夫一德，永言保之，遹求厥宁"。中和殿匾额是"允执厥中"，对联为"时乘六龙以御天，所其无逸；用敷五福而锡极，彰厥有常"。保和殿匾额是"皇建有极"，对联为"祖训昭垂，我后嗣子孙，尚克钦承有永；天心降鉴，惟万方臣庶，当思容保无疆"。

保和殿后面是一个东西向的长方形广场，俗称"天街"。以这个广场为界，以南为"外朝"，以北为"内廷"。"内廷"的核心就是后三宫——乾清宫、交泰殿、坤宁宫，是皇帝和后妃的生活区。

故宫三宫的形制布局与前朝三大殿相似，只是台基尺寸和建筑体量相应缩小，但是宫殿数量多，排列紧凑，富于变化，深不可测，暗合"深宫"之意。后三宫建在高2.5米的"工"字形台基上，前宽后窄，南北深218米，东西宽118米，规模是三大殿的四分之一，加上与乾清门连接的甬道，整个台基呈狭长的倒"土"字形。

乾、坤分别为《周易》中的卦名，乾表天，坤表地。因而，乾清宫与坤宁宫分别为传统意义上的帝、后寝宫。《道德经》云"天得一以清，地得一以宁"，是谓"乾清坤宁"。乾清为天有道，则四时有序。所以，乾清宫前左右有日精门、月华门，意为"乾坤日月明，四海皆升平"。

乾清宫建于台基前部，黄琉璃瓦重檐庑殿顶，面阔9间，进深5间，建筑面积1400平方米，中间3间为大殿，东、西两次间为暖阁，是内廷最高等级的殿宇。殿前丹陛上陈列有龟、鹤、日晷、嘉量、宝鼎等，但比太和殿小。丹陛东、西两侧各建造一座雕刻精美的三层石台，台上立有一座通体鎏金的"微型宫殿"：东为江山殿，象征国土完整；西为社稷殿，象征五谷丰登。这是紫禁城中最小的宫殿，更像是放置在石台上的景观。

大殿中间的明间正中高悬"正大光明"匾，由清顺治皇帝手书，匾下绘有5条金龙，匾下就是皇帝的御座。御座耸立于高台之上，台正中为宝座，宝座前设御案，宝座后为金漆屏风。宝座和屏风上雕龙无数。宝座四周有仙鹤、香筒、香炉等，使得宝座更显神圣。宝座两侧的大柱上有康熙御笔的对联，分别为"表正万邦，慎厥身修思永；弘敷五典，无轻民事惟难""克宽克仁，皇建其有极；惟精惟一，道积于厥躬"。

位于皇帝居住的乾清宫和皇后居住的坤宁宫之间的交泰殿，象征皇帝、皇后和睦相处、相敬如宾。交泰殿地面为正方形，面阔和进深都是3间。大殿正中设有座位，上面有康熙御书的"无为"匾额。殿内正中天花是八藻井设计。交泰殿主要是皇后在重大节日或庆典、生日等接受朝贺的地方。

坤宁宫是皇后的寝宫，面阔9间，最外两间为廊道，东暖阁两间为皇帝大婚时的洞房，中间4间为明间，是祭祀的场所，西边一间为存放佛亭的场所。大殿的东、西两侧各有一座暖殿。东暖殿高悬有雍正手书的匾额"位正坤元"，西暖殿有御笔的"德洽六宫"，体现出封建社会对皇后德行的要求。

内廷后三宫两侧对称分布着12座宫殿，即东六宫和西六宫，是专供嫔妃们居住的地方。每当夜幕降临，东、西长街的每一座宫殿前都会悬挂出两盏宫灯，皇帝临时决定当晚去哪座宫殿，哪座宫殿就把宫灯摘下，巡街的太监也会传令其他宫殿卸灯息寝。

古人以东为尊，后三宫东侧分布的6座宫殿，不但建筑豪华，而且居住的宫妃个个身份显赫。在东一长街东侧由南向北依次是景仁宫、承乾宫、钟粹宫，明宣德皇后、清顺治皇帝的妃子董鄂妃、清康熙生母孝康章皇后佟佳氏、清乾隆皇帝的母亲孝圣宪皇后等曾在此居住；在东二长街东侧由南向北依次是延禧宫、永和宫、景阳宫，曾是清康熙帝的德妃乌雅氏、道光帝的静贵妃、咸丰帝的丽贵人等人居住的地方，可谓盛极一时。

后三宫西侧为西一长街，长街西侧即为西六宫宫区。六座宫殿分两列三排，两排之间是西二长街，西二长街从南至北依次为永寿宫、翊坤宫、储秀宫，西侧依次为太极殿、长春宫、咸福宫。在明代，储秀宫是普通嫔妃居住的地方。自清嘉庆朝开始，皇后喜塔腊氏住进储秀宫，这座宫殿就开始显得重要起来。晚清时期，慈禧太后得宠时居住在储秀宫，并在此生育了咸丰帝唯一的儿子——同治皇帝，慈禧大权在握时便常回储秀宫居住，并将储秀宫与翊坤宫打通，将其建成一座豪华的四进院落。院落中有两棵苍劲的古柏，台基下分设一对铜龙和铜鹿，门窗都是质地优良的楠木雕刻的"万福万寿"和"五福捧寿"花纹。

位于内廷西侧的东六宫以南，明嘉靖年间建有养心殿，曾作为太监首领的值房，到清康熙时期，作为造办处的作坊。

内廷的东侧南部，与养心殿相对应的位置分别有三组宫殿，自西向东分别是斋宫、毓庆宫、奉先殿。斋宫是皇帝举行重大祭祀前的斋居之地，毓庆宫常作为皇子们读书的地方，奉先殿是皇室供奉祖先牌位、祭祀祖先的地方。

坤宁门是后三宫通往御花园的正门，穿过此门就来到了御花园。御花园是明清两代皇帝、皇后茶余饭后休闲娱乐的场所。整个御花园南北长80米，东西宽140米，占地面积11200平方米。

御花园内，古柏老槐郁郁葱葱、参天钻地，奇石盆景姿态万千、绚烂夺目，花石小径悠然悠哉，楼台亭阁若隐若现。中路的诸葛亮拜斗石、海参石、钦安殿、承光门，东路的龙爪槐、木化石、堆秀山，西路的养性斋、漱芳斋等，一步一景、芳姿各异、意态无穷，步行其间，如临玄境，奇妙美幻，让人沉醉其中。

在紫禁城的东南，有皇帝的偏殿文华殿，是太子视事之所。奉先殿后的文渊阁，是紫禁城中最重要的藏书楼。

紫禁城东北角的宁寿宫区域，是皇家养老的宫殿。按照"前朝后寝"的设计，中路前段为前朝，后段为寝宫，中路东侧为畅音阁等娱乐场所，中路西侧为小巧精致的花园。区域有仁寿宫、哕鸾宫、喈凤宫等宫殿，可以说是结构精巧、装修奢华，其华丽、气派程度是其他宫殿无法比拟的。乾隆花园花费百万余两，乐寿堂精美绝伦。

巍峨几度春

在几百年的阳光雨露、风雨飘摇中，故宫在大量人力、物力、财力的持续投入下，经历了明清两朝几度建设、修缮、改建、扩建，既遵从帝王们的意愿进行打造，又在天灾中塑其完美，使其逐步走向恢宏，定格于今天的永恒。

两百余年四度建。大明王朝，从明永乐四年（1406年）到天启七年（1627年）的221年间，紫禁城经历了开创、完成、扩建、修补四个建设期。

开创期在永乐年间，经历了备料和营建西宫、正式营建两个阶段。备料和营建西宫，从永乐四年（1406年）到永乐十五年（1417年）用了11年时间。这是明初继营建凤阳、南京宫殿之后，又一次大规模营建皇宫的工程。朱棣"诏建北京宫殿"，派遣大批官员到全国各地采办木材等建筑材料。据记载，出动了中央政府各部门的主要官员，动用的人力、财力、物力囊括了南北各省的主要州县。仅采木一项，就耗费惊人。首先，木材是从特产楠木的四川、贵州、广西、湖南、福建等地的高山深谷中采伐，"差官采办，非四五年不得到京"。其次，文献中记载了"一木初卧，千夫难移"的"入山一千，出山五百"的人工惨剧，反映了在原始森林中采伐运输夺取了无数无辜者生命的事实。可以说，宫城的每根木料都沾有民工的血泪，甚至是生命终结的见证。于是，朝廷征调各地民工和卫军做壮工，就连监狱里的犯人也被押解出来做苦役。据统计，当时用工总计在百万人以上。据《明史·师逵传》载："永乐四年建北京宫殿，分遣大臣出采木，逵往湖、湘，以十万众入山辟道路，召商贾，军役得贸易，事以办。"

营建西宫，是在旧燕王府基础上建造的一座皇宫，是紫禁城建设的开端，是兴建紫禁城的一个雏形。旧燕王府是"开朝门于前"的，正门是隆福宫门，门前还有一座大慈恩寺（即后来的双塔寺，在现西长安街马路正中，中华人民共和国成立初期被拆除）。因此，这种格局显然已不能体现皇帝、皇宫的规制和气派，更体现不了正朝的宫殿名目。所以，西宫完全按照南京和凤阳的规制来建设。据《明太宗实录》载，永乐十五年四月，西宫建成，其制为："中为奉天殿，殿之侧为左右二殿；奉天殿之南为奉天门，左右为东区南门。奉天门之南为午门，午门之南为承天门；奉天殿之北为后殿、凉殿、暖殿及仁寿、景福、仁和、万春、永寿、长春等宫，凡为屋千六百三十余楹。"

永乐十五年（1417年）至永乐十八年（1420年）的3年时间，是大破大立建设期，也是北京城、皇城、紫禁城的重要施工期。这次建设，不仅拆除了元大明宫，而且把北京城南城墙南移了将近二里,即从长安街一带移到现在的前三门一线,使紫禁城、皇城、北京城的范围和格局确定了下来。所以,明代紫禁城比元代的大明宫南移了一里多地,但东西两侧没有改变。北部则把鼓楼和钟楼移到中轴部位,使中轴线穿过整个皇宫中心,名副其实地成为贯通全城的中轴,使明清两代最豪华雄伟的建筑全建在中轴线上,九重宫殿巍峨起伏,再加之广阔的天安门广场,增加了紫禁城的雄伟气势。紫禁城宫殿分为前朝和大内,东西分为三路纵列,中宫和东西六宫,形成众星拱月之势。东西部御苑承袭了元代琼华岛的部分,又营建了西宫和景山,改变了元代三宫鼎立的格局,形成了以紫禁城为中心,四周环绕西宫、南内、景山三处御苑,并圈于皇城内的格局。

完成期,经历了正统、景泰、天顺三朝。正统元年(1436年),朱祁镇登基后的第一件大事就是紫禁城的三殿两宫建设。当时,明朝财力、物力丰裕,国家兴盛,朱祁镇用10年时间打造,并建设了各城门的瓮城,天、地、日、月坛。正统十四年(1449年),朱祁镇在宦官王振的操纵下,出动五十万军队与只有两万人的瓦剌交战,在土木堡全军覆没,朱祁镇被俘。明政府只好另立其弟弟朱祁钰为帝,改年号为景泰。1457年,朱祁镇重登皇帝宝座后,年号为天顺,又重点建设了南内(今南河沿、南池子)。这与他经"土木堡之变",被当时的皇帝弟弟朱祁钰幽禁在南内的翔凤殿长达7年有关。再次做了皇帝,朱祁镇便把南内离宫建设作为重中之重,大建亭台殿阁,而且还把通惠河也圈进红墙,使南内楼台亭阁华丽典雅,流水潺潺,幽静别致。所以,紫禁城的建设主要是在朱祁镇的推动下完成的。

故宫扩建期主要在明嘉靖朝。嘉靖皇帝朱厚熜在位45年,既按照城市的管理需要,又满足自己的喜好,对紫禁城进行了扩建。首先根据当时北京城市的发展和辐射力，在王朝工商业越来越发达、城市人口越来越聚集的情况下，将元大都"准四重城"的"三朝五门"，建设为"五重城"的"三朝五门"，使中轴线出现了"宫城、卫城、禁城、皇城、大城"的建制。因此，元宫城以南的"三重门"（崇天门、棂星门、丽正门）被扩建为"五重门"的午门、端门、承天门、大明门、正阳门，并加筑了外罗城，在长28里的沿线建设了7座门，即永定门、右安门、广渠门、广宁门（广安门）、东便门、西便门等。

嘉靖皇帝迷信道教，修建了大量的道观。据记载，嘉靖皇帝为供养一个道士，大兴土木，修建道观，供其传教。北京的道教建筑主要是在嘉靖朝期间修建或重建的，如大光明殿、大高玄殿、太素殿等。大光明殿是原燕王府的永寿宫，嘉靖三十六年（1557年）修建。据《日下旧闻考》载："大光明殿，门东向，曰登丰，曰广福，曰广和，曰广宁。二重门曰玉宫，曰昭祥，曰凝瑞。前殿曰大光明殿也。左太始殿，右太初殿。又有宣恩亭、飨祉亭、一阳亭、万仙亭。后门曰永吉、左安、右安。中为太极殿，东统宗殿、西总道殿。"

此外，嘉靖皇帝还大造御园。嘉靖二十一年（1542年），发生了"壬寅宫变"。此事让嘉靖大为震怒，不仅将100多位宫女处死，而且从紫禁城搬到了西苑（今北海、中南海）。自古以来，戒备最森严的地方不是监狱，而是皇宫。皇帝为防人行刺，日日夜夜命人巡逻守卫。明朝皇帝的寝宫是紫禁城内的乾清宫，除了皇帝和皇后，其余人都不可以在此居住。妃嫔们进御有严格的规范，除非皇帝允许久住，否则当夜就要离开。嘉靖年间的乾清宫，暖阁设在后面，共9间，每间分上下两层，各有楼梯相通，每间设床3张，或在上，或在下，共有27个床位，皇帝可以

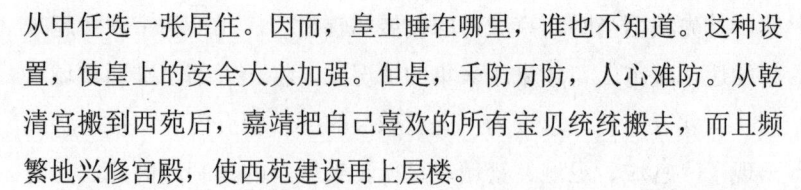

从中任选一张居住。因而，皇上睡在哪里，谁也不知道。这种设置，使皇上的安全大大加强。但是，千防万防，人心难防。从乾清宫搬到西苑后，嘉靖把自己喜欢的所有宝贝统统搬去，而且频繁地兴修宫殿，使西苑建设再上层楼。

故宫的修缮期也是衰落期。经历了嘉靖、隆庆、万历三朝，明朝走到了尽头。这期间，官僚腐败、宦官当道，农民起义不断，不但王朝财力匮乏，而且天灾人祸致使部分宫殿或遭火灾被烧、或在雷电暴雨中倒塌、或人去楼空，荒芜被废……故而只能修修补补，以维持紫禁城的运转。

"凤凰涅槃"三大殿。紫禁城的三大殿（太和殿、中和殿、保和殿），可谓是皇宫中的皇宫、皇冠上的明珠，至高无上。然而，正是这一神圣的皇权象征，如浴火的凤凰，在多年的岁月中，经历了近10次痛苦的涅槃。

首次浴火，是在紫禁城刚刚建成的9个月后的永乐十九年（1421年），在朱棣刚刚举行大朝会，接受完百官朝拜的100多天后，一道利闪劈中金銮殿，强大的火势从金銮殿一直烧到了中和殿、保和殿，使历经18年建成的三大殿化为瓦砾。次年，乾清宫又被大火焚成灰烬。直到约20年后，朱棣的曾孙明英宗在原址上重建了三大殿。据《明英宗实录》载："正统五年三月建奉天、华盖、谨身三殿，乾清、坤宁二宫……六年九月三殿两宫成。"

嘉靖三十六年（1557年）四月，三大殿、体仁阁、弘义阁、午门等不幸又遭大火，几乎将紫禁城南部正中化为平地。这场大火，持续了半个月，方圆十里都能闻到木材燃烧的味道，是紫禁城历史上遭遇的最大的火灾。讽刺的是，这次大火是嘉靖皇帝在祭拜雷神时引来了天雷闪电，劈中了奉先殿，累及华盖殿、谨身殿及三大殿附属的建筑。灾后，明朝举全国之力重建，加剧了逐渐衰败的帝国的颓势。5年后，三大殿建成，并分别更名为皇极殿、中极殿、建极殿。

万历二十五年（1597年），三大殿再次毁于大火。据载，六月戊寅，火起归极门，延至皇极、中极、建极三殿和文昭、成武二阁，周围房屋俱毁，使紫禁城最重要的5座宫殿成为焦土。此时，明朝的国力已不堪重负，从万历年间到天启年间，30年后才完成重建。

明清更迭时，闯王李自成一把火烧了紫禁城，使第一位入主中原的大清皇帝世祖福临，在位期间一直在重建紫禁城。1644年，李自成推翻明朝建立大顺，仅仅40天就被满族建立的大清取代，摄政王多尔衮在紫禁城武英殿举行清朝入关仪式，宣告大清成为统治全国的中央王朝。稍后，清世祖福临迁都北京。次年开始修建被毁的太和殿、中和殿和位育宫，直到顺治驾崩，被李自成毁掉的中轴线上的主要建筑才基本恢复。重建时，大清汲取了明代故宫火灾的教训，注重建设防火工程，故而清朝时故宫仅发生过两次火灾：一次是康熙十八年（1679年），因御膳房用火不慎引发火灾，造成太和殿被毁，16年后才重建；另一次是嘉庆二年（1797年），乾清宫大火，蔓延到弘德殿、昭仁殿、交泰殿，次年乾清宫得以重建。

固若金汤有其妙。火对紫禁城的多次毁灭性摧残，反而衬托出建设者们对水的防范做到了极致——多少次疾风暴雨、凄风苦雨，都未能撼动紫禁城！

一河护城"筒子河"。深沟高墙，自古是宫阙建设的模式，明成祖修建紫禁城也不例外。于是，引玉泉山水入紫禁城，在环绕城墙总长3300米、宽52米、深6米，三合土夯底、条石砌帮、岸筑矮墙的护城"筒子河"便建成了。在城墙与护城河之间20米宽的地带，沿河筑"红铺"40座，使墙上、墙下、墙里、墙外宽近百米的防护带尽收眼底。宽阔的护城河成为紫禁城一道天然屏障。

一渠"金水"万年畅。营建之初，建设者们就考虑到了水患的治理，不但开凿了内金水河，使水从紫禁城的西北角城垣外护城河引入，从东南角城垣下流出，形成了紫禁城排水总干渠，总干渠的地下雨水沟总长11千米，总体上北高南低，雨水流向内侧，内侧墙砌出排水石槽，而且利用各宫殿庭院中高、边低，北高、南低的地势自然形成的坡度流入各种明沟、暗渠，汇入主干渠，再流入总干渠内的金水河，排出城外，巧妙地解决了水患问题。

地下管网显"神通"。资料显示，紫禁城的地下排水管网纵横交错、条理分明，内金水河接纳各处雨水，雨水涌出喇叭口，流入筒子河，向东通过菖蒲河奔向通惠河。东排水干道在东侧十三排区域的地下，经北十三排、南十三排，向南流入清史馆区域的内金水河；西排水干道在西六宫地下，经过乾清宫、养心殿、隆宗门，向南在武英殿附近汇入内金水河。内金水河上下游河床相差一米左右，保证了水流能以一定的流速流经紫禁城。

"千龙吐水"三大殿。紫禁城的核心是三大殿，防水就成了重中之重。建设中，三大殿的三层须弥座每层台基地面，都设计有3%～5%的坡度，使上层的水直接排到下层的台基上。台基每块栏板底部正中设计有直径10厘米的半圆形泄水口，栏板之间望柱的底部伸出形如龙的"排水兽"。"排水兽"探出栏板约0.8米，兽嘴有直径约3厘米的出水孔，出水孔贯穿排水兽，并与栏板内侧的地面相通。据统计，三大殿的台基共有1142只"排水兽"，每逢雨季，每个兽头都喷出水来，"排水兽"在起到上层排水功能的同时，也与紫禁城的建筑风格相协调，宛如"千龙吐水"，煞是壮观。

匠多集大成

没有一批批能工巧匠的规划、布局、建设，就没有无与伦比的紫禁城。与此同时，"巧妇难为无米之炊"，没有汲取南北精华的建筑材料，也就不可能有辉煌壮丽的故宫。

百万大众成苦役。在权力高度集中的明王朝，举全国之力修建宫殿是家常便饭。据载，明初全国人口约有5000万，而修建宫殿"动以百万"。"百万"，是全国青壮年劳动力的一半左右。仅永乐十九年（1421年）"三殿"被毁，参与重建的军工就达9万余人。明中叶，不少官员呼吁莫以"百万之众"劳民伤财而营建北京宫殿。据不完全统计，明朝历代建造宫殿所动用的人力已远远超过百万！营建中，黎民百姓被迫放弃土地，"终岁供役，不得躬亲田亩"，而且"上不得奉养父母，下不得欢妻抚子"。为保证工期和质量，劳力以军工为主。军工的来源主要是征调，有京营的首都驻军、卫军的御林军、各地驻防的班军，还有征调的民夫、工役终生的囚犯等。据记载，明初营建任务繁重，刑律中有"工役终生"罪名42条，可以说处罚无所不及，甚至连一些僧道都被冠以"不务祖风"之罪而罚役终生！此外，还有短期服役和限期服役的刑罚。所以，很多青壮劳力都被以各种罪名"输作

"工役"而修建宫殿，有的在"工役终生"中还要戴着刑具劳动。

巧匠几人能留名。永乐十八年（1420年），紫禁城建成。之后，这一宏伟的宫殿群历经明清两朝，留下了24位皇帝的大名。然而，修建宫殿的一批批付出智慧、心血甚至生命的工匠却少为后世所知。

据载，永乐四年（1406年）"诏建北京宫殿"，"命工部征天下诸色匠作"。在全国征召"百工技艺"的做法，从明朝初年的洪武时期就开始了。朱元璋在建设完凤阳、南京宫殿后，一直在不断重建、扩建宫殿，不断征召石匠、木匠、铁匠、铜匠、花匠等，内府工匠最多时达一两万人。几百年间，庞大的工匠队伍中，能留下姓名的却凤毛麟角。史籍可查留名的，仅仅是极少数取得一官半职的匠师。

永乐五年（1407年），紫禁城开始营建，主持营建工作的有泰宁侯陈珪、刑部侍郎张思恭、设计师蔡信、石工陆祥、瓦工杨青等；永乐十六年（1418年）集中修建，在蔡信的安排下，木工蒯祥等参与修建，两年后基本完工。蒯祥擅长木工，官居二品工部侍郎，其父蒯福主持过南京皇宫的修建。瓦工杨青，原名杨阿孙，其名为朱棣御赐，也官至工部左侍郎。有名可查的还有木工蒯义、蒯纲、徐杲、郭文英、赵德秀、冯巧等。

清朝的工匠们，虽不像明朝的一些同行靠手艺可跻身朝堂，谋得一官半职甚至二品大员而光宗耀祖，却可因营建技艺的传承而成为工匠世家。最负盛名的"样式雷"，家族七代世袭清朝样式房掌案一职，因修复与重建了紫禁城，设计与建造了西郊皇家园林、避暑山庄、清东陵、清西陵等而留名史册。据载，康熙二十二年（1683年），木工出身的雷发达（1619—1693）应募从南京来到北京供役内廷，参与紫禁城修建工作。后在太和殿工程上梁仪式中，雷发达爬上房梁，以娴熟的技术运斤弄斧，使梁木顺利就位，被敕封为工部营造所长班，负责内廷工程建造，有"上有鲁班，下有长班"的美誉。其长子雷金玉子承父业，任内务府样式房掌案，在畅春园修建中因技艺出众而被康熙召见。直到清朝末年，雷氏家族一直靠掌案谋生。除样式房外，还有"算房刘"刘廷瓒、刘廷琦，"算房梁"梁九，"算房高"高芸等。

一砖一瓦成绝唱。辉煌壮丽的紫禁城，一砖一瓦都是集中华大地、九州方圆的精华而成。而且，红墙黄瓦是紫禁城的特色。在古代，金、木、水、火、土代表西、东、北、南、中五个方位，土位居中央，为黄色。因而，黄色象征尊贵的皇权。与此同时，帝王们认为紫禁城位于世界的中心，可以控制四方。所以，紫禁城的瓦便为黄色。黄色也成为紫禁城建筑的专用色。火，为红色，象征吉祥、喜庆、美满、幸福，所以，紫禁城的木柱、宫墙、门窗等都为红色。

建造宫城的砖是特制的，产地、颜色、用途都有区别。《明史》载，皇宫的砖主要来自江苏、山东、河北，直到明代中叶，江苏都是皇宫用砖的主产地。专门用于殿内的砖，称为"金砖"，主要为江苏烧制的苏州砖，是经过桐油浸泡而成的，"敲之有声，断之无孔"，砖质细腻、耐磨、不易断裂，适合雕刻；用于铺地和城墙的砖，是澄浆砖，由山东临清烧制，此砖用黄河、运河冲积的细澄泥烧制，坚实细腻，适合磨砖对缝，不易剥蚀。与此同时，砖的尺寸、质量、重量等规格，官府也有严格规定，并打有产地戳记和用于某某宫殿字样，平民禁止使用。明中叶以后，北京地区的通州、昌平、房山等地也大量生产方砖，尤其是北运河与通惠河的交汇地通州张家湾，泥土经河水冲击后无须再经陶制，由此形成砖窑发展的有利条件。

故宫的瓦为琉璃瓦，整个紫禁城都是琉璃的世界。金碧辉煌的宫殿，到处散发着黄色的琉璃之光，盛开着久开不败的琉璃花。用琉璃烧制的脊兽、鸱尾、脊瓦等巧妙安装在屋脊、屋角、屋檐、墙脊、门楼、门脸、墙面以及威风凛凛的九龙壁上。目前，北京城内还有两处以当时烧制琉璃的窑命名的街道——琉璃厂、黑窑厂。北京师范大学旧址的水塔上还有"琉璃窑"三个字，黑窑厂在现在的陶然亭附近。京西门头沟还有一个叫琉璃渠村的村庄，也是当时的琉璃生产基地。琉璃制品中的黄、绿、蓝、紫、黑等色彩也有讲究。一般，皇宫的宫殿、庙宇、坛庙、帝王庙、孔庙等用黄色，亲王府第用绿色。

一木一石浸血泪。宫墙如血，紫禁城的红色宫墙，不但显示出皇家的威严，更折射出血与火的悲壮。用哭泣的紫禁城来形容一木一石采伐运输的艰辛，一点也不为过。可以说，每一根椽木、每一块条石，都浸透着黎民百姓的血和泪。

古建筑以木结构为主，自朱棣下令建设紫禁城起，木材采伐便是宫殿建设的头等任务。在朝廷建制中，专设了采木督官。这些官员多是中央六部及都察院一级的首要成员，以监督采运木材的身份凌驾于各地官员之上，堪称全权"钦差大臣"。其所到之地，横征暴敛，无所不及。而且有记载显示，"诏以锦衣卫从治"，以残酷著称的锦衣卫也被用以监督采伐。至于强征"更民"（摊派民夫）"悉伐而取"（乱砍滥伐），更是家常便饭。

与此同时，采伐者还要自带干粮辗转于丛林荆棘，加之官府对木料规格要求严苛，不少家庭因难以满足验收要求而不得不父债子偿，甚至卖儿卖女。所以永乐七年（1409年），爆发了劳役者因被残酷折磨而反抗的"李法良起义"。之后，又不断滋生出"进奉皇木"的商人、官僚、太监相勾结的贪腐事件，使紫禁城的建设一度成为黎民百姓的灾难。

　　石料是紫禁城建设的另一主要建材。故宫的台基、台阶、石栏、踏道、甬路等，都是由各类上等的汉白玉、青石、花岗岩、花斑石等石料组成的。而石料的开采、运输又成了一段劳民伤财的血泪史。

　　好的石材都深藏于地下，需要探明地点后剥离表土，挖出沙层、砾石，再清除若干层乱石之后，才能从地下挖出。采运中小石料还算正常，采运特大材料则十分艰辛，费工又费力。好在宫殿石料的主产地在北京房山的大石窝、河北涿州的马鞍山，一定程度上节省了运输的人力和物力。

　　但是，运输仍然是重中之重。朝廷派驻了专司采运的部门和官员。据记载，太和殿与保和殿之间有一座长16.7米、厚3.07米、重达200多吨的云龙阶石，动用了两万人，拉了近一个月才运到。运输一般的石材，主要靠畜力车，依石材的体积、重量，分别用两轮、四轮、八轮和十六轮车。特大石料的运输，则依靠由巨大方木连接成的木排、架在两排方木之上的"旱船"。寒冬季节，路面泼水之后结冰，使用"旱船"运输可减少路面摩擦，提高行驶速度，节省人力、畜力，降低运输难度。因而，当时从房山到紫禁城一路，修建了很多水井，就是为"旱船"行驶的路面泼水结冰之用。

　　与此同时，特大石料光运上车就需要一万人以上。人们不仅要把石料就地加工成粗料，还需把石料从剥离地点到装车地点间开凿成大斜坡，垫以滚木，用杠撬、人拽的方式，一寸一寸地移动到"旱船"上。为保证运输，官府动用了大批的劳动力修路。北京周围的各州县百姓不但要出工修路，还要担负因事故而损坏的车石的赔偿责任，实在是苦不堪言。

24皇明月夜

镜中观花,水中看月。紫禁城建成后,从永乐十九年(1421年)明成祖朱棣入住,到1924年宣统皇帝溥仪被"请"出皇宫,500多年间,有24位皇帝在紫禁城君临天下,其中,明朝14位、清朝10位。在家国一体、"率土之滨,莫非王臣"的帝制年代,皇帝们在威仪、神秘、高大、极尽奢华的紫禁城深宫大院里,在冬去春来、日出月落、寒来暑往的岁月里,快马轻车、锦衣玉食、穷奢极欲、坐拥天下,各自演绎出不可复制的兴衰成败、荣辱悲欢的人生百态。王朝的得失,犹如一面镜子,水中观月般已成过往,但始终耐人寻味。

明朝从"天子戍边"的成祖朱棣,到"君王死,社稷终"的崇祯皇帝朱由检自缢煤山,经历了11代14位皇帝,即成祖永乐皇帝朱棣、仁宗洪熙皇帝朱高炽、宣宗宣德皇帝朱瞻基、英宗正统(天顺)皇帝朱祁镇、代宗景泰皇帝朱祁钰、宪宗成化皇帝朱见深、孝宗弘治皇帝朱祐樘、武宗正德皇帝朱厚照、世宗嘉靖皇帝朱厚熜、穆宗隆庆皇帝朱载坖、神宗万历皇帝朱翊钧、光宗泰昌皇帝朱常洛、熹宗天启皇帝朱由校、思宗崇祯皇帝朱由检。

其中,朱祁镇、朱祁钰是亲兄弟,朱厚照、朱厚熜是堂兄弟,朱由校、朱由检是亲兄弟。14位皇帝性格鲜明,做派不一,功过分明,令人难忘。

大清历经了世祖顺治皇帝福临到末代皇帝溥仪的9代10位皇

帝，即世祖顺治皇帝福临、圣祖康熙皇帝玄烨、世宗雍正皇帝胤禛、高宗乾隆皇帝弘历、仁宗嘉庆皇帝颙琰、宣宗道光皇帝旻宁、文宗咸丰皇帝奕詝、穆宗同治皇帝载淳、德宗光绪皇帝载湉、宣统皇帝溥仪。其中，载淳、载湉是堂兄弟。

历史学家钱穆在《中国历代政治得失》中指出，"明代是中国近代史的开始时期，也是世界近代史的开始时期……倘使我们说中国传统政治是专制的，政府由一个皇帝来独裁，这一说法，用来讲明清两代是可以的"。

明代以前，中央政府的职权是由皇权和相权划分并相互制衡的。如唐代，相权分于三省，即中书省、门下省、尚书省。到了宋代，门下省封驳之职渐废，"给事中"如谏官般，变成与宰相对立，对诏敕很少能行使封驳权，宰相的办事机构虽只是一个中书省，但仍然是皇权与相权的制衡。到了元代和明初，中书省还是正式的宰相办事机构。明太祖洪武十三年（1380年），朱元璋以宰相胡惟庸造反为由，废除了宰相，自此明代政府不再设宰相，清代也没设。

都是皇帝一人说了算，皇权达到了巅峰。紫禁城的建成，在体制上废除宰相、皇帝一言九鼎的基础上，把皇权至上的理念再用一座建筑立体化、格式化、图像化、符号化。皇帝在皇城、皇宫、金銮殿上更加肆无忌惮，仿佛置身于紫禁城，瞬间就是天下的主宰，就能在"皇帝诏曰"中享受唯我独尊、至高无上的皇权。

有权就任性，尤其是在一言九鼎、唯我独尊的皇权时代，位居紫禁城而"君临天下"、拥有至高无上权力的24位皇帝，不受任何制约，可以决定任何人的生死荣辱。有人说，这些皇帝把人性的善和恶、聪明与愚蠢发挥到了极致，令人惊叹！

"唯我独尊"的皇权就像一面照妖镜，让本是肉体凡胎的24位皇帝纷纷现出"原形"，其智商、情商也一览无余，个性鲜明。他们中，既有流芳千古、叱咤风云的贤明者，也有鼠目寸光、错失良机的碌碌无为者，还有因荒淫败国而遗臭万年的昏庸者……留下千古抹不去的得失、成败笑谈，令人或赞叹或惊诧！

镜像中的大明14帝，显现出光怪陆离的奇葩和昏庸，一个个登场、退场，像一幕幕人间闹剧，在历史长河中翻滚、咆哮，令人咋舌。

首先上场的是明成祖朱棣，以叔叔的身份把侄儿赶下台而闻名后世。"清君侧"的朱棣，把侄儿建文帝的皇位夺到手后"君临天下"，还把皇宫搬到了紫禁城。他在位22年，政绩可圈可点：巩固皇权、大治中兴、五征大漠、友好邻国，最终病逝于征伐返师的途中，是非功过，任人评说。

开明朝宠信宦官先河的英宗朱祁镇，昏庸且好大喜功。9岁登基，幼小贪玩。在位22年，宠信宦官，致使太监乱政误国，最终把自己也搭了进去。因"土木堡之变"，明军全军覆没，英宗被俘，遗恨千古，成为历史的笑柄。他杀害于谦，是抹不去的污点。

大明第一"情种"宪宗朱见深，一直沉迷在姐弟恋中不能自拔，而且还爱得死去活来。在位23年中，宪宗放着好好的皇后关氏不宠，却沉溺于太后身边侍女出身的万贞儿（万贵妃），不但外出要万贵妃为其"戎服前驱"，就连军国大事也全依赖于万贞儿"指点江山"，可谓色令智昏到了极点！最终，58岁的万贵妃被一口痰要了性命，40岁的宪宗伤心欲绝！不但罢朝七日，而且从此萎靡不振。8个月后，宪宗终于在对万贵妃的愁闷中留下一事未成的江山，追随万贵妃而去。这怎么不算明朝版"梁山伯与祝英台"呀？而且是堂堂九五之尊的皇帝的爱情故事！宪宗把自己与宫娥万贵妃视为"连理枝""比翼鸟"，堪称亘古仅有，尽显其情种的底色！

一代明君孝宗朱祐樘，出身于冷宫，从小疾恶如仇，在位18年，惩办奸臣、肃清政治、广开言路、选贤任能，再造大明中期的清明政治，成为政绩卓著的明君。据史家考证，孝宗也是中国历史上唯一实行"一夫一妻制"，后宫没有嫔妃的皇帝。

武宗朱厚照，在位16年，纵情声色，还扮演布衣寻花问柳，无心政治，怂恿太监刘瑾专权，屡兴冤狱，使得民不聊生、烽烟四起。最后虽铲除了阉党，但也使大明由盛转衰。最为可笑的是，武宗因酒色过度一病不起，临终时话已说不清了，还断断续续、口齿不清地指使美人环绕在他身边，次日五更，31岁的武宗就这样走完了一生。

荒淫无道的世宗朱厚熜，在位45年，迷恋道教，求长生不老，性格残暴。继位之初诛杀奸臣，使朝政一新，之后便沉迷于道教，默许奸相严嵩擅权，造成内忧外患频繁、社会危机加速的局面。尤为可叹的是，世宗纵欲无度、身体虚弱，痴迷于道教的长生不老术，为炼丹而虐杀宫女取其经血入丹，激怒了杨金英、邢翠莲等16名宫女。嘉靖二十一年十月二十一日（1542年10月27日）夜，10多名宫女趁世宗昏睡后，用事先准备的绳子强勒世宗，谁料，天不遂人愿，未将世宗勒死。后经御医抢救，昏迷的世宗六七个小时后才苏醒，一个多月后，才恢复说话能力，此事为千古奇闻。

深居皇宫的神宗朱翊钧，在位48年，是大明在位时间最长的皇帝。他在位期间，任用过一代名相张居正，国家几近富强，但最终因纲纪废弛、君臣离心、邪党滋蔓、横征暴敛，造成烽烟四起，使大明的江山岌岌可危、几近灭亡。

明朝在位时间最短的皇帝是光宗朱常洛，在位仅一个月。然而，一个月中，光宗罢矿税、饷边防、补官缺，算是小有政绩。

既是"天才木匠"，又是"情种"的熹宗朱由校，对木器情有独钟，但凡刀锯斧凿、丹青漆器之类的木匠活，经熹宗之手制作，即可成精美绝伦之极品。熹宗如果不做皇帝，或许能成为名留青史的鲁班式巨匠。熹宗对木匠活乐此不疲，常常在制作中脱掉外衣，"膳饮可忘，寒暑罔觉"，他对治国理政懒于过问。每到冬季，西苑冰池封冻，熹宗便自己设计一个小拖床，小巧玲珑，涂上红漆，上有一顶帐篷，周围用红绸缎为栏，前后都有小挂钩。熹宗坐上冰床，让太监们拉引绳子在冰上滑行玩耍，瞬间可往返数里，熹宗如醉如痴。此外，作为"情种"的熹宗朱由校，与陷入姐弟恋而不能自拔的明宪宗无异。在位7年，熹宗因恋乳母客氏而宠信宦官魏忠贤，但凡魏忠贤的奏折均随口道："我知道了，你尽心办就是了！"任由魏忠贤专权误国、排斥异己、兴冤狱、害忠良。这大大激化了社会矛盾，致使农民起义不断，外患加重，使本来就摇摇欲坠的明朝雪上加霜。

大明末代皇帝思宗朱由检，在位17年，虽铲除阉党魏忠贤、平反冤狱、勤政求治，但终因江山沉疴日重、积重难返，以及思宗刚愎自用、朝三暮四，50多次择相而误杀良相良将，致使待贤无方、奸人当道，最终，思宗在穷折腾中搞得天怒人怨、回天无力，在李自成攻破紫禁城后，自缢于景山的歪脖子树上。

大清入关后的10位皇帝有励精图治的有为之君，亦有误国误民的昏聩无能之辈，还有任由权臣擅政、甘当傀儡者，不一而足。

首先看看首位在紫禁城金銮殿坐上龙椅的世祖顺治帝福临。

福临在位18年，虽然有和善蒙古、治理西藏、奖励农耕、惩治腐败等功绩，但是与太祖努尔哈赤、太宗皇太极相比，多了些万事皆空的佛性，少了些杀戮争斗，多了些儿女情长，少了些冷酷残暴。而这些，似乎也注定了福临的政治生涯和最终结局。

福临6岁登基，是权斗折中的产物——打击太宗长子肃亲王豪格，由睿亲王多尔衮、郑亲王济尔哈朗共同辅理摄政，避免了八旗内讧。顺治继位后，见到的是叔叔多尔衮的血腥权斗、皇后的刁钻刻薄。好不容易遇上心爱的董鄂妃，却不能立为皇后。据传说，一心向佛的顺治，在董鄂妃去世后，在24岁的人生韶华，便遁入空门。顺治在遗诏中多次提到董鄂妃，并列举了自己不孝、亲汉排满、董鄂妃丧礼过于优厚、不能以礼止情等14项大罪。顺治帝出家成为继明代建文帝下落不明后，又一皇帝下落成谜的历史悬案。

1661年，世祖福临去世后的第三天，8岁的玄烨登基称帝，是为圣祖康熙。康熙帝在位61年，是清朝在位时间最长的皇帝。圣祖康熙仁孝智勇，勤政爱民，智除鳌拜，经文纬武，最令人称道的是其在军事上的成就，他不仅平定了"三藩之乱"，而且在雅克萨之战中重挫俄军，完成了对黑龙江流域的绝对控制。除此之外，他在位期间还平定了准噶尔部的叛乱。在当时国际和国内形势都极为严峻的情况下，康熙仍然收复了台湾，实现了国土的统一，可谓功垂千秋。在经济上，康熙轻徭薄赋，这在一定程度上促进了农业的发展。

但是，康熙的过错也很明显，如晚年倦政致使吏治腐败，对继承人的选择摇摆不定而导致九子夺嫡等。正因如此，康熙之死成了"千古之谜"。据载，康熙六十一年十一月十三日（1722年12月20日）晚，在得到康熙某些内侍的协助下，隆科多在严密控制的畅春园给康熙的食物或药品中投放了毒药。毒性发作后，康熙处于昏迷状态，皇子们才被召集到畅春园。康熙逝后，传位遗诏才向皇子们宣布……

与顺治、康熙相比，雍正的功绩相对较小，且由于种种原因，心有余而力不足。顺治和雍正算是明君，但是亲政时间过短，都没能做出更大的成就便去世了。顺治虽然6岁就登基了，但一直由摄政王多尔衮处理政事，直到13岁才亲政，24岁就去世了，亲政不过10余年。雍正帝的在位时间也不过13年。所以，顺、雍二帝虽然确实有些治国天分，但在位时间太短，没能取得像康熙那样的成就。嘉庆帝在位时间较长，在整顿吏治、严禁鸦片等方面做出了一些成绩。但是，他的功绩也不算特别突出。

清朝后期的帝王多在治国理政上表现平庸。道光帝时，尚有可以大展抱负的空间，但是道光帝本身才略有限，纵使勤于政务，也并未让清朝的局势有太多较好的改变。而咸丰以后的帝王，纵使有心做出成绩，也为大势所左右，难以有所作为了。

无论是同治、光绪还是宣统，都处在清朝摇摇欲坠的时期，帝国主义的压迫、国内起义的频发，已经让他们无暇也无能力拯救清朝。即使是努尔哈赤见到他们，恐怕也不能苛责，毕竟当时的情势已不是凭一己之力可以改变的了。

不过，清朝帝王中确实有两个人表现欠佳，甚至为清朝的覆灭埋下了祸根。

首先是乾隆。乾隆在位期间虽然也有"康乾盛世"的美誉，但他有两大过不得不说。其一，穷奢极欲。乾隆的六下江南和好大喜功暂且不论，他的个人生活也极其奢侈。皇太后八十大寿和乾隆的八十大寿都耗费巨资，花了巨大的人力、财力。其二，闭关锁国。乾隆实行闭关锁国政策，虽然出发点是为了发展，但客观上拉大了和西方国家的差距，导致后来被侵略时清朝几乎无还手之力。

其次是咸丰。咸丰帝同样为清朝覆灭埋下了一个祸患，那就是宠爱慈禧致其专权乱政。

从咸丰统治后期一直到清朝灭亡，真正的掌权者几乎都是慈禧。慈禧垂帘听政数十年，对清朝的覆灭有不可推卸的责任。她虽然支持洋务运动，一定程度上促进了中国的近代化，但是她推行的政策整体上是保守的。在内忧外患之时，她不顾财政紧缺，不顾民不聊生，只顾修圆明园享乐。在光绪帝变法时，她又发动戊戌政变，囚禁了"戊戌六君子"。清政府后来数次对帝国主义求和，也和慈禧脱不了干系。

努尔哈赤若是见到其余11帝，可能会夸赞皇太极或是康熙，而斥责乾隆或咸丰。但是不管努尔哈赤如何去看待其余11帝，也不管清朝帝王们是否有所作为，清朝的覆灭几乎是在所难免的。清朝的制度已经从根本上不合历史潮流，覆灭只是早晚的事。

瓦砾多冤魂

人世间，生与死、美与丑、得与失、富贵与贫穷，总是相生相伴、相克相生。绝美的故宫，在其美轮美奂的光环之下，更多的是一群痴迷于宫殿里的人在绝美中上演的一幕幕人间闹剧、丑剧、悲剧。正如《红楼梦》云："世人都晓神仙好，惟有功名忘不了。古今将相在何方，荒冢一堆草没了。"是呀，虚幻的《红楼梦》与真实的故宫，只在生死、得失、贫富等一念之间转换着。但是，谁又能悟透天地间的运行规律呢？

故宫里的皇帝，在前朝大殿里过着穷奢极欲、颐指气使的帝王生活；后宫里的女人们，也在痴迷中上演着自己应有的生死戏码。正如宝玉的行酒令云："女儿悲，青春已大守空闺。女儿愁，悔叫夫婿觅封侯。女儿喜，对镜晨妆颜色美。女儿乐，千秋架上春衫薄……"又如黛玉的《葬花吟》："花谢花飞花满天，红消香断有谁怜？……昨宵庭外悲歌发，知是花魂与鸟魂？……一朝春尽红颜老，花落人亡两不知！"

第一位入主故宫的明成祖朱棣，就在后宫的权斗中大肆屠杀宫女。皇后徐氏病死后，成祖一直未立后。他十分宠爱王贵妃和权贤妃。谁知，权贤妃在随军出征途中死于临城，成祖伤心欲绝。事后，宫女贾吕诬告权贤妃之死是为身边的宫女吕氏投毒所致。成祖闻讯，不问青红皂白，大开杀戒。不久，成祖准备立心爱的王贵妃为后，不料王贵妃也故去了。恰巧此时，宫女贾吕与宦官私通之事被揭发，成祖恼羞成怒，贾吕惧祸，便上吊自尽。然而成祖在亲自审讯贾吕侍婢时得知，这一班宫女正谋划杀害皇帝。成祖暴跳如雷，亲自对宫女施以极刑，并羞辱宫女和宦官，使约3000人死于非命。

明英宗朱祁镇，是宫斗中的幸运者。英宗的父亲明宣宗朱瞻基的正宫胡皇后一直没能为宣宗生下子嗣，使得得宠的孙贵妃有机可乘。孙贵妃打探到皇上临幸的宫女怀上了"龙种"，便施展手段处死宫女，抢走其子，冒充亲生，并迫使胡皇后让位。这个孩子，就是9岁登基的英宗。

乳名为"贞儿"的万贵妃在后宫的争斗，更让世人大跌眼镜。史载，天顺八年（1464年），英宗逝世于乾清宫，18岁的朱见深成为大明皇帝宪宗，并立同龄的吴氏为皇后，这让35岁的万贞儿怒不可遏。作为孙太后的宫女、宪宗的保姆，万贞儿的梦想就是能像孙太后般权倾朝野，成为天下第一贵夫人。为此，她便不遗余力地在皇帝与皇后间搬弄是非，挑拨离间。可怜的吴氏，刚刚当了一个月皇后，就在万贞儿的百般嘲讽、谩骂、欺压、刁难及宪宗的杖刑中被废而打入冷宫了。接着，年长粗俗、流放家庭出身的万贞儿，在宪宗第二任皇后王氏未生育的情况下，以37岁高龄为宪宗生下了皇长子，被封为贵妃。但是，儿子出生不到一年就夭折了。不能再生育的万贵妃，为保住贵妃之位，展开了变态且凶残的宫斗。

聪明的王皇后早已看透万贵妃的心思，为了避祸，鲜与宪宗亲近，把本该由皇后露面的机会都给了万贵妃。其他嫔妃则不然，在万贵妃接下来的迫害中，一大批与宪宗发生过关系的嫔妃和宫女被逼打胎，很多宫女的身体受到严重摧残，甚至有人因此丧命。然而，人算不如天算。与吴氏、王氏一同入宫，被封为贤妃的柏氏，却在宪宗的严密保护下怀孕并生下了皇次子朱祐极，两年后朱祐极被宪宗立为太子。这让万贵妃极度震怒，她使出鬼魅伎俩让不满3岁的小太子暴毙了。不久，贤妃也命归黄泉。

俗话说，"宁与君子斗，不与小人争"，小人之间的争斗，防不胜防。因而，一系列让万贵妃应接不暇的事情，也让其在自食恶果中濒临崩溃。成化元年（1465年），广西瑶民起义，夹带在被俘的几千名男女青年中被送往京城的纪氏，被宪宗偶然临幸后怀孕，并悄悄生下了皇子。一晃小皇子都长到了6岁，万贵妃才知情。万贵妃因有人敢在"虎口拔牙"而惊恐不已。据传，慢慢恢复平静后，蛇蝎般的万贵妃使出惯用手段，让纪氏也暴毙了。纪氏死后4个月，其子朱祐樘被立为太子。对此，万贵妃又出了一招——易储。在万贵妃的监督下，七八年间，宪宗拥有了11位皇子。万贵妃便依计而行，推荐邵宸妃所生的皇四子朱祐杬为皇太子。正当宪宗准备颁布诏书之时，泰山频频发生地震。"天象"警示下，宪宗收回了圣命，后宫才渐趋安定。

荒淫无度的明武宗，在紫禁城西北的西苑建造了豹房。豹房周围远山如黛，青翠万里，宫殿、厅堂、亭台、湖泊、水榭、楼阁、花船、假山等曲径通幽。一侧为飞禽走兽嬉戏，另一侧为天下美女的粉屋绿室。此地既供武宗行乐，又供武宗打猎。不知多少无辜的女子被残害，令人哀婉叹息。

自称天池钓叟的明世宗，每日不是与道士炼丹求仙，就是与后宫嫔妃游龙戏凤。更为可恨的是，世宗听信道士谗言，常常强迫宫女们服食催经下血的药物来炼丹，致使宫女的身体受到伤害，有些甚至死于非命。

毙命于后宫宫斗的明光宗朱常洛，可谓滑稽之至。一个月的皇帝生涯中，光宗先被郑贵妃进献的美女"承应"而"圣颜顿减"，同时，又被郑贵妃亲信太监崔文升进献的"通利药"百般折腾，一昼夜经历了三四十次泻火解毒，光宗的身子骨被搞得极度虚弱。同时，光宗又乱投医，误服了鸿胪寺丞李可灼进献的大补药——与"通利药"凉寒泻药药性恰恰相反的热性"红丸"，使自己在"冰火两重天"中命丧黄泉。

太后下嫁、顺治出家、雍正夺嫡是清初三大疑案。自号为"尘隐道人""懒翁""痴道人"的爱新觉罗·福临，年幼继位，因由叔叔多尔衮独揽大权，自小养成了孤僻多疑的性格，同时又娶了刻薄的妻子，便感到事事不顺心。遇到董鄂妃后，他力排众议，本想比翼双飞，逍遥自在，谁知董鄂妃生下皇子后不久也撒手人寰，受此打击，福临看破红尘，出家为僧。据说康熙曾4次去五台山拜望，第四次时得知顺治已圆寂，便留下了哀诗："文殊色相在，惟愿鬼神知。"

清世宗于雍正十三年八月二十三日（1735年10月8日）清晨暴死在圆明园离宫。据《清宫外史》《清宫逸闻》等载，雍正是被吕留良的孙女吕四娘刺杀身亡。雍正六年（1728年），留良、葆中父子因文字狱被斩，孙辈被发配边疆为奴。四娘以宫女身份混入皇宫侍奉皇上，伺机行刺。当然，也有说雍正是服丹药中毒身亡，还有说是寿终正寝。

乾隆皇帝的身世，可谓清宫后庭的谜中谜。至今有三说：一是清末妇孺皆知的浙江海宁陈家之子说。据《清朝野史大观》载，雍正做皇子时，与海宁陈家关系很好，两家往来频繁。雍正和陈家同时生了孩子。雍正生的是闺女，陈家生的是男孩。雍正命人抱来看，趁机"狸猫换太子"，换走了陈家的男孩。陈家迫于雍正的权势，不敢声张。因而，雍正继位后，陈家都官居显要。据传，乾隆登基后，先后6次下江南，4次都到陈家。最后一次步出陈家中门时说："以后非皇帝亲临，这门不要轻易打开了。"之后，陈家的中门再也没有打开过。而且，陈家闺女到了婚嫁年龄，嫁给江苏常熟的蒋氏，蒋家专门为她修筑了一座小楼，被后世称为"公主楼"。这些都让人费解。

二是康熙之子而非之孙说。康熙晚年，历经了立储风波，最终由雍正登上大宝，成为康熙的继承人，其合法性一直是史学界的争议。乾隆提出的"康乾盛世"，明显把爷孙摆在一起，而无视雍正。同时，乾隆继承皇位后，便把雍亲王府改为雍和宫，并在雍和宫悬挂康熙画像，而且每到正月初七，乾隆都要去，一方面是礼佛，另一方面是祭拜康熙。乾隆四十三年（1778年），乾隆祭拜后还赋诗道"到斯每忆我生初";乾隆五十四年(1789年),乾隆祭拜后又赋诗并注道"予以康熙辛卯生于是宫"。故有人推测,乾隆知道自己的亲生父亲是康熙而非雍正。此说也给后世留下了难解之谜。

三是雍正野合之子说。近代作家、学者冒鹤亭曾说,乾隆的生母是热河人、宫女李佳氏。作家周黎庵也创作了《乾隆皇帝的出生》一文,援引了冒鹤亭的说法,并添加了雍正喝鹿血等情节。雍正做雍亲王时,一年秋天到热河打猎,射中一只梅花鹿,雍正喝了鹿血后性急,将山庄内的一名汉人女子临幸了……李氏生下一名男婴,就是后来的乾隆。台湾学者庄练、作家高阳也在自己的文章和作品中认同这一说法。

从病倒到归天仅用了一天时间的嘉庆,可谓毁誉参半。毁的是,传说嘉庆二十五年(1820年),皇帝率队去避暑山庄秋猎,是年七月二十五日,嘉庆帝在无任何征兆的情况下,离开了人世。为此,民间传说嘉庆狩猎多日毫无所获,便提前结束狩猎,率队回京。路上忽遇变天,雷鸣电闪,惊雷闪电唯独击中了嘉庆的御驾,致使回京变成了护丧。

誉的是,嘉庆在位25年,呕心沥血,励精图治。如亲政之初,与和珅的斗争,虽锻炼了嘉庆,但也付出了代价,尤其是贪腐一直尾大不掉,成为嘉庆朝最大的隐患。

嘉庆十八年(1813年),农民起义军公然把反旗插到了统治中心的心脏——故宫"前朝",并直逼后宫,把象征皇权的紫禁城给践踏一番,再次让嘉庆感到了恐惧和不安。更为严重的是,堂堂兵部的印信不翼而飞了,全国上下还出现了贪官杀清官的荒唐事!这些都让嘉庆百思不得其解,嘉庆不知道为何父亲乾隆在世时,天下太平,人民富足,到了自己这里就民不聊生,社会动荡，为何自己费尽心机也难改危局。其实，这是清朝走到此时，让嘉庆帝百思不得其解的各种矛盾积重难返的必然结果！

从中国历史上看，后宫在某种程度上代表着王朝发展的一个缩影。这可能也是孟子的"齐家、治国、平天下"的中国社会治理理念的反映。"齐家"被提升到十分重要的位置，从汉代的吕后开始，到唐朝和明朝，只要后宫干政，就是政权动荡、社会撕裂的开始。清朝走到这一步，后宫干政的悲剧又开始上演了。

道光皇帝是大清12帝中唯一以嫡长子身份继位的皇帝。但是，道光继位后，走的还是后宫路线。这也为之后的慈禧专权埋下了祸端，更开启了大清的亡国之路。

当时，嘉庆皇帝驾崩，国不可一日无主，必须确定新皇帝。然而皇帝突然驾崩，没有留下任何遗言。道光是嫡长子，乾隆活着的时候就很喜欢这个皇孙。据载，乾隆五十六年（1791年），还不满10岁的道光跟着爷爷乾隆皇帝到木兰围场打猎，用自己的小弓箭射死了一头鹿，这让崇尚武功的乾隆非常高兴。乾隆当场赏赐了孙子一件黄马褂，还对群臣说："这个孩子很有我年少时候的风采。"

嘉庆十八年（1813年）九月十五日早晨，几百名天理教徒假扮成小商小贩，暗藏兵刃来到了宫城之外。不久，几个卧底的太监悄悄打开东华门和西华门，一时之间几百名教徒抽出兵器，高喊着"反清复明"的口号，一路杀进皇宫。事发突然，宫里一片混乱。不少大内侍卫直接逃跑了。天理教徒不费吹灰之力就冲到了养心殿，还架起了柴草，准备火烧紫禁城。幸好，皇二子爱新觉罗·旻宁（即后来的道光皇帝）站了出来。

面对冲来的教徒，旻宁抬枪就打。几声枪响过后，冲在最前面的几个教徒应声倒地。后面的人被吓住了，不敢再往前冲了。

利用这点空隙，旻宁一边组织乱成一团的禁军防守，一边派人出宫通知火器营。火器营火速赶到，及时控制了局势，几百名天理教徒死的死、抓的抓，叛乱很快被平息。

与天理教徒一战，让二阿哥爱新觉罗·旻宁的名声大振。嘉庆为表彰旻宁平定叛乱有功，破格册封旻宁为"智亲王"，并专门为其打造了一枚硕大的亲王印。因而，一直深受嘉庆器重的旻宁，对皇位基本上是势在必得，很多人也认为皇位非他莫属。

但是按大清祖制，嘉庆皇帝根本就没立太子。是没儿子？嘉庆有三个儿子，为什么没立？原来是他的爷爷雍正皇帝惹的祸。雍正的老爹康熙，制造出了两次废太子和"九王夺嫡"的历史谜案。胤禛登上皇位后，为避免悲剧重演，琢磨出了秘密立储制——把皇位继承人写入密旨，放在乾清宫正大光明匾后。皇帝驾崩后可把匾后的密旨拿出，是谁，谁就登基，以避免骨肉相残。

嘉庆二十五年（1820年），嘉庆皇帝驾崩，没有留下遗言，人们没有找到放密旨的盒子。怎么办？

这时，孝和睿皇后举贤不避亲，从京城发出懿旨，支持皇二子旻宁接班当皇帝。可是，不少大臣认为这不合祖制，是后宫干政。

不料，嘉庆皇帝的遗诏居然神奇地从天而降。跟随嘉庆皇帝一起到热河行宫的两位军机大臣托津和戴均元，这时突然宣布，他们在先皇的一个贴身小太监身上找到了一个小金盒，小金盒被锁住，不知钥匙在哪儿。托津用手拧开，发现金盒里放的正是先皇遗诏。遗诏显示，嘉庆确立旻宁为继承人，立遗诏的时间是嘉庆四年（1799年）。

同治皇帝19岁病逝，其死因也成千古之谜。这样，大清因

"齐家"不力而"治国"无方，气数真正开始衰败。

据载，同治十三年（1874年）十月三十日，皇帝得病卧床。当天太医诊脉为"疹形"表发显著，用"益阴清解饮"避风调理，服药一次便效果明显。第二天，"疹痘初发，未至出透"，再用"清解利咽汤"。是日午时，便"头面周身疹中夹杂之痘颗粒透出"，但痘粒透出后周身的毒气未出。不久，同治帝驾崩。

有人认为同治帝得的是天花，但是民间更多传说他染上梅毒。因为梅毒在当时是绝症，用天花治之，显然是为了掩盖皇家丑闻，以免丢了大清朝的颜面。

据说，同治与皇后阿鲁特氏相亲相爱，但是慈禧不喜欢阿鲁特氏，将皇后对皇帝的笑颜相迎诬为狐媚惑主。这是因为慈禧常邀皇后陪自己看戏，皇后每每看到儿女私情，就面壁而坐，慈禧不满意并责怪她，但皇后不听，依然我行我素，这让"大权在握"的慈禧感到很没面子，因而慈禧命令同治移情慧妃，而同治恰恰讨厌慧妃。于是，同治便同太监佞臣微服出宫，寻花问柳，由此染上梅毒而亡。

"于万国之故更明，变法之态更决"，这是同治的胞弟光绪见康有为作的折子《日本变政考》《俄彼得变政记》后的由衷感慨。

当时，光绪并未真正拥有皇权，不但小命一直捏在慈禧手里，就连自己的皇后、妃子，也是由慈禧来选定的。光绪很不喜欢慈禧的侄女隆裕皇后，只能在仅有的两位妃子中找到真爱，此人便是珍妃。在珍妃的支持下，光绪帝越来越像皇帝了，主要表现在朝政上。慈禧见光绪帝的苗头不对，但毕竟光绪是皇帝，慈禧不能随意动他，只能通过打击珍妃来警示光绪。1900年，八国联军进入京城，宫里宫外混乱一片。慈禧在仓皇逃离皇宫之前，命太监崔玉贵将珍妃推到井里溺亡。

慈禧虚晃一枪的把戏被光绪看透。他锐意变法，孤注一掷。面对光绪"太后若仍不给我事权，我愿退让此位"的"逼宫"言辞，慈禧内心勃然大怒，表面上却不动声色，答应光绪"由他去办！"，紧接着就胁迫光绪发出了四道谕旨，不但把兵权牢牢掌握在自己手中，而且让心腹荣禄执掌直隶总督，以此把帝国的命脉牢牢抓在自己手心。心机深重的袁世凯早已看透慈禧的计谋，出卖了康有为等人，破坏了他们的"围园劫后"密谋。

1898年9月28日，戊戌六君子在菜市口被杀害。慈禧第三次垂帘听政，风华正茂的光绪却被关在中南海瀛台，开始了漫长的囚禁岁月。

10年后，光绪三十四年（1908年）十月二十一日傍晚，光绪在瀛台抑郁而终，年仅38岁。次日，操纵大清半个世纪、不可一世的慈禧，也在距瀛台几步之遥的中南海仪鸾殿一命呜呼，时年74岁。

有人说，大清的命运是被这个老佛爷一步一步在宫斗中葬送的！这，也是故宫600多年中最为滑稽而惨烈的故事。

故宫、皇帝、女人，权力、荣辱、生死，慈禧、光绪、荣禄、袁世凯……把人世间的"空即是色，色即是空"演绎得万般真切。

据清宫医案记载，光绪是在五脏俱病、六腑皆损、阴阳两虚、气血双亏的情况下，出现阴阳离决而终的。俗话说，人生在世，活的就是精气神，如果精神受损、气血不畅、神志恍惚，用不了多久，恐将一命归西。这就是人生的无常和惨淡！

回过头来看，《红楼梦》中"太虚幻境"石牌上的一副对联："假作真时真亦假；无为有处有还无"是最贴切的注释。

《好了歌》中的"世人都晓神仙好,惟有功名忘不了!古今将相在何方?荒冢一堆草没了",也是最真实的写照!

然而,"我笑世人看不穿"的故事还在上演,而且更惨烈。这就是大清最后一位皇帝溥仪,其后宫生活欲说还休,一言难尽!

帝后一顿饭,百姓数年粮。据记载,明清两代的皇帝、皇后生活极度奢华。嫔妃、宫女、太监陪王伴驾,三宫六院奢靡无度,每餐必有山珍海味、奇珍异菜,合计起来有上百种,每顿饭的花费相当于5000名贫困百姓一年的口粮。

溥仪退位后,依然在故宫享受了13年的奢靡生活,而且还顿顿用西餐打头,中西结合,样样齐全。然而,溥仪的婚姻却屡屡受挫,悲剧不断,直到中华人民共和国成立,他才过上了正常人的婚姻生活。

一次是勇敢地拒绝。1959年,刚刚从战犯管理所放出来的溥仪,遇见了一位追求自己一辈子的"晚清最美格格"——人称"王大姑娘"的王敏彤(完颜童记)。王敏彤的母亲是乾隆皇帝的五世孙女。王敏彤长相出众,当初还参加了溥仪的选妃,结果败给了自己的表姐婉容。

溥仪从战犯管理所出来后,王敏彤家请溥仪吃饭,席间,王敏彤向溥仪表达了希望他娶自己的想法,遭到了溥仪的拒绝。此时的溥仪,经过梦幻般的人生过山车,再经过人民政府的改造,思想和灵魂深处已发生了翻天覆地的变化。尤其作为一个公民,他想为自己的终身大事做一次主,想娶一个与自己一样平等、独立、自由,能够自食其力的新时代女性。被溥仪拒绝后,痴情的王敏彤终身未嫁。

另一次是勇敢地追求。1962年,溥仪在全国政协文史资料研究委员会担任文史专员。一位同事给他介绍了一位年龄不到40岁的护士，名叫李淑贤。溥仪听说对方是护士，产生了兴趣。可当李淑贤听说给她介绍的对象是末代皇帝时，吓了一大跳。但是，千里姻缘一线牵。两人见面后竟然一见如故，很快开始了约会。之后，溥仪频频示好，猛烈追求，终于打动了李淑贤的芳心，两人步入了婚姻殿堂。

"一座宫殿一场梦，一片红楼一生悲！"这悲，在溥仪身上表现得淋漓尽致！

蓬莱万古明

人是高级动物，基本温饱问题解决后，在物质中追求精神享受是人的天性。而且，越是物质富有，越追求文明生活的多样。大元走了，大明走了，大清走了，留下了代代成熟、日臻完美的紫禁城。这座城，帝王在文明进化中享尽了人间荣华富贵，也留下了人类文明进步的足迹。这些，都通过一定的物件或艺术形式流传了下来。这体现了人与动物的区别，也是社会进化、文化传承的历史必然。

因而，紫禁城作为皇权的象征，也是物质文明的载体。帝王们的生活怎么样？虽然锦衣玉食随着年轮流转消失了，但帝王时期的生活景象留存下来了。而今，人们步入故宫，看到的更多是故宫留下的文明生活的写照。正因为如此，这座宫殿巍峨壮观，光辉永耀。

饮食男女之欲焉。文学艺术、饮食与人生境界，深厚广博。俗话说："千里为官，为的吃穿。"明尊卑、定礼数的饮食，更能体现出饮食的尊贵。皇帝虽为九五之尊，是天下最大的官，但也是人，同样追求衣食住行娱的完美。

中华民族的饮食文化，经历了秦汉魏晋时期的交流融合、隋唐五代的持续发展和辽金宋元的繁荣昌盛，到了明清时期已至鼎盛。孙中山说过："中国近代文明进化，事事皆落人之后，惟饮食一道之进步，至今尚为文明各国所不及。"

而今，口齿留香、名满大江南北的淮扬菜，也得益于宫廷的推广和盛行，从中可看出当时宫廷的饮食文化。明朝开国皇帝朱元璋出生在安徽，其手下的开国将领也多为淮扬人，所以官场上流行的菜色，就以皇帝们常常吃的"民间菜""江湖菜"——淮扬风味为主。为迎合朱元璋的口味，宫廷御厨特意烹制了御膳豆腐、珍珠翡翠白玉汤等流传至今的名菜，这些菜都带有浓郁的淮扬菜特色。在明朝初期的国宴上，淮扬菜成为御赐宫廷菜的主要菜系。

随后，朱棣迁都北京，建紫禁城，且随着经济的繁荣、烹饪技术的提高和原料的增多，菜式也更加丰富，味道也在淮扬风味的基础上，有了以北京为轴心的本土化转变。尤其到了明朝后期，奢靡腐败之风盛行，宫宴中改良的淮扬菜奢华到了极点，清一色的山珍海味与荤腻重口的肉食成为餐桌上的主菜。

若说明朝的宫廷菜是"江湖"与"宫廷"的结合而流行于神州大地，成为中国传统饮食文化的八大菜系之一，那么，清廷中的菜系可以说是"高大上"了——这就是满汉全席。通过清廷的宫廷菜，我们可以看出清朝皇帝和贵族的穷奢极欲、贪婪之至！

满汉全席是清廷的"国宴"，是集满族与汉族菜点之精华的最著名的中华大宴。清朝皇室源于东北满族,入关后更加重视荐新礼仪,知时节、吃时宜,同时也可以看出清代的荐新物品更突出满族发祥地东北的物产。

据清乾隆年间李斗所著的《扬州画舫录》记载,满汉全席共有108道菜式,以东北、山东、北京、江浙菜为主。其中,南菜54道,包括30道江浙菜、12道闽菜、12道广东菜;北菜54道,包括12道北京菜、30道山东菜和12道满族菜。其珍品有犴鼻、鱼骨、鲟鱼子、猴头蘑、熊掌、哈什蟆、鹿尾(筋、脯、鞭等)、豹胎等珍奇原料,突出满族与汉族菜的特殊风味,融烧烤、火锅、涮锅为一体,同时又展示出汉族烹调扒、炸、炒、熘、烧等兼备的特色,实乃中华菜系文化的瑰宝。

满汉全席分三天吃完。不但菜式有咸有甜,有荤有素,取材广泛,用料精细,山珍海味无所不包,而且礼仪讲究。入席前,要先上二对香、茶水和手碟;台面上有四鲜果、四干果、四看果和四蜜饯;入席后,再上冷盘,然后热炒菜、大菜、甜菜依次上桌。共有六宴,均以清宫著名大宴命名,汇集满汉众多名馔,择取时鲜海味,搜寻山珍异兽。全席计有冷荤热肴196品,点心茶食124品,计肴馔320品。

全席合用全套粉彩万寿餐具,配以银器,富贵华丽。席间,礼仪严谨庄重,承传统美德,有古乐伴宴,令食者流连忘返。全席食毕,让食者在美轮美奂、身心俱佳、流连忘返中,领略中华烹饪之精华,畅享饮食文化之渊源,回味万物之灵之至尊。

即使是在皇权至上时代,紫禁城的饕餮盛宴,也并非皇帝一人独享,城内的大臣、军机、翰林、御医、侍卫、宦官、宫女等,都是美味的食者。据记载,紫禁城每天的用餐人数在400～800人。用餐人数的最高纪录在清乾隆六十年(1795年)。

当时，86岁的乾隆帝准备禅位，在宁寿宫皇极殿举行千叟宴，邀请5000多名60岁以上的老人参加宴会，成为紫禁城一次盛大的"海吃"！

乌纱顶戴有奥秘。刘邦得天下后，大臣们在朝堂行令猜拳、拔剑击柱、称兄道弟，致使朝政如集市，混乱不堪。后来刘邦接受叔孙通建议，制定朝规，大臣依品着服、站列、请诏等，西汉初期的朝政得以有序展开。上行下效，民间也在朝廷的规制下，用服装把人分出三六九等。自此，历朝历代都把服饰作为治国理政的大事，明清两朝在国家治理中规制服饰也不例外。

明初，"物不古不灵，人不古不名，文不古不行，诗不古不成"的宗法专制，成为恢复大明秩序的重要手段，服饰也成为约束子民的象征。自上而下，皇帝为冕服，也有朝服、公服、常服等。常服又称翼善冠服，头戴乌纱折上巾，身着盘领、窄袖、前后及两肩绣有金盘龙纹样的衣服，配玉带皮靴。常服以黄色的绫罗制成，上绣龙、翟纹及十二章纹。龙的图案除传统的行龙、云龙外，还有团龙、正龙、坐龙、升龙、降龙等。

皇后常服为戴龙凤珠翠冠，穿红色大袖衣，衣上加霞帔，红罗长裙，红褙子，首服特髻上加龙凤饰，衣绣有织金龙凤纹，加绣饰。凤冠以金属丝网为胎，上缀点翠凤凰，并挂有珠宝流苏。凤冠有两种，一种是后妃所戴，冠上除缀有凤凰外，还有龙、翚等装饰；皇后皇冠缀九龙四凤，大花、小花各十二树；皇妃凤冠九翚四凤，花钗九树，小花也九树。另一种是普通命妇所戴的彩冠，上面不缀龙凤，仅缀珠翟、花钗，但习惯上也称为凤冠。

文武官员的服饰主要有朝服、祭服、公服、常服、赐服等。官员平日在署衙处理公务时穿常服。常服的规制是头戴乌纱帽，身穿团领衫，腰间束带。由此，官员头戴乌纱，便成为明朝官员的标配。

据记载，为了以衣取人，明朝规定，官吏的衣服、帐幔不许用玄、黄、紫三色，不许织绣龙凤纹。民间男女不能用金绣、锦绮、纻丝、绫罗，不得用大红、鸦青、黄色；靴不得制花样，不得用金线装饰；首饰、钗、镯，不许用金玉、珠翠，只能用银。庶人巾环不得用金玉、玛瑙、琥珀；帽不得用顶，顶珠只许用水晶、香木。农夫服饰，只能用绸、纱、绢、布。商人，只能用绢、布。

17世纪的中国，历史变化无穷，最终在清兵入关、清朝一统中实现中兴。清王朝的建立，对中国文化的发展具有特殊的意义。满族入关前处于农奴制阶段，之后以少数民族身份入主中原，因而在执政中总结了中国历朝历代统治的优劣，把皇权统治的政治手段发挥到了极致，包括把服饰作为裁定人心归顺与否的戒尺。

顺治九年（1652年），钦定《服色肩舆永例》颁行，推行剃发易服，在吸收明朝服饰纹理图案的基础上，废除了明朝的冠冕、礼服以及汉族的一切服饰。官服以长袍马褂为主，尤其是官帽，与前朝相比截然不同。凡军士、差役以上军政人员，都戴似斗笠的小纬帽，按冬夏季节有暖帽、凉帽之分，还视品级高低安上不同颜色、质料的"顶子"（顶戴），帽后拖一束孔雀翎，翎称花翎。这样，就把清朝的统治阶层高高置于"头顶"。"顶戴花翎"成为大清的象征，并从公服开始逐渐推向常服，这使官民服饰泾渭分明。与此同时，为显示大清的威严，清政府废除明代男子蓄发挽髻的习惯，男子一律剃发留辫，辫垂脑后。

在"清一色"的老百姓的长辫、马褂下，皇帝的服饰却丰富多彩。在明代朝服、常服、行服的基础上，清代又增加了吉服，皇帝的龙袍就属于吉服。据文献记载，龙袍上绣有九条龙，充分体现了"九五之尊"。龙袍下摆斜向排列着许多弯曲的线条，谓之水脚，有"一统山河"和"万世升平"的寓意。

皇后常服与满族贵妇的服饰相似，只是图案有所不同，在鲜艳的蓝色缎地上绣有八只彩凤，彩凤中间穿插着数朵牡丹，具有典型的民族风格和时代特色。

医道济世永流传。人生在世，生老病死为常态，凡人皆惜命，皇帝也一样。而且在皇权之下，帝王健康与王朝兴衰息息相关，建好太医院、御药房是大事中的大事。明清两朝的太医院虽为国家最高的医政机构，但其主要使命是为紫禁城提供医疗服务。太医院隶属礼部，在皇城南端，今国家博物馆西南角。明朝的御药房设置在文华殿后的圣济殿，与太医院遥相呼应。因李自成一把火烧了圣济殿，清朝的御药房便搬到了南三所东墙与紫禁城东墙之间的狭长区域。即南边是太医院的值班室，中间是药王殿，北边是御药房。

太医院医生的水平，直接关系到皇帝、皇后、嫔妃、大臣们的性命。虽然建立了严格的医生选拔制度和培养体系，但是因剥离不了官僚体制，太医们在行医执业中是奴才而非医生，这使很多优秀人才难以施展才华。明清时期，在中国的名医行列中，李时珍堪称一流。

李时珍家族世代行医，其祖父为乡间"铃医"。父亲50岁后被举为贡生，并被推荐到太医院做吏目。李时珍13岁时在黄州一举考得秀才，少年得志，但是，之后三次乡试失败，他便继承了祖业，发愤学医。他先随父亲行医，后独立行医，很快崭露头角，因在武昌救了楚王之子，被楚王聘为王府医士，后又被推荐到太医院任职。

但是，由于李时珍崇尚苏东坡既不趋炎附势，也不降志媚俗的秉性，在官僚气息浓郁的太医院，在为皇帝、皇后、嫔妃等达官贵人服务的过程中，实在难以左右逢源。最终，李时珍托病归乡，用27年时间完成了中华民族系统性医学巨著《本草纲目》。成书之时，李时珍已逾花甲之年。之后为出版此书，李时珍又从万历八年（1580年）奔波到万历二十四年（1596年），整整用了16年。一个大明太医院的医生，一心为苍生而终其一生追求真理，让人敬仰，也让人慨叹。

明末张介宾与李时珍异曲同工。张介宾先随军从医，后在58岁时返乡精研医术，最终成为与张仲景、李东垣齐名的一代名医。张介宾提出"医易同源"的医学观点，也是在远离朝廷后创造出了经世学说。

被乾隆皇帝两次召入太医院为大学士及中贵人诊病的清代名医徐大椿，为清代医道做出了非凡的贡献。《清史稿》为其立传。徐大椿是江苏苏州人氏，生于康熙三十二年（1693年），卒于乾隆三十六年（1771年），署名的著作有《难经经释》《神农本草经百种录》《医贯砭》《伤寒论类方》等50多种。他的医学著作从元气论、古今论、同异论、鬼神论、医德论等多个角度，辩证地把中国医学的望、闻、问、切和病理与药理、医道及治道、病与症等进行了精辟的阐述，尤其是"医为人命所关""行医之要，惟存救人""心术纯正""医术即心术"等论断，至今仍是医者的行医要义。

以"治国良相，世代皆有；著书良医，无一全人"开篇的清代大医王清任，生于乾隆三十三年（1768年），嘉庆七年（1802年）到京行医。经过40多年的执业，他出版了名噪京师的《医林改错》，告诉人们医家理论来源于实践，必"亲临其症"，只有取得治疗的直接经验，才能著书立说。

紫禁城内的大夫，往往经过严格的层层选拔，少有庸医。但是，名医也少有。为什么？因为紫禁城的医生是否能成名，关键在于医患关系，或者说，关键在于诊疗对象，在于皇帝的医疗观念。所以在紫禁城当医生，出名就别想了，能保命就不错了。李时珍、张介宾、徐大椿、王清任等，在尝试过当御医后，都纷纷厌倦了太医"打掉牙齿和血吞"的苦楚，回到民间了。

御医的人生像"过山车"的故事还有一例。史载紫禁城"六百年一遇"的名医刘声芳，由民间招揽入宫，其行医风格符合太医院的要求。入宫后，他先后给康熙、大阿哥的福晋等人看病，逐步得到重用。康熙四十九年（1710年），刘声芳被升为太医院右院判；康熙五十二年（1713年），因为将宫女治死，受降级革退处分；康熙五十五年（1716年），因"开错药方"，被内务府提出要降三级、罚俸一年，后被康熙赦免；康熙末年，升至太医院院使；雍正年间，升至尚书，加太子太傅。然而，因雍正对医学涉猎不多，刘声芳的命运便注定会以悲剧告终。雍正九年（1731年），雍正不堪高负荷的工作，身体撑不住了，便祈求"长生不老药"。他大量服用药物后，身体每况愈下，便怀疑是刘声芳的不作为导致的，于是把气撒到了刘声芳的儿子身上，革除了刘声芳儿子在户部的职务。一个多月后，雍正又以"玩忽职守，居心巧诈"之名将刘声芳一撸到底，将赏给其子的功名全部收回。一年后，刘声芳抑郁而终。

至此，紫禁城再无名医可言。

文明精气神

绵延的宫殿，说不完的人和事，讲不尽的宫内宫外传说，最终都凝聚到那些可圈可点的文化生活和精神气象上。

文学艺术百废兴。明代诗词虽然无法与唐宋诗词相比，但是，明成祖建紫禁城、迁都北京后，打造了独树一帜的京味文化，使大明出现了北京文坛执全国牛耳的鼎盛局面。

包罗万象的《永乐大典》，见证了明代文化的繁荣，堪称中国文化的瑰宝。该书由明成祖倡导、作序并御赐书名，涵盖了经史子集、天文地理的"百家之最"，体现了明代渴望古代文化回归的理念，站在元大都把中国历史推进一大步、顶级文化精英汇聚于此的臂膀上，成祖要把传统文化发扬光大。基于此，大明文化梦想在传承和弘扬中不断升级，大明文化艺术进入高光时刻。

以永乐年间馆阁大臣"三杨（杨士奇、杨荣、杨溥）"的作品为代表的"台阁体"诗词，追寻宋人风范，抒发爱亲忠君的理念。紧接着，成化、弘治年间的阁臣、文坛领袖李东阳更进一步，认为除唐外的各个时代的诗歌无一可取，使复古主义思潮更为高涨。

随后，以李梦阳、何景明为首的"前七子"结成文学社团，不满"台阁体"和八股文风的消极影响，树起"复古"大旗，"赋尚屈宋，诗尚汉魏，近律李杜"，开创了明代百年文学复古运动。之后，嘉靖中期，又有以李攀龙、王世贞为首的"后七子"，持"文必西汉，诗必盛唐"的主张，把复古运动推到了万历年间。之后，李贽、唐顺之、归有光，以及"公安三袁"袁宗道、袁宏道、袁中道都主张文学应随时代而发展，独抒性灵，不拘格套。

明代后期，以竟陵（今湖北省天门市）人钟惺、谭元春为首的竟陵派主张文学创作应抒写"性灵"，学习古人诗词的"精神"，反对简单拟古。他们宣扬"性灵"，倡导"幽深孤峭"的风格，求新求奇，不同凡响。竟陵派与公安派一样，在明后期反拟古文风中有进步意义，对晚明及此后小品文的大量产生有一定的促进之功。

明代的文学，在一开一合的复古与反复古中前行，取得了历史性成就。如中国四大古典名著中，《西游记》《水浒传》《三国演义》三部出自明代。与此同时，还有《金瓶梅》《封神演义》"三言二拍"等流行至今的著作问世。

书画艺术在明代帝王们的重视下，成绩斐然。诸皇帝都喜好书画，把技艺精湛的书画家招揽到京都，并安排擅长书法者在文华殿待诏、擅长绘画者在武英殿待诏，使全国的书画艺术获得了显著发展。被成祖称为"我朝'王羲之'"的书法家沈度，引领了从永乐到弘治一百多年间的书法风潮。不同于沈度的工整小楷"台阁体"，董其昌以外表秀美并兼得颜真卿、赵孟頫精髓，形成了自己行中带楷、用笔涩拙的书法风格，对晚明至清初书坛影响极大。董其昌因书法而入翰林院，绘画成就也以"即兴写意"而兴于大明。

在明代绘画艺术繁盛时期，有"吴门四大家"沈周、文徵明、唐寅、仇英，他们与"泼墨"大师徐渭、"画圣"陈洪绶等并驾齐驱。沈周的《沧州趣图》用南方山水表达对北方山水的想象，文徵明以翰林待诏而才情横溢，唐寅因在北京会试中落榜而专事绘画，仇英的《汉宫春晓图》描绘宫廷佳丽百态，借汉宫美景使北京宫殿跃然纸上。曾在京师为官的徐渭，则用画笔描绘"书中有画，画中有书"的奇妙景致。

被誉为中国古代音乐"活化石"的智化寺京音乐，就源于大明宫廷。明清两代在天坛演奏的中和韶乐，也体现了对中国宫廷音乐的传承。始于明代中期的景泰蓝，已成为中国历史文化符号之一。

清代作为中国封建社会最后的大一统王朝，皇权专制已达巅峰，礼制文化也达到了高峰。明亡的教训使清廷帝王们认识到，儒学创始人孔子倡导的"内圣外王""行诸实事"的矫世、救世、经世学说，是"明道救世"的精髓。统治清朝百余年的康熙、雍正、乾隆三帝皆躬亲实务、注重实际。清代的北京不仅继承了作为全国政治和文化中心的首都功能，而且开辟了多民族、多地域文化交流融合，中外兼收的新境地。

清朝对汉文化的吸收在入关前就开始了，如翻译汉文化的典籍，将汉文化的伦理观念、道德准则等渗入满人心里，并吸收汉人入仕。入关后，"多汉人风""与汉人同"的文化交流、民族融合波澜壮阔。康、雍、乾三朝皇帝主持编纂《古今图书集成》《四库全书》等经史子集150余种、2.2万卷，大大超过了明代的规模。其中《古今图书集成》《四库全书》的规模之大，不仅在中国文化史上气象空前，在世界文化史上也极为罕见。

在文学艺术领域，《桃花扇》《红楼梦》《聊斋志异》《阅微草堂笔记》等，达到了戏剧、小说、文言小说、古典笔记小说的高峰。松友梅的《小额》、王冷佛的《春阿氏》，开辟了京味小说的先河。康熙重臣明珠的长子纳兰性德，是一名杰出的中国少数民族词人。

徽班进京打造出国粹京剧,是中华戏剧无与伦比的成就。清廷的统治者都喜欢戏曲,每逢皇帝、太后祝寿等皇室喜庆事都要举行演出活动。徽班进京之前,先是昆曲胜过一筹,再有京腔异军突起,造就了多种戏剧相互争锋的大舞台。

乾隆五十五年(1790年),为庆祝乾隆帝八旬大寿,一个名为"三庆班"的徽剧戏班,由艺人高朗亭率领进京参加祝寿演出。"三庆班"以唱二黄调为主,兼唱昆曲、吹腔、梆子等,诸腔皆唱,一时引起轰动,便一直留在北京演出。之后他们在表演中又吸收了昆曲、弋阳腔、梆子腔等表演技艺,表演更加灵活自如,更富于戏剧性,很快便风靡北京乃至全国。

明经取仕教为本。"马上得天下"的元朝统治者,遵用汉法,重用一批儒生治国,但是未得精髓,加之实行高压的军事专制和民族歧视政策,元朝不到百年就灭亡了。明朝开始,把以程朱理学为代表的儒家文化视为恢复"汉家正统"的"撬点",希望达到"大道之行也,天下为公。选贤与能,讲信修睦。故人不独亲其亲,不独子其子,使老有所终,壮有所用,幼有所长,矜、寡、孤、独、废疾者皆有所养,……盗窃乱贼而不作,故外户而不闭"的天下大同境界。

"十年树木,百年树人",以儒家文化为正统,必须锲而不舍地进行教化。教化要自上而下,所以明清时代的官学教育地位高、体系全、组织严密。永乐元年(1403年),明成祖把洪武年间降格的北平府学改为北平国子监,升大兴县为顺天府学。迁都后,明政府将北平国子监升为京师国子监,使北京迅速成为全国文化教育事业的中枢。当时,南京国子监(南监)虽然存在,但是成祖把北京国子监(北监)设为左庙右学,规制更为隆重。明代北监有集贤门、彝伦堂、敬一亭等四柱七楼的庑殿顶琉璃牌坊的众多礼制建筑，不但以建筑之形象征各个礼制的规范，而且当人身临其境时都能感受到"非礼勿视"的庄严神圣之感。

据载，永乐年间北监的太学生达万人，中叶以后也保持在6000人左右。这些学生，主要是通过全国各府、州、县层层选拔上来的优秀儒生，以及少数的官僚子弟和选贡赴京的学生。国子监是出仕的重要途径，太学生在国子监学习到一定年限，就可以被选拔到吏部、礼部、户部等中央机构实习，期满优秀者可以送到吏部铨选授官。

在教授内容上，明代继承了元代把程朱理学定为"国是"，使"学者尊信，无敢疑贰"的主旨。成祖命胡广等编撰《四书大全》《性理大全》《五经大全》，并在"大全"卷首明确"三部大全，行之于家，行之于国"，是治国与统一思想的纲领。与此同时，成祖废除了唐代钦定的《五经正义》，以及汉唐的训诂，规定在科举考试中对题目的解释一律以朱熹的注释《四书集注》为准。如此种种，把程朱理学推向了至高无上的地位。

学而优则仕。"朝为田舍郎，暮登天子堂"是众多儒生的终身理想，开科选才的科举是治国施政的重要手段。中国科举始于隋朝，发展于唐宋，定型于明朝。明代的科举，分为乡试、会试、殿试三级。史载，明朝最早的会试在永乐十三年（1415年）。此后，每过三年，天下数以千计的考生就奔赴都城，参加礼部举行的会试。会试后，获得贡生身份的数百名考生参加由皇帝主持的殿试，成为"天子门生"。明、清殿试后，分为三甲：一甲三名及第进士，通称状元、榜眼、探花。试前须复试，在保和殿应试。复试毕，应殿试，也在保和殿。一甲三人立即授职，状元授翰林院修撰，榜眼、探花授翰林院编修。二、三甲进士如欲授职入官，还须在保和殿再经朝考次，综合前后考试成绩，择优入翰林院为庶吉士，即俗称的"点翰林"，其余者则分发各部任主事或赴外地任职。这些考生，大部分经过了数载寒窗苦读，才终于得以"入仕"，实现了"学成文武艺，货与帝王家"的人生理想。

明朝在北京兴起了讲学活动，并成为开化、教育的重要载体，展现出明代人特有的精神气象。讲学，发端于明初的曹端等人，兴盛于明后期的王阳明等人。尤其是嘉靖以后，以灵济宫、首善书院为讲学点，北京成为全国讲学的桥头堡。京城官僚、赶考学子、国子监监生等都聚集于此谈学论道，大学者王艮、李贽等先后来北京讲学。

清代沿用明代的做法，北京仍是全国的教育和人才选拔中心。清代统治者更注重皇子的教育，乾隆时期还把上书房的皇子教育上升为"家法"，专门就宗室、皇族的教育设立了八旗官学、八旗义学、内务府学等。与此同时，作为官办教育的补充，各地的书院如雨后春笋般遍地开花。北京有金台、潞河、云峰、燕平等多家书院，还开办了教会学堂。1861年，清朝专门设立了办理对外事务的总理衙门。恭亲王奕䜣认为，与列国交涉，必先识其语言、文字，所以，清政府又开办了新学京师同文馆。至1898年，同文馆开设化学、机器、天文、微积分、代数等课程，并开设英语、法语、俄语等语种教学。

戊戌变法后，北京开始兴办新式学堂。京师大学堂（现北京大学）兼有统领全国新式教育之责，它和清华学堂（现清华大学）都是新式教育的产物。

为配合教学，清代的出版业兴旺发达。据统计，清朝前期，各类书馆达30多个。与此同时，清代中期朴学盛行，涌现出一大批知名学者。

有教无类渐觉醒。"桃花坞里桃花庵,桃花庵里桃花仙。桃花仙人种桃树,又摘桃花换酒钱。酒醒只来花前坐,酒醉还来花下眠。半醒半醉日复日,花落花开年复年。但愿老死花酒间,不愿鞠躬车马前。车尘马足富者趣,酒盏花枝贫者缘。若将富贵比贫贱,一在平地一在天。若将贫贱比车马,他得驱驰我得闲。别人笑我太疯癫,我笑他人看不穿。不见五陵豪杰墓,无花无酒锄作田。"这是明代江南四大才子之一的唐寅(唐伯虎)所作的《桃花庵歌》,其中的"太疯癫""看不穿"的"风言风语""狂人狂语",被认为拉开了大明思想观念的阀门。

之后,以"唐伯虎点秋香"虚构的《三笑姻缘》,以祝枝山《祝子罪知录》"汤武非圣人,伊尹为不臣,孟子非贤人"之"以晋人放胆"的戏说,以《金瓶梅》对色情描写的石破天惊,以《牡丹亭》对"至情"的刻画,以"三言二拍"对传统"贵义贱利"的鄙视,开创了哲学的新境界。

这是文化教育发展推动哲学和社会观念变革,尤其是人们自我意识和主体意识变化的历史必然。

王阳明在继承宋代张载、朱熹的哲学思想的基础上,把"心即理""知行合一""致良知"等宋明理学思想发挥到了极致。李贽的"自然人性",王艮的"百姓日用即道","狂士"徐渭的"自然人性"等,也有力地助推了哲学的发展。

多种宗教在明代得到发展,儒释道形成了功能互补、和谐共生、有教无类的多元格局。曾为出家人的朱元璋开启明朝基业,朱棣也是在道衍禅师姚广孝的助推下夺得皇位,故此,佛教在明初成为"一枝独秀"。明朝的16位皇帝中,除世宗崇道外,其他帝王都崇尚佛学。北京的许多有影响力的寺庙,大都修建于明代。姚广孝主持修建的庆寿寺在大修后改名兴隆寺，曾列北京诸寺之首。潭柘寺见证了明代中外佛教文化交流的盛况。万寿寺、慈寿寺、天宁寺、直觉寺等相得益彰，权倾一时的宦官王振重修的庆寿寺、创建的智化寺也都盛极一时。永乐大钟与《永乐北藏》成为珍贵的佛教文化遗产，影响深远。

从朱棣修建遭破坏的白云观开始，皇帝对道教的尊崇也成为有明一朝的特色。如成祖在紫禁城修建钦安殿以供奉玄天大帝，并历时14年大修武当山道观，命武当道士编纂《道藏》；世宗加封龙虎山道士邵元节为一品官职、授礼部尚书，死后追封其为少师；嘉靖修建大高玄殿，使其成为明清两代重要的皇家道观。这些都是在道教界影响深远的盛事。

与此同时，明代北京最著名的四大伊斯兰"官寺"——清真寺、礼拜寺、普寿寺、法明寺，以及牛街形成的穆斯林文化街和教子胡同的新礼拜寺、花市清真寺、蓝靛厂清真寺、张家湾清真寺等，都是明代伊斯兰文化发展的见证。

经明神宗的恩准，意大利传教士利玛窦把天主教传入北京，他还结识了徐光启、李之藻、李贽等一批思想家，传播欧洲的古典哲学、逻辑学、艺术、天文、历算等知识。徐光启与利玛窦等传教士一道翻译了《几何原本》《坤舆万国全图》等一批西方学术著作，打开了国人的视野，明朝开始走出经学的藩篱，热烈追求西学的融通。科学家、举人宋应星所著的《天工开物》，徐光启整理、意大利传教士熊三拔口述的《泰西水法》，科学家王徵整理、德国传教士邓玉函口述的《远西奇器图说》等，一批著作先后问世，这是中国历史上第一次出现学习西方先进文化的浪潮。

出自《三国志》的"万世师表"，被清圣祖康熙御笔亲书后，高悬于全国各州府的孔庙。至此，大清向"率土之滨"的王臣们宣告了"崇儒重道"的哲学精神。

八旗铁蹄踏进北京城，踏破大江南北，剿灭张献忠的大顺政权，平定南明小朝廷，一统江山，大清以少数民族入主中原，尚处在农奴阶段的新兴满族军事地主阶级统治先进的中原大地，面临着对晚明文化吸纳出新以及自我更新的诸多难题。

200余年基业的大明轰然倒塌了，明清之际，王夫之、顾炎武、黄宗羲等思想家、哲学家提出了"天下为主，君为客""公天下"等思想，并强调"内圣外王"的实学精神。清初的唐甄认为："天地之道故平。"

康熙在御笔"万世师表"的同时，还御定了《日讲四书解义》，将程朱理学确定为官方哲学，在儒学、佛学、西学等哲学思潮交织的格局中，清朝把理学高扬在"普天之下"。

清朝把多民族、多宗教、多地域的交流确定为国策。在清初，八旗圈占北京内城，外城几乎都是汉人、汉官和商人的地盘。在佛、道两教大力发展的基础上，清朝把藏传佛教、天主教等作为交流的纽带，在北京多处修建喇嘛庙，供养蒙古族和藏族的喇嘛，有力促进了民族融合。

清军入关后，将明朝的寺庙改建为净住寺，紧接着，又修建了东黄寺，以及永安寺、普胜寺，加上民间举行"白塔燃灯""雍和宫舍粥""绕塔"等活动，展现出一派儒释道融通的盛景。

从利玛窦向大明万历皇帝敬献自鸣钟开始，西洋的地球仪、天体仪、西洋镜、三棱镜、圣母像、世界地图等物品，以及天文、医科、音乐、绘画等技术和文艺源源不断地向古老的中国涌来，西方哲学思想也在中国广泛传播。

传教士们深谙清朝的国体，要搞定清朝的王臣，必须先搞定清朝的皇帝。康熙五十二年（1713年），意大利传教士德理格敬献小管琴，法国传教士南光国亦为康熙制造乐器，康熙命德理格为皇子教授乐理，并令传教士编纂《律吕正义》，续编中专论西洋音乐。雍正把传教士郎世宁收为宫廷画师，郎世宁专门向宫廷画家传授欧洲的油画艺术。乾隆十六年（1751年），为博龙颜一笑，22名在京传教士共同向皇太后六十大寿敬献"万年欢"机械。

但是，到了雍正年间，因部分传教士参与宫廷争斗，甚至卷入皇子夺位，加之此时传统专制思想已"竭而无余华"、理学亦"光华黯淡"，更有传教士在民间组织反清活动等等，清朝统治者基于稳固政权的考虑，在恐惧、傲慢、偏见交织的氛围下，开始驱逐传教士并关闭国门。在此背景下，欧亚大陆另一端新兴资本主义呼唤的工业革命，与清朝失之交臂。

这里，摘录一段乾隆皇帝在答复英国特使马戛尔尼时的高论，从中可见一斑。乾隆高傲地说："天朝物产丰盈，无所不有，原不藉外夷货物以通有无。特因天朝所产茶叶、瓷器、丝巾为西洋各国及尔国必需之物，是以加恩体恤。"

正当清朝的皇帝和大臣们陶醉在"万国来朝""四夷宾服"的美梦中时，洪秀全借"上帝"之名发动起义，把清朝半壁江山搞得天翻地覆。之后，气势汹汹的英国舰队借助坚船利炮，把鸦片运到了神州大地。紧接着，慈禧太后利用义和团"扶清灭洋"，八国联军洗劫紫禁城⋯⋯摇摇欲坠的清王朝很快覆灭了。

就这样，皇权至上的紫禁城成了没有皇帝的空城，成为一座让人瞻仰的"建筑记忆"。

余晖烁古今

如今，人们走进紫禁城，在欣赏、流连宫殿高大、雄伟，感叹岁月流转的同时，更多的是沉浸在紫禁城曾经的宝物中。

这些留下来的宝贝，虽然曾经盛极一时，却也是空空一梦，正如《红楼梦》第一百二十回所载，贾政在渡船忽见宝玉，似梦非梦中，与宝玉同行的一僧一道，不知谁作歌道："我所居兮，青埂之峰。我所游兮，鸿蒙太空。谁与我游兮，吾谁与从。渺渺茫茫兮，归彼大荒。"

是的，无论是青埂还是大荒，到头来都会化作青烟，成为大地的尘埃。

这些"大荒"是记忆，是文化记忆，是吸引我们去粗取精、去伪存真，由此及彼、由表及里的文化记忆！

我们只有站在前人的"大荒"上去粗取精，才能把留存下来的记忆折射出的文化光芒发扬光大，并让其熠熠生辉，长耀长空。

1914年，北洋政府把沈阳故宫、承德避暑山庄所藏文物运至北京，以故宫外朝的太和殿、中和殿、文华殿、武英殿为陈列室，并在武英殿、咸安宫的旧基上新建库房，以此成立了古物陈列所。

1924年，溥仪被逐出紫禁城，1925年10月10日，故宫博物院成立，紫禁城更名为"故宫"。1946年，抗战结束，古物陈列所与故宫博物院合并，统称为故宫博物院。1949年10月1日，中华人民共和国成立，故宫博物院获得新生。百废待兴中，国家首先注重对故宫文物的整理和修缮,使故宫中的大美艺术品得以保存和修复,使中华民族的文化瑰宝得以传世。

故宫馆藏,目前代表着中华古典文化艺术的最高水平。

故宫到底有多少藏品?尤其历经了李自成一把大火、清廷灭亡、一宫散落三地(北京、沈阳、台北)等历史变迁后,我们只能凭材料来说说故宫的藏宝。

据载,当年乾隆皇帝为了弄清紫禁城的宝藏,曾命人进行清仓点验,汇集成《秘殿珠林》《石渠宝笈》《西清古鉴》等书,以记录紫禁城的藏物。

为管理紫禁城宝物,明代设立了专管宫廷事务的内务府,内务府算是皇帝的管家。内务府在紫禁城内设立了造办处。

清代将造办处迁入宫内。造办处是紫禁城中最大的机构之一,下设作坊40多处,包括画作、裱作、匣作、木作、漆作、灯作、花作、牙作、玻璃作、舆图作、珐琅作等。

清康熙年间,在紫禁城内创建了养心殿造办处。下设若干工艺品厂,分门别类地制作各类工艺品。随着需求不断增长,生产主体从养心殿移到了慈宁宫的东南部。今天我们看到的珠宝、玉器、黄金、珐琅等宝贝,大多出自造办处。

故宫的文物从未停止过被清理。溥仪出宫后,进行过大大小小五六次清理。中华人民共和国成立后,从1954年到2022年,也进行了六七次清理。

故宫博物院院长曾向媒体介绍,故宫共有180多万件(套)宝物,有整有零,每件藏品都有"身份证",详细阐述了其历史价值、艺术价值。故宫宝物有231个类别,每个类别的数量巨大,比如有5.3万幅绘画,有7.5万件书法作品,还有2.8万件碑帖,仅帝后玺印就有5.006万枚。

关于宝物的品级，据介绍，故宫藏品呈倒金字塔结构，93.2%的文物是国家珍贵文物，6.4%为普通文物。资料留存率仅占0.4%。几乎件件是压箱底的宝贝。

故宫的文物，包括陶瓷、玉石、青铜、碑帖、法书、绘画、珍宝、漆器、珐琅、雕塑、铭刻、家具、古籍善本、文房用具、帝后玺册、钟表仪器、武备仪仗、宗教文物等，共25大类69小项（不包括建筑）。在全国国有文博单位馆藏珍贵文物中，故宫博物院收藏的珍贵文物约占41.98%，其中一级文物最多，二级文物次之，三级文物再次之。从时间上看，故宫博物院收藏的文物上起新石器时代，跨越了夏、商、周、秦、两汉、三国、两晋、南北朝、隋、唐、五代、两宋、辽、西夏、金、元、明、清等中国古代王朝，又历经了20世纪的历史风云。

故宫有十大"镇馆之宝"：一是乾隆款金瓯永固杯。该杯由清乾隆皇帝亲自参与设计，是皇帝的专属酒杯。杯高12.5厘米，口径8厘米，采用顶级材料，加上由当时高超的工艺制成，被称为千年金银器的巅峰之作。二是"张成造"款剔犀云纹盘。该盘是元代文物，高3.3厘米，口径19.2厘米。张成是元代雕漆大家，他的传世作品是雕漆作品之珍品。三是青玉云龙纹炉。该炉是宋代仿古玉器，被乾隆定名为"旧玉飞龙彝炉"。炉高7.9厘米，口径12.8厘米，为炉青玉质，仿造古代青铜器雕刻而成，制造难度非常大。四是掐丝珐琅缠枝莲纹象耳炉。该炉是元代宫廷御用掐丝珐琅器，通高13.9厘米，口径16厘米，足径13.5厘米。五是《清明上河图》。该画是北宋画家张择端仅见的存世精品，中国十大传世名画之一。画宽24.8厘米，长528.7厘米，堪称世界绘画史上绝无仅有的珍品。六是《平复帖》。该帖是西晋文学家、书法家陆机创作的草隶书法作品。《平复帖》在我国书法史上有着非常重要的地位，被称为"天下第一帖"。七是彩漆描金楼阁式自开门群仙祝寿钟。该钟是清乾隆年间的一件宫廷御制钟表，高185厘米，面宽102厘米，侧宽70厘米。此钟制造时间长达5年多，是乾隆时期的代表作品之一。八是《梅鹊图》。该图轴是南宋时期沈子蕃的缂丝工艺作品，图纵104厘米，宽36厘米，画面生动活泼，色泽和谐。《梅鹊图》是沈子蕃为数不多的传世珍品之一，也是南宋缂丝工艺的代表作品。九是郎窑红釉穿带直口瓶。该瓶是清朝康熙年间景德镇烧制的陶瓷，瓶高20.8厘米，口径6.1厘米，足径9.1厘米。郎窑红被称为瓷器中的绝品，烧制难度大，存世的皆为珍品。十是酗亚方尊。该尊是商代文物，高45.5厘米，宽38厘米，口径33.6厘米×33.4厘米，重21.5千克。酗亚方尊有一对，分别收藏在北京故宫博物院和台北"故宫博物院"。

2026年，筹建近10年的北院区将全面建成。北院区南侧临水，北面叠山，建筑面积10多万平方米。届时，文物修复设施和整体环境条件将得到极大改善，很多文物将被放到北院区。

天地虚实，遥相呼应。早在2019年，故宫博物院就推出了线上数字文物项目。2023年，故宫博物院举行"、'新'中有数，共'创'未来——故宫博物院'数字故宫'建设成果发布会"，新公布了2万件数字文物影像。

我们相信，随着"数字故宫"建设步伐的加快，实物的王朝宫殿、数字的文物影像，都将更加神采迷人。这些措施充分展示中华优秀传统文化的独特价值，让故宫绽放出璀璨夺目的文化魅力。

让故宫的精神之光，永远照耀每个与之有缘的遇见者！

第五章 颐和春秋

"春湖落日水拖蓝，天影楼台上下涵。十里青山行画里，双飞白鸟似江南。"这是明代大文豪文徵明笔下的昆明湖风景。春暖花开，从昆明湖南端的罗锅桥进入颐和园，但见湖面清澈如镜，夕阳的余晖洒在湖面上，呈现出蓝宝石般的色彩。万寿山倒映在湖中，一片碧绿。满山松柏成林，林下缀以繁花，堤岸间种桃柳，湖中一片荷香，好一幅"江南"水乡之景。

"杜诗范记高千古，山色湖光共一楼。"乘着文徵明笔下的"天光云影"，来到了乾隆御笔题匾的"山色湖光共一楼"前，这里别有洞天，让人顿生神奇之感。

"山色浮檐际，湖光映竹梢。"清文宗咸丰帝笔下的秋日颐和园，也那么迷人。你瞧，秋风在楼上听着宛如天籁。从窗内看，可以看到房檐外的山景。俯览下去，竹林间露出了湖面的光泽。再看，晨曦中，漫山的茂林摇曳着翡翠一样的枝叶；傍晚的佛香阁、排云殿在落日里熔金……

春夏秋冬，寒来暑往，风霜雪雨，山水草木，楼台亭阁，"了然云霞气，照见天地心"的天光云影，把北京之江南——颐和园的前山、前湖、后山、后湖，打造得浑然一体，美不胜收。

宛若天开

"盼望着，盼望着，东风来了，春天的脚步近了。一切都像刚睡醒的样子，欣欣然张开了眼。山朗润起来了，水涨起来了，太阳的脸红起来了……"循着朱自清《春》的脚步，趁着春暖花开，我们来到了位于北京西郊、距城区15千米、占地2.97平方千米、毗邻圆明园的颐和园。

瞬间，我们被颐和园的春天美得不知所措了！

春来冰开，一抹春色渐渐在颐和园蔓延。你看，沉寂了一个冬季的昆明湖苏醒了。春风拂面，冰融化了，万寿山在昆明湖中的倒影也清晰可见了。

"忽逢桃花林，夹岸数百步，中无杂树，芳草鲜美，落英缤纷。"人在堤上走，宛若画中游。春花竞放，西堤的山桃花盛开。蓝天下，粉色、白色的桃花和昆明湖、佛香阁、拱桥相映成趣，美得令人沉醉。漫步其上，水天一色。忽然，微风扬起的一阵阵"山桃花雨"拂面而来，"世外桃源"的旷世之美油然而生。西堤从南往北数的第一座桥——柳桥，即得名于柳色，"柳浪闻莺"的意境也赫然现于眼前。这条自西北逶迤向东南的长堤，是仿杭州西湖苏堤而建的，从南向北依次筑有柳桥、练桥、镜桥、玉带桥、豳风桥、界湖桥6座式样各异的桥亭，沿堤遍植桃柳，春来柳绿桃红，煞是迷人。花与楼阁相映成趣。远处，烂漫的山桃花让佛香阁若隐若现，为庄严的佛香阁平添了几分柔和

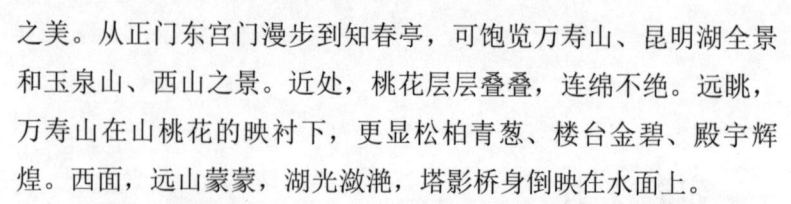

之美。从正门东宫门漫步到知春亭,可饱览万寿山、昆明湖全景和玉泉山、西山之景。近处,桃花层层叠叠,连绵不绝。远眺,万寿山在山桃花的映衬下,更显松柏青葱、楼台金碧、殿宇辉煌。西面,远山蒙蒙,湖光潋滟,塔影桥身倒映在水面上。

"春江水暖鸭先知"。湖面上的一群小鸭子也耐不住寂寞,出来欣赏这烂漫的春光了;还有远处的那群鸽子,也被眼前的美景"惊呆了",一动不动地盯着湖面……

虽为人工,宛如天开。这水天一色的无双盛景,尽把中国最后一座皇家园林展现得天造地设。

人,是自然的产物。在古代哲学家所谓"一气化成"中,从自然而来,回自然而去。人永远都在与自然的息息相关中,满足着生理、心理的需求,并时时将这种需求上升为美的享受。这就有了人类征服自然、改造自然的举措。为此,祖先们先是走出原始的逐水而居,逐步来到平原,有了村镇、城市的演进。但是,与自然渐行渐远的城市生活,又让人类渴望返璞归真、回归自然——向往满目森林、大海、湖泊、河流的"野性"生活。为此,有了依山傍水的"世外桃源"的期许,有了儒释道"来于自然、化于自然"的妙造自然。而后,有了"本于自然,高于自然"的筑山理水。"山水",成了自然风景的代名词。这既是人类本性使然,也是人类作为万物之灵的"天人合一"的理想。赋山水以灵秀之气,赋人类以生活之美。这种"妙造",把山水的自然功能与其形态体现出的自然之道融入其间而"形神合一"。睹山水而思万象,"澄怀观道,静照忘求",锤炼品格,以美化人。

世界遗产委员会评价:颐和园的亭台、长廊、殿宇、庙宇、小桥等人工景观,与自然山水和谐共生,艺术地融为一体,堪称中国风景园林的杰作。

天地悠悠，大象无形。艺术幻化为山水景象，景象回归自然之美。就这样，艺境之颐和园诞生了。就这样，颐和园与人类的心灵万化冥合，成为中华大地举世无双的人间大美。

七里成泊

"何处燕山最畅情，无双风月属昆明"，清乾隆帝笔下的颐和园之美，美在昆明湖。水域面积占颐和园面积四分之三的昆明湖，让人想到了《管子》中的"水者，地之血气"。吉地不可无水，山不离水，水不离山。一湖昆明之水，不但让颐和园水天一色，美景无双，更让西山有了山水情怀——层峦叠嶂中，一湖水把玉泉山与万寿山相连，使一山（万寿山）一水（昆明湖）的颐和园，有了灵动之气。

现在的首都北京，先为诸侯国蓟和燕的都城。辽在蓟城和幽州城的基础上建起了南京城。1115年，兴于东北松花江流域的女真族建立金政权。1127年，金灭北宋，坐拥大半个中国。1153年，金把都城从千里之外的黑龙江阿城，迁到早已垂涎三尺的"北京湾"——"以迁都诏中外，改元贞元，改燕京为中都，府曰大兴"，寓意是其居五京（金朝五都）之中、天地之中。从此，开启了北京作为国之都城的新纪元。

都城，是一国政治、经济、军事、文化等中心，也是人口的重要聚集地。都城逐水而生，水成为都城的命根子。此前，燕京西郊的"西湖"（今广安门外莲花池）水系，大致可以满足辽以前的城市供水需求。中都建立后，城市用水需求成倍增长。故而，海陵王以北宋京都汴梁（今河南开封）为蓝本，把辽燕京的东、西、南三面城墙向外扩展，引西湖和洗马沟（莲花河）水入护城河，建起了一座深壕环绕、里外三重的都城。同时，他把目光投向了西北郊外西山脚下丰富的湖泊和泉脉，再引城西的百泉溪、丽泽泉等平地泉流作为水源的补充。在此基础上，金朝尝试把西山脚下的水源水系与中都的城池、苑囿联系起来，构成一个完整的中都水运保障体系。

"泉迸湖底，伏如练帛，裂而珠之，直弹湖面，涣然合于湖……"这是《帝京景物略》对西山支脉玉泉山丰富泉水的记载。有"神京右臂"美誉的西山，是北京西部山地的统称，是太行山最北的一段山脉，居太行之首。西山所在的太行山脉和北部的燕山山脉，是北京五大水系的发源地。永定河、拒马河、潮白河、温榆河和沟河，从西北山区流向东南，分别流入渤海，使北京有了"前揖九河，后拱万山"的美誉。

西山在若干亿年以前是一片海，后来大海底部地壳隆起，西山开始形成。在中生代，西山受到强烈的造山运动影响，发生剧烈的褶皱和火成岩活动，逐渐形成了今天的西山。因其山体大多是石灰岩，透水性好，古时又有良好的植被环境，水土保持得比较好，故能吸收大量的天然降水。而且，永定河摆动过后在冲积洪积扇的山前有了溢出带，使留于地下的潜水从石缝中间断冒出，泉流密布，形成众多泉水滋润着北京。

据《北京地区泉志》载，粗略统计，西山有泉1200多处，有名的有玉泉、迸珠泉、裂帛泉、试墨泉、涌玉泉、宝珠泉等，还有难以计数的无名小泉遍布。金章宗在西山留下的"八大水院"

中有位于凤凰岭，现称黄普院的圣水院；位于妙高峰山麓，现为法云寺的香水院；位于阳台山，现称金山寺的金水院；位于阳台山南麓，现称大觉寺的清水院；位于香山山坡，现为双清别墅位置的潭水院；位于玉泉山麓，现有芙蓉殿的泉水院；位于石景山双泉村北的双水院；位于樱桃沟村北的灵水院，现称栖隐寺。

泉水院是以玉泉山和玉泉山涌出的湖泊为主体的建筑群，"以兹山之泉，逶迤曲折，蜿蜿然其流若虹""水清而碧，澄洁似玉"，成为西山众多支脉中最特别的一处。《帝京景物略》称之为"直弹湖面，涣然合于湖"，明代胡广在《玉泉山》诗中描绘为"玉泉之山下出泉，泉流萦折如虹悬"，即泉水不是涓涓细流，而是飞流直下，气势如虹。

昆明湖的前身瓮山泊，是金朝的一个创举，是金人远引玉泉山的泉水以为漕运和农业灌溉的首创。

当时，这里是一片湿地。山，是西山余脉，一座断山，海拔59米，土石裸露，很少生长草木，因凹秀似瓮而得名瓮山。也有传说称，有一老叟在凿山时掘到了一个石瓮，大于常瓮数倍，瓮中藏着数十件宝贝，老叟拿走了瓮中的宝贝，把瓮放在了山的西面，山便叫瓮山。

瓮山成泊，系因瓮山背后是逶迤的金山，与秀丽的西山遥相连属，山南又是玉泉水汇成的泊。也有传说云：瓮山原来是一座光秃秃的小山，山上有一座孤零零的小庙。庙里有一位老和尚。当年，成吉思汗派兵侵夺瓮山，得知老和尚有一个石瓮，便强行抢夺。老和尚不许，抱瓮跳崖自尽。随后，山下一声巨响，出现一股清泉，泉水涓涓流淌，瓮山俨然成了瓮山泊。

其实，当年西山脚下有很多丰沛的水源，这里在瓮山的西南方，不仅有丰富的地下泉水涌流，而且有玉泉山流出的泉水汇集

而成的湿地。方圆七里,又称"七里泊"。

金朝迁都燕京后,通盘考虑了中都的水源情况,首次将玉泉山一带的泉流向南引,在青龙桥建闸截流使其向南注入瓮山泊,并修筑古西堤,将七里泊与京城之间的西来之水隔离开,形成一片湖泊,使这片湿地成了七里泊。然后引水南流,穿过五六里的海淀台地通向高粱河,有了沟通瓮山泊和古高粱河的长河,高粱河的河水大增。从此,北京城的水系发生了重大变化,西山水系成为助推北京城发展的主动脉,为金中都的漕运、城郊农业灌溉以及离宫等提供了水源保障。

湖水接天

"西郊爽气薄西山,山下平湖水接天。十里香风荷盖浪,一川霁景柳丝烟。玉虹遥亘星河上,翠阁双悬日月前。壮观神州今第一,胜游何啻儗飞仙。"这是元代学者、诗文家周伯琦在仲秋休沐日游西山写的赞美七里泊的诗。

"山下平湖水接天"。金代,这块湿地成为七里泊;元代,又让七里泊之水满满盈盈,水天一色,真正成为燕京的第一大湖泊。其景致之美,被文人墨客描绘成"宛如江南风景""一郡之盛观",也被称为燕京的"西湖"或"西湖景"。

南宋端平元年(1234年),金朝被蒙古铁骑一扫而空。随后,燕京成为蒙古人的天下。七里泊,理所当然成为元朝统治者的囊中之物。

南宋开庆元年（1259年）冬，忽必烈兵抵燕京，"驻燕京近郊"。次年年底，"帝至自和林，驻跸燕京近郊"。当时的"燕京近郊"就是金中都东北郊的离宫——万宁宫。两次莅临，中意"一宫"。忽必烈被万宁宫的优美环境吸引，遂改燕京行省为中都，并决定以旧金中都的离宫万宁宫为中心，兴建一座"大汗之城"。

此时，元军已占领金中都及黄、淮以北地区，要进一步夺取中原，建立大元王朝，解决黄、淮的水陆通道问题，打通北京地区的漕运、发兵伐南宋是当务之急。与此同时，兴建大都，也需要从南方调运大量的木材、石料等物资到燕京，水运是最有效的运输方式。而且，随着元朝统治范围逐渐扩大，燕京的全国中心地位一天胜于一天，物资需求日益庞大，与旧金中都已不可同日而语，解决通州到大都城的运输问题更为紧迫。

因而，水，是燕京运转的当务之急。以水源为中心展开燕京的城市布局，广集水路助力漕运，沟通京杭大运河并将其纳入大都城，已成为重中之重。

这时，一位重要人物来到了大都，让燕京和燕京的七里泊之水迸发出新的生命力——七里泊成为元大都城内接济漕运的一座丰盈的水库。

这个人，就是师从元大都总设计师刘秉忠，官至太史令、昭文馆大学士、知太史院事的元朝天文学家、数学家、水利专家郭守敬。

南宋景定三年（1262年），郭守敬在汉族大臣张文谦的引荐下，在元上都开平（今内蒙古锡林郭勒盟多伦县）觐见忽必烈，提出了有关水利、漕运的建议。他强调应对七里泊加以修治，扩大水面，增加下游运河水量。郭守敬的建议获忽必烈认可，他本人被委以都水少监职务。

元至元十一年（1274年），郭守敬以积水潭（又称海子）为中心，将其周边的一串湖泊一分为二。南半部围入宫墙，改称太液池，开通一条御河从玉泉山引水注入太液池，称为金水河；北半部被改造成运河码头，成为城市的交通枢纽和商业中心。这一举措，使高梁河—积水潭这一片水域成为城市的水源大动脉，一改从燕都蓟城一直到金中都，北京的城市供水一直依傍莲花池水系的历史，使以后的北京城均以琼华岛和太液池为都城和皇城的中心，打造了一个风格鲜明的"山水之都"。

而后，郭守敬通过对北京地区水资源的详细勘察，向元世祖提出了一个宏伟的计划——引北山白浮泉水（今昌平龙山白浮泉），西折西南，经七里泊（今颐和园昆明湖），自西水门（今西直门）入境，环汇于积水潭，复东折而南，出南水门（今前门与崇文门之间以北），合入旧运粮河（旧金中都闸河）。

就是说，将白浮泉水先向西引，循着西山山麓绕行至京城西北，囤入七里泊（今颐和园昆明湖），再向南引入大都的积水潭。这样，就将白浮泉、瓮山河与京城水系合为一体，不但解决了京师漕运水源的问题，而且为元大都开辟了前所未有的新水源。

漕运关乎王朝的命脉。郭守敬的这个计划，使大都至通州运粮河的水源重新恢复并改进了金中都闸河，翻开了北京漕运历史辉煌的一页。

元至元二十九年（1292年）春，郭守敬负责的运河工程动工，全长164千米。根据地形地貌，运河工程不但解决了通惠河的水源问题，而且解决了水位落差问题，设置的闸坝、斗门还解决了河水的水量和水位问题。次年七月，通惠河建成。忽必烈从上都（今内蒙古锡林郭勒盟正蓝旗）回到大都，路过积水潭，见其"桅杆林立，舳舻蔽水"，大悦，亲赐名为"通惠河"。从此，河运畅通，大都城内的积水潭成为新的漕运码头——大运河的终点。南来的漕船自通州入闸河，逐级向西运行至大都城下，然后在城南水门入城……经今前海、后海，汇聚于积水潭。自此，通过大运河运抵通州的物资直入京城，使得"京师无转饷之劳"。

元至元三十年（1293年），郭守敬修建白浮瓮山河，将昌平白浮等沿山麓十余处泉水引入湖中，改造为北京历史上第一座水库，再沿长河输水到积水潭，供大运河及大都城用水，使瓮山泊成为北京最早的水源水库。

首先，修建湖堤，在瓮山泊东岸为拦蓄泉水而兴筑湖堤。大堤起自瓮山脚下，东南延至龙王庙（今南湖岛位置），以下延长至麦庄桥附近，在今十七孔桥处转而西，通向今昆明湖中西堤的北段，再转而北去与青龙桥相接。因在京城的西面，又称"西堤"。其次，修建上下两座闸控制湖水量。上闸位于青龙桥下，元代为白浮瓮山河流入瓮山泊的控制闸，明初重修后成为西湖向北排洪泄水入清河的青龙闸。下闸是龙王庙旁边的瓮山闸，明代文献又称作"响水闸"。

这样，随着水源增加与湖底湖岸的疏浚，瓮山泊湖面扩大，通惠河上游——从长河至瓮山泊，也有了通航条件。游七里泊，不但陆路沿长堤骑马可达，而且沿水路行舟经通惠河（长河）也可到达。

渐渐地，七里泊发展成为一片"湖水接天"的宏大水域，成为京城的生命线。这里不仅是京城所需的核心水源，还是人们游览西山的水道，游船络绎不绝，周边苑囿名胜云集。

后来，被称为"西湖景"的七里泊，成为"壮观神州今第一"的景区，据文献记载，有"买舟载酒而往"的第一胜地的美誉。

大明西湖

时代在变，"七里泊"也在变。这种变化，让"七里泊"正在走向今天昆明湖的模样。

明洪武元年（1368年），明取代元成为天下主宰。大将徐达率领明军占领了元大都。此时，元大都已被朱元璋改为北平府。按礼制，其规模不能超过皇都南京。因而，燕京迎来了又一次"手术"——首先，将北城墙缩进五里，即从今天的北土城路一线南移到今德胜门至安定门一线，有了北护城河。而后，永乐帝又将皇城北墙与东墙外扩，把元代可经过皇城东北与正东到达积水潭的运河圈入城中，使漕粮失去了直接入城的条件。再后来，宣德帝又把皇城东墙改在通惠河以东，使从通州到北京城的粮船不能直接从皇城穿行，只能停泊在东便门外。这样，从玉泉山独自流入太液池的金水河被废弃。

紧接着，永乐帝把皇家陵墓区设在昌平十三陵地区，风水成了废弃白浮泉水源的借口，使元人引白浮泉水而筑"七里泊水库"的白浮泉水量减小而难以维持。而且，玉泉山泉水汇集在七里泊之后而流经的白浮泉下游故道也一分为二，泉水一为宫廷用水，二为补给城郊的运河用水，这样彻底改变了北京城的用水格局，常常发生"自西湖、景东至通流，凡七闸，河道淤塞"的情况。另据《明太宗实录》记载:"宛平、昌平二县,西湖景东牛栏庄及青龙、华家、瓮山三闸水冲决堤岸百六十丈。"而且,明代一度因白浮泉渠道失修、水源枯竭,而导致"七里泊"范围缩小。

这样,"湖水接天"的元大都水源核心水库"七里泊",在大明时代发生了逆转——湖水风光不再。先是在渐渐被抛弃中,盈盈的湖水渐渐退去了,滋养的通惠河越走越远,成为繁华后的过往了。而后,荷花逐渐成为七里泊的"主人",让"满园春色"的七里泊成为燕京真正的"西湖"。

这时,"田园式"的七里泊开始铺陈在燕京西山脚下。这是一次七里泊与自然的亲密接触。

湖中开始种植荷花,周边又有稻田,湖边修建了寺庙和亭台,开始萌发出江南美景的山水田园大格局。

明宣德四年(1429年),朝廷对七里泊湖堤闸崩溃淤塞进行了几次大规模治理整修,如永乐五年(1407年)九月"修顺天府西湖景堤三百七十九丈"。之后,湖水又出现"万顷之湛,碧澄波涌"的"湖之南东北三面,原田广衍皆膏腴壤。资湖之润,农岁丰给"。而且,"长堤绕湖,夹堤而北,绿云绚缊,荷香袭人"。

田园风光与湖影相映,田埂与湖堤交错,好一幅江南水乡的景致。据载,这得益于朱棣称帝北迁后带来了大量南方官员。此时,已经开始有人用"西湖"称之。

明代文学家袁中道在《西山十记》中载:"(西湖)每至盛夏之月,芙蓉十里如锦,香风芬馥,士女骈阗,临流泛觞,最为胜处矣。"

明代蒋一葵著《长安客话》载:"西湖去玉泉山不里许,即玉泉、龙泉所潴。盖此地最洼，受诸泉之委，汇为巨浸，土名大泊湖。环湖十余里，荷蒲菱芡，与夫沙禽水鸟，出没隐见于天光云影中，可称绝胜。"

明弘治七年（1494年），在西湖北岸建圆静寺（今排云殿）。据载，"圆静寺，左田右湖"，成为西湖第一名胜，让西湖有了俯视湖曲，平田远村，绵亘无际的"山光湖影半参差，蒲苇沿溪故故斜"之景。明正德元年（1506年），扩大好山园，湖面广植荷花，有了"西湖莲花千亩，以守卫者严，故花事特盛"之景。当时，湖中遍植荷、菱、芡之类的水生植物，尤其以荷花为盛，堤岸上垂柳回抱，水中荷花亭亭玉立，水鸟出没，好一幅北国的江南盛景。

"见西湖，明如半月"，这是袁中道对当时西湖形态的描写。天上地下，相映成趣。每晚，在皎洁的月光下，半月形的西湖西北岸，以青龙桥、功德寺为界，长堤为弦，蛙鸣鱼欢，水色清浅，银波浩渺，尽把人间梦幻般的景色与天上的月光相交融。

这时，以拦蓄泉水而兴筑的"十里长堤"——西湖大堤，格外妩媚动人。明代宋彦《山行杂记》有云："西湖北岸长堤五六里，堤柳多合抱，龙王庙踞其中。外视波光十里，空灏际天。"《帝京景物略》也载："道西堤，行湖光中，至青龙桥，湖则穷已。行左右水田，至玉泉山，山则出已。"湖穷而行水田，山出则如湖面，山光湖色早已幻化为人间仙境！

秀美的自然风光，加上寺庙、园林、村舍的点染，使大明的西湖俨然成了明代京郊著名的游览胜地。

这里，春日可踏青，夏日可观荷。

"春月初八，耍西湖景、玉泉山……冠盖相望，绮丽夺目……绿树红裙，人声笙歌，如装如应，从远望之，盖宛然图画云"。明代文学家李东阳也有诗云："湖波绿如剪，美人照青眼。一夜愁正深，春风为吹浅。"绮丽夺目，宛然图画，春风为浅，让人沉醉。

夏日，荷花盛开。明礼部右侍郎马汝骥也有诗云："浮沉千屿蔽千峰，回合花台树万松。落日平波悬石镜，青天谁削玉芙蓉。"十里如锦，平波悬镜，这美，又平添了几分田园之色，让人在"悠然见南山"中感受自然之本真。

诱人的景致，也少不了皇帝们"打卡"。马汝骥《西元集》记载明宣宗朱瞻基游西湖事："宣皇画舸戏湖中，鼍鼓鸾箫震碧空……珠林翠阁倚长湖，倒影西山入画图。"《长安客话》记载明武宗朱厚照游西湖："湖（西湖）滨旧有钓台，武庙幸西山，曾钓于此。"还有文献记载，嘉靖、万历等皇帝都曾乘舟巡游西湖。

妩媚瓮山

水不离山，山不离水。山水，历来是一对孪生兄弟。后世大名鼎鼎的万寿山，在辽代以前，是一座平淡无奇的小山，是西山余脉，光秃秃的断山。金，因章宗引玉泉山水至山脚下形成湖泊，取名"金水池"，并在山上建"金水院"。小山，就被称为金山。到了元初，山前有湖称瓮山泊。山，也就被称为瓮山。后来，在瓮山南低洼的湿地渐变成为大明西湖的进程中，水如画、山如诗，瓮山也不断展现出妩媚的身姿。

"银瓮呈山麓，銮舆际水乡。离宫疑馺娑，行殿仿飞翔。"

这是元代陈旅在诗中的描绘。陈旅在另一首《西山诗》中开篇记叙道:"至顺三年六月之吉,西山新寺之穸碑树焉。是日百僚无敢不至碑所。余与赵博士继清早作,出平则门,沿大堤并驻跸亭下,转入湖曲……瓮山流黛,与湖影相荡漾于杯盘巾袂之上。余在京师七年,盖未有一适如此时也。"

是呀,在湖水映衬下,"银瓮呈山麓""瓮山流黛"。被陈旅发现的瓮山之美,使这座山的瓮山之名广泛流传。

因山就山,因水就水,融于自然。之后,这座小小的土山又被唤作"金山",而且有了山的神韵。

金代,因瓮山后面有玉龙泉、双龙泉、青龙泉,往北去有冷泉、温泉、黑龙潭、马眼泉等,涌出的泉水汇成小河,穿行于山间沟谷,部分泉水在瓮山脚下形成了半月形的湖泊。因而,金章宗在此修建了西山"八大水院"之一的金水院。因泉水从后山石缝中奔涌而出,水味甘甜,沁人心脾,故山峰名为金山,泉也名为金山泉。到了明正德年间,武宗以好山园为行宫,一度将瓮山改为"金山",行宫也命名为金山行宫。

瓮山成为好山园是在元代。元至元三十年(1293年),郭守敬引白浮泉水入城,把瓮山泊建成了湖水接天的燕京第一大湖。光秃秃的瓮山在水的滋养下,莺飞草长、林木茂盛,有了瓮山泊,有了世祖赐南宋全太后的360顷良田,有了忽必烈建的昭化寺,有了大元第二位皇帝成宗建的瓮山泊神坛……有了"好山"之景。

收万象于一湖一寺。元天历二年(1329年)四月,元朝第八位皇帝文宗来到好山之上,见山下的水面上无边无涯的浮萍蒲棒,喷鼻弄艳的红白荷花,山上绿茵如翠、鸟语花香的人间春色,不觉激情满怀。为此,深谙汉化又笃信佛教,以及有诗书画造诣的文宗，决定在这里建一座寺庙。3年后，护圣寺建成，让这里的景观"三位一体"——瓮山泊为前景，护圣寺为景观中心，玉泉山是壮丽的"靠山"，山峦层层，碧水汇集，金阁高耸，山水一色。这座平淡的小山，有了山水灵动的飘逸之气，释放出迷人的自然与人类融为一体的山水之美，成为燕京最著名的"西湖景"。

"峦峰明秀，风景悠然，钟声隐隐出林表。渐近则长堤绕湖，夹堤而北，绿云绷缊，荷香袭人。堤尽崇门盛开，台殿突兀，曰功德寺也。"这是明代文学家笔下的功德寺。功德寺，是在元代护圣寺遗址上，由明仁宗于宣德四年（1429年）修建的一座寺庙。功德寺的建设，带动了瓮山周边风景的开发，让大明的西湖更加成为京城游览胜地。

岁月不居。朝代更替，到了清朝，战争使功德寺残破失修，西湖堤坝溃决，园林萎缩，瓮山失去了往日风光，成了康熙的马厩，常常迎来因过错被发配至此的宫监。

乾隆十四年（1749年），乾隆开始对西湖进行大规模整治，将湖向东、向北扩挖两倍，直达万寿山的南坡，使远居湖畔一角的瓮山正面全部呈现于湖景之中。挖出的土正好填瓮山的东半部，使瓮山得到延伸和增高，让山形更加壮伟，让湖面更加宽阔，呈现出山明水秀、山河壮丽的大美景象。

次年，瓮山改名为万寿山，西湖改名为昆明湖，清漪园开始建设。

第五章　颐和春秋

好山有园

"墓在瓮山好山园之东。昔年营园时，以其逼近园门，故培土为山其上以藏之。"这是乾隆皇帝《题耶律楚材墓》一诗中的记载。据诗可知，瓮山曾有一座园林，名"好山园"，具体位置在耶律楚材墓西边。因"墓"在好山园之东，又逼近正建造的清漪园"园门"，碍于风水，故而于园门与墓之间培土而"藏之"，让好山园成为过往，成为昆明湖的一部分，永远埋葬在了湖底的淤泥里，也让风光无限的颐和园增添了神秘的古韵。

康熙年间，有描写明珠"自怡园"的诗，也述说着出自怡园之西"好山园"的风景——"路指沙堤外，园开海淀东。好山西岭接，曲水御沟通"。

清军入关后，很快被"神京右臂"的西山峰峦叠嶂、山清水秀的景色吸引，更为香山、玉泉山、瓮山附近丰沛的泉水、大小湖泊所倾倒。为此，浸润着满族游猎文化成长、久居关外，对自然山水情有独钟的帝王们，既不像明朝皇帝们喜欢久居深宫大院，又不满城内的炎夏溽暑，在沿用明代宫殿、坛庙、园林的基础上，开始效仿辽、金帝王们，在北京西山修建离宫别苑，意在回归自然山水。尤其在康熙即位后，修建离宫形成了风潮。

据载，康熙十六年（1677年），在原香山寺旧址扩建了香山行宫；康熙十九年（1680年），又将玉泉山南麓改为行宫，命名为"澄心园"，后又改名为"静明园"。不久后，康熙首次南巡归来，受江南山水的启发，认为香山行宫和"静明园"都太简单了，体现不出山水园林的韵味，都是借景而生的小打小闹，没有利用好其地利之势再造，更达不到"避喧听政"的皇家园林档次，于是决定再建一座能真正体现出江南味道的园林。

后经过多方考证，因西北郊东区、明代皇亲李伟的别墅"清华园"（今北大西门西、东一带）废址，是一个"前后重湖，一望浩渺"，内有"亭台、丘壑、林木、泉石"等江南情调的水景园，便于康熙二十六年（1687年），利用其山水地貌、古树名木等旧基，营建新园。这样，既体现了旧址的水景特色，又实现了水天一色的效果，尽展江南水乡之美。为此，大型人工山水园林畅春园建成。

"春光尽季月，花信露群芳；细草沿阶绿，奇葩扑户香"，这是畅春园建成后，康熙在园西观花后所作的诗句。畅春园成为明清以来首次全面引进江南造园艺术的典范，并为乾隆修建清漪园提供了思路。之后，康熙便开始把畅春园周围赐给各皇子和宠臣。著名的圆明园、自得园、水村园等，都诞生于此时。

明代时，这组山水叫"好山园"。那么，清代时，好山园是谁的赐园呢？

据考证有两种说法：一是皇长子胤禔的赐园，二是皇第二十子胤祎的赐园。第一种说法比较有说服力。主要是康熙在为七位皇子赐园时，没有皇长子胤禔，为什么？因为9年前，胤禔已因军功被封为郡王，并被在西郊畅春园周围建了赐园"好山园"。之后，康熙四十七年（1708年），胤禔因诅咒太子、谋夺储位，被削爵囚禁，其"好山园"也被没收，并逐渐演变为皇家马厩。

好山园建设在瓮山，因为瓮山泊比畅春园、圆明园更靠近西山，有取水之便。同时，瓮山泊一带沼泽、稻禾成片，充满了水乡野趣，宛如江南风景，且距离畅春园不远，很适合造园。但是，又因"此地最洼，受诸泉之委，汇为巨浸"，难以寻找到坚固的地基，建园比较困难。这也是之后"好山园"难以久存，且在乾隆扩建昆明湖、修建清漪园时被彻底废弃的主要原因。

"山岩互结构，古寺对空津。新树连村发，流漵哀壑春。"这是明万历年间进士王嘉谟在《山下破寺》中描绘的明圆静寺。据记载，好山园建于明代。元代郭守敬建白浮瓮山堰后，瓮山泊的水位得到控制，附近陆续建起了园林，好山园就是其中的一座——明弘治七年（1494年），修建了圆静寺。圆静寺位于瓮山南坡中部，面对瓮山泊，依山傍水，环境优美，但规模不大，仅有"精兰十余"。不久，圆静寺便破败为荒寺，后来，皇室在此建造了好山园。

乾隆元年（1736年），郑板桥到京师（今北京）参加礼部会试后，曾到瓮山拜见早已结识的高僧无方上人。无方上人，就是圆静寺住持。可见，早已破败的圆静寺，幸有好山园，还在继续着人间普度。乾隆十六年（1751年），乾隆帝因其母六十大寿，选择在圆静寺废址兴建大报恩延寿寺。

大报恩延寿寺，属于乾隆时期著名的"三山五园"之一的清漪园重点建筑群——"前为天王殿，为钟鼓楼，内为大雄宝殿，后为多宝殿，为佛香阁，又后为智慧海。……殿前碑亭勒御制大报恩延寿寺记。殿后碑亭东勒《金刚经》，西勒《华严经》。"

咸丰十年（1860年），大报恩延寿寺连同整个清漪园被英法联军焚毁。光绪十四年（1888年），慈禧重修清漪园，并改称"颐和园"。大报恩延寿寺遗址改建为"排云殿"景区，成为慈禧在园内过生日时接受文武百官和光绪皇帝朝拜祝寿的地方。

而今，这组建筑是颐和园内最壮观的建筑群。

清漪成园

上有天堂，下有苏杭。乾隆帝曾六次巡游江南，每次都要到"天堂"苏州府、杭州府巡幸。这与500年前清皇室先祖，大金国皇帝完颜亮派人到杭州绘制西湖图册，准备一举拿下江南有关。从那时起，先祖们就把"西湖"的基因一代一代传给了子孙后代。到了康乾一代，太祖、太宗不但完成了完颜亮最终未能拿下江南而客死他乡的遗愿，而且还在"君临天下"中，以"普天之下，莫非王土"的帝王之尊巡幸江南，重点是苏杭。

康熙巡游江南后有了畅春园，乾隆受祖父影响也不甘示弱，首次巡游江南后，他就决定在西山一脉建更大的江南园林——清漪园。

第一次巡游江南前的乾隆十五年（1750年），乾隆命人绘制《西湖图》长卷以了解江南景况，随即被西湖的景色吸引了。放下长卷，乾隆忽然想起了神似西湖的京西瓮山泊。这处自辽、金以来就是京郊风景名胜，明代湖中广植荷花，湖旁建寺院、亭台，山水俱佳，有"西湖十寺"与"西湖十景"的地方，酷似江南风景，乾隆建立江南式园林的想法呼之欲出。

看看西湖的景致，再看看身边的瓮山泊，真有异曲同工之妙。如湖为京西北郊最大的天然湖，又与瓮山形成北山南湖的地貌结构，适当加以改造，就可成为天然的山水园林，何不"冒天下之大不韪"而行此俏丽后世之景观呢？！

乾隆边看西湖图册，边琢磨现实中的"西湖景"，认为这是一桩惠及后世子孙的好事、大事。

现在京西北郊建成的4座园林，畅春园、圆明园，皆为平地而造，缺乏天然的山水基础；静宜园、静明园，虽有小的山水之景，但缺乏开阔的湖面。瓮山，作为燕山余脉向平原过渡的最后一座小山丘，山体不高，却是难得的东西走向，又西邻玉泉山，并和远处的西山遥相呼应，景色可以互借，其西南侧又有京西北郊最大的天然湖——瓮山泊，山水、景观相连，有天然神似杭州西湖的地貌环境，加以改造即可成为天然的山水大园林。清漪园介于圆明园与静明园之间，建成即可构成平地园、山地园、山水园的多景观园林群，形成壮观的西山皇家园林盛景。

就这样，颐和园的前身——清漪园，从历史中走来。身为九五之尊的皇帝，金口一开便为"天条""律令"，标榜以孝治天下的乾隆，就以孝之名开始了清漪园的建设。

乾隆十五年（1750年），乾隆以次年是其母皇太后六十整寿为由，改瓮山为万寿山，并在其圆静寺废址上建造"大报恩延寿寺"。以拜寿、祝寿之名，建清漪园的寺庙。随后，以开源与节流的名义，把"巨穴喷沸，随地皆泉"的瓮山泊进行疏浚和扩展，并效仿汉武帝在长安开凿昆明池，操练水军的做法，将瓮山泊更名为昆明湖，使其面积扩至200多公顷，占据清漪园面积的四分之三。与此同时，按照中国历代皇家园林的理水方式，在湖中打造了"南湖岛""治镜阁岛""藻鉴堂岛"三个湖心岛。湖的东岸，利用康熙时修建的西堤以及元、明的旧西堤加固、改造，成为东岸的大堤，并改名为"东堤"。

尔后，清漪园的建设便仰仗乾隆朝雄厚的国力和乾隆帝独到的艺术眼光，以江南胜景作为蓝本、杭州西湖为参照，继承和再现秦汉以来中国皇家园林的规制和内容，融合了中国绘画、诗歌的审美意境，依靠山环水抱的真山、真水大环境，采用高阁、长廊、长堤、大岛、长桥等大尺度、大体量并具有观赏性的园林建筑，对瓮山和西湖进行了大规模改造，创造出一个皇家气派、唯我独尊、色彩斑斓、金碧辉煌的皇家宫苑，在清廷"三山五园"中独树一帜。

据载，自1750年至1754年，4年内共建了万寿山前山、昆明湖、东宫门等101处建筑。之后的24处建筑，主要分布在万寿山后山。

乾隆二十九年（1764年），以西湖为蓝本的清漪园历时15年完工。全园面积约295公顷，园内的建筑共13大类，有宫殿两处、寺庙16处、庭院14处、园林16处、景点20处、长廊两处、戏院一处。其中，北部的万寿山呈一峰独耸之势，约占总面积的三分之一，山上还建造了大量景观；南面为昆明湖，形成了开阔的山前观赏水面，把山水结合、以水为主的自然山水园打造得万分瑰丽，尤其使京西的"三山五园"连在一起，并冠于其他四园之上，成功构建了皇家园林与青山绿水相协调的人间盛景，成为建筑美与自然美融为一体的成功范例，成为中国造园史上最壮丽的皇家园林。

"等闲识得东风面，万紫千红总是春。"清漪园建成后，迅速成为乾隆、嘉庆、道光、咸丰等帝王的御苑。据载，嘉庆皇帝入园次数最多，达265次，最多的一年达17次；次之是乾隆帝，到清漪园132次；紧接着的道光帝，入园142次；咸丰帝，入园41次等。这体现出清朝统治者对清漪园的喜爱。

"试灯才罢晓春临，咫尺湖山一畅心。拂面峭寒生积雪，西山又喜作轻阴"，这是乾隆为万寿山而作的诗。清漪园建成，春夏秋冬，其园其景，多成清代帝王笔下描绘的诗篇。据统计，仅乾隆就写过1500余首咏园林风景的诗。"冰镜寒光水镜清，清寒分判一堤横。落虹夹水江南路，人在青莲句里行。""西堤此日是东堤，名象何曾定可稽。展拓湖光千顷碧，卫临墙影一痕齐。""石舫前头画舫移，湖心犹冻碧琉璃。一般气候参凉燠，两字禅机悟即离"……从万寿山、镜桥、西堤、石舫等，乾隆对清漪园的景致无所不涉，足见其对自己的杰作清漪园的喜爱。

"玉泉悲咽昆明塞，惟有铜犀守荆棘；青芝岫里狐夜啼，绣漪桥下鱼空泣。"咸丰十年（1860年），清漪园被英法联军烧毁，经营了100多年的清漪园荒芜了。

光绪二十四年（1898年），慈禧太后动用军费重建园林，并将其更名为颐和园。

昆明湖阔

从辽、金的瓮山泊、七里泊，到元的"西湖景"，大明的西湖，再到大清的昆明湖，一片湿地和沼泽，因西山丰富的泉水和小溪，让"得水为上"的北京把昆明湖越建越阔，真正从接济元大都的"白浮瓮山堰"，成为调剂大清京城的蓄水库。

乾隆皇帝建清漪园，如果说尽孝只是乾隆的借口，那么保障京城的水源建设，保证京西北一带农田水利灌溉，才是其重要动机。

元明清三代，人们把北京称为"漂来的城市"。这是因为没有大运河的漕运，就没有北京城的繁华与兴盛；没有"京西稻"的粮食供应，京城的日子一天也过不下去。所以，元代郭守敬在京西建了"白浮瓮山堰"，使北京对外的漕运畅通，让"瓮山泊"一带烟波浩渺，良田千亩。明代时，昆明湖水渐渐干枯，附近良田渐变为滩涂。康熙年间在西山一带修了畅春园、圆明园、长春园、绮春园等皇家园林，并为朝臣赐修若干小园林，致使原来通惠河上游的水源万泉庄、玉泉山、瓮山泊之水，显得更加捉襟见肘。因而，治理西郊山麓水源，解决漕运、农业灌溉等用水问题，已是乾隆时代迫不及待的头等大事。

乾隆十四年（1749年），开启了元、明以来对西北郊水系最大规模的整治工程。这年冬天，政府用两个月时间，在东岸之外的低洼地带另建新堤，用以拦蓄玉泉山东流之水，使西湖拓展成一个范围更广、储水量更充足的人工水库。于是，堤以东、畅春园以西的一大片低洼地得以灌溉而成为良田。清淤、疏浚，让湖面往北拓展，直抵万寿山南麓，把瓮山泊东岸的龙王庙变成了湖中的一个小岛。

次年（1750年），瓮山更名为万寿山，西湖更名为昆明湖。

清政府在昆明湖以西、玉河以南利用原来零星小河开凿成浅水湖"养水湖"，聚蓄这一带的天然水，并建闸稳定水位后汇注于昆明湖，使玉河两岸成为良田，在玉泉山静明园外拓一湖，命名为"高水湖"。这样就为昆明湖建造了两个辅助水库。在昆明湖的西北角另开河道往北延伸，经万寿山西麓，通过青龙桥，沿着元代白浮堰的引水故道连接北面的清河，这条河道成为昆明湖的溢洪干渠。干渠绕过万寿山西麓再分出一条支渠兜转而东，沿山路把原先的零星小河连缀成一条河道"后溪河"，也叫"后湖"。这样使昆明湖形成山嵌水抱的大格局，从根本上改变了原来的瓮山与瓮山泊互不相连的尴尬局面。

紧接着,拦蓄西山、香山、寿安山一带的大小山泉和涧水,通过石槽导引并疏浚玉泉山下旧有的渠道,让西山泉水源源不断地注入昆明湖,并拦蓄到高水位以备用。与此同时,疏浚元明时期一直沿用,后因年久失修而淤塞的昆明湖通往北京城的长河故道,保证了输水畅通和农田灌溉。

在此基础上,在昆明湖南端与长河相接之处新建绣漪桥闸,北端汇入清河的青龙桥改建为青龙桥闸,以及修建新的东堤时在昆明湖东北隅设置的二龙闸。三座桥闸的建立,可以随时调节水位,既确保了昆明湖的水源充足,又防止了湖水漫溢而决堤。

经过整治,昆明湖的储水量大大增加,形成了玉泉山—玉河—昆明湖—长河的西北郊一套完整的供水体系,解决了通惠河上源的水源接济问题,保障了农田灌溉和园林用水,使之成为造园与水利工程相结合的成功范例。

这样,昆明湖的西北端收束为河道,绕经万寿山西麓而连接到后湖;南端收束于绣漪桥,连接着长河。湖的南北长1930米,东西最宽处达1600米,是清代皇家诸园中面积最大的湖。大湖被长堤划分为里湖、北外湖、南外湖三部分,每片水面都筑有一个大岛——南湖岛、藻鉴堂、治镜阁。湖中还筑有三个小岛——小西泠、知春亭、凤凰墩,使湖中景致无与伦比。

宽阔的昆明湖,让清漪园自然形成了宫廷区、前山区、前湖区、后山后湖区四大景区,又让园内外之景连成一体——玉泉山、高水湖、养水河、玉河与昆明湖、万寿山构成亮丽的风景线。与此同时,万寿山和里湖构成了南北中轴线;静宜园的宫廷区、玉泉山的主峰、清漪园的宫廷区又构成了一条东西中轴线,再往东延伸,交会于圆明园与畅春园之间的南北轴线中心点,这个轴线系统把三山五园串成一个园林集群。在这个集群中，昆明湖显得越发开阔和秀美，使西郊的园林显示出两个层次的景深美——一个是近景的香山静宜园、玉泉山静明园、万寿山清漪园的中轴线山湖园林之美，另一个是往西大一倍的西山重峦叠嶂之美。也就是说，一湖昆明之水，让三山五园互为支撑，相互借景，相得益彰，构成了北京西郊天下无双之胜景。真可谓，一招之举，全盘皆活，成就了造林与水利、工程与艺术的完美结合，成为中国古典园林史上的杰作。

"背山面水地，明湖仿浙西；琳琅三竺宇，花柳六桥堤"，这是乾隆即兴而作的《万寿山即事》中的诗句。背山面水，长堤和玉泉山、西山融合在一起，形成园外有山、山外有园的独特意境。湖上，水鸟翩跹，水天一色，画舫争渡，游人如织，使人有仿佛到了杭州西湖之感。世人皆云，西堤最美之时，乃柳条吐绿、桃花绽红的季节，西堤宛如一条缤纷的彩带飘荡在昆明湖的西部，堤上六桥恰如镶嵌于湖中的一串明珠，让昆明湖的景致愈加美不胜收。

园中玄机

历朝历代，皇家园林多属于皇帝个人和皇室私有。这是因为从秦到清，中国一直处于封建社会时期，是皇帝一人说了算的专制局面。因此，凡是与皇帝有关的衣食住行、宫坛苑囿等，莫不归入皇家所有。而且，皇家园林的多寡、规模等，也在一定程度上体现出帝国的兴衰。与此同时，坛庙还成为皇家重要的礼制建筑，成为体现"尊王攘夷"封建秩序的建筑。每一座坛庙园林，都是一个朝代的"国家重器"，体现尊卑有序的纲常伦纪！

"以圆法天，以方象地，纳宇宙于芥粒""天人合一""天人和谐"等哲学理念，自然成为皇家园囿建设的基本理念。到了清代，这种理念越发根深蒂固。尤其到了乾隆一朝，所建的皇家诸园都以"唯我独尊"之姿，在园林建设上将皇权思想发挥到了极致。与此同时，儒家道德、神佛护佑、仙境传说、太平盛世等儒释道精神，也是宫苑建设的主旨。

这样，清漪园的建设就有了"主心骨"。"晴光雨色无不宜"，这是乾隆帝在第一次巡游江南前，观赏了派人绘制的《西湖图》后的题词。之后，清漪园动工，在15年的建设中，乾隆先后三次巡游江南，尤对"苏堤春晓、柳浪闻莺、花港观鱼、曲院风荷、双峰插云、雷峰夕照、三潭印月、平湖秋色、南屏晚钟、断桥残雪"的"西湖十景"入脑入心，魂牵梦萦，不能自拔。其更为苏州的"怡园""拙政园"、无锡的"黄埠墩"、扬州的"瘦西湖"、洞庭湖的"岳阳楼"、武汉的"黄鹤楼"等景致所倾倒。对江南美景的一往情深，使乾隆在操刀建设清漪园的过程中把梦中的"西湖"和江南美景"一园收"。正因为有了西湖的参照和江南众多美景的启发，清漪园的建设有了"意象"。

因而，清漪园景致之玄机，就是贯穿皇家园林的哲学思想，"西湖"和"江南"之景的重构，是融南方园林建筑艺术于北方园林建筑艺术的发展。

皇家气派的大山水格局，无不体现出"万物皆备于我"的帝王思想。其规模宏大，地域宽广，大山大水，真山真景集于一园，体现出非皇家不能有的气派。殿宇轩昂的宫廷区，在仁寿殿、德和园、玉澜堂、乐寿堂、谐趣园等严谨的布局中，显得富丽堂皇、至高无上。轴线分明的前山，在两条南北垂直交叉的轴线的统领下，自昆明湖畔的云辉玉宇牌坊起，依次排开的排云门、二宫门、排云殿、德辉殿、佛香阁，直至山顶的智慧海，让万寿山显得巍峨壮观。后山后湖，以藏传佛教的"四大部洲"为中心，周围布满汉藏风格的宗教建筑群的塔、台、堂、寺，与前山形成鲜明对比。蜿蜒于后山脚下的后湖两岸的仿苏式建筑街，又让这里充满了江南韵味。石舫、荇桥、五圣祠、小西泠、澄怀阁、船坞等，把万寿山的西部衬托得琳琅满目。一览前湖，蜿蜒的西堤如在湖面荡漾的飘带，水中的南湖岛、藻鉴堂、治镜阁也在渺渺湖水中显得如梦如幻。再看，东边湖岸上廓如亭与南湖岛相连的仅150米长的十七孔桥，从两端到中间、最高孔券均为"九"，体现着帝王的"九五之尊"。

放眼占地290公顷的清漪园，巧妙地把西面的玉泉塔影、香山的峰峦叠嶂、西山的秀美景色"借入"园中，使人在不知不觉间有种无限风光尽被占的天地大美之感。"一水护田将绿绕""菜花黄里渡红舟"，不建围墙的清漪园，又为周边的田园风光、夹岸菜花香飘的景致所点染。据乾隆年间的《京畿水利图》载，东堤之外是无垠的田野，点缀着大小园林、村舍。南面是开阔的平原，西堤之外是天然水域和稻田。没有围墙，更让园林与周边的自然景色有机地融为一体，无限扩展……一切，尽在"天人合一"的"道法自然"中。

超以象外，得其环中，造化和心灵的融合，使清漪园展现出江南水乡绝胜之美。这美，是乾隆胸中的"玉带桥西耕织图，织云耕雨学东吴"的清漪园，是江南"男耕女织"风景在北方的重现。清漪园建成11年后，乾隆有诗云："今朝耕织图名副，为尔廑怀正未央"，就是说如今完美的耕织园名副其实，但是怀着的对农业的关切之心却没有止境。这更是意悠超拔，仿江南而会其意取其神，无往不复，吐纳于一园——耕织图景的高妙所在。所以，乾隆下江南、看江南、游江南，在京城仿江南建景，更多的是被江南男耕女织的田园风光吸引。因而，建清漪园，除仿造略小于西湖的昆明湖、与西湖苏堤一样的西堤和六座石桥、与西湖孤山一样位于北岸的万寿山、与扬州瘦西湖的"四桥烟雨"相似的"小西泠"、与无锡"寄畅园"相似的"惠山园"、与岳阳楼"衔远山，吞长江"相似的"景明楼"、与"盖仿武昌黄鹤楼之制"的"望蟾阁"等江南园林的亭台楼阁外，乾隆还要在其西北部划出25平方千米来建"园中园"的"耕织图景"。这个景才是清漪园的灵魂，是景中之景，堪为重中之重，包括了延赏斋、织染局、蚕神庙、耕织图石碑、水居村，具有典型的江南田园风光特色。这也是清漪园的与众不同之处，更是清漪园的绝妙之笔，是乾隆执政理念、审美趋向、建园境界的综合表达。因而，乾隆有70多首诗是赞美耕织图景的，可谓心源造化，有感而发。

　　以物观身，以身观心，神化生命，圣化人格是古代的道德教化。孔子云："我欲仁，斯仁至矣。"就是说，仁不远仁，为仁得仁。修炼内心，就能"心神合一"，仁爱之心内而"外王"。万寿山，就是乾隆"孝心"的形式表达。进而论之，大报恩延寿寺，既是清漪园的核心建筑群，又是普天之下孝为先、孝为大的儒家教化之地。昆明湖上的三座大岛南湖岛、藻鉴堂、治镜阁，正是人们祈求"天人合一"、延年益寿的体现，象征着传说中"天上"的三座仙山——蓬莱、方丈、瀛洲。此外，还有最重要的宗教象征——佛香阁，这座在清代所有皇家园林中排名第一的楼阁，外看四层屋檐，里面三层，在千手观音和旃檀佛的"佛光普照"下，涵其慈悲与智慧并存的气象。其中佛香阁之上的智慧海是一座琉璃宝殿，它代表着清朝琉璃工艺的巅峰。

过眼学堂

万景归空，清漪园浓缩于当年的水操内外学堂，像过眼云烟，当年的盛况可见一斑。

而今，当你漫步在西堤西北边的蚕神庙旁，仿佛还响着光绪十二年十二月十五日（1887年1月8日）午时，近代中国第三所，也是唯一一所专门培养八旗子弟的"海军贵胄学校"——昆明湖水操内外学堂开学典礼时的礼炮声！

据事后清海军总理大臣奕谭的报告："午刻开学……学生六十名点齐，在圣人位前行礼毕，当令学生拜谒教习后，均各入学课读。"

这兴盛的一幕，虽早已成为过往，但是当年令人向往的水操内外学堂，却代表着曾经的繁华与辉煌！

乾隆十六年（1751年），乾隆以完善京城水利之名疏浚瓮山泊，后赐瓮山泊为昆明湖。乾隆朝还建造了16艘大型战船组成练船队，调任福建水师官担任教习，定期在昆明湖举行水操大演。据载，乾隆十九年（1754年），乾隆亲自参加了在昆明湖上名为"水猎"的军事演习。

"天道无常"。大清从繁华渐变到没落，盛世不再，乾隆一朝成为过往。壮观的昆明湖上，水军战船渐去渐远，水军训练也随之成为如烟往事。

西方在工业革命中崛起，列强凭坚船利炮两次犯我华夏，一直沉浸在"万国来朝"美梦中的清王朝，在鸦片战争的惨败中逐渐觉醒。这时，一部分开明人士看到清政府根本无法靠闭关锁国使国家富强，只有学习西方先进的军事技术，建立强大的海军，才能抵御外侵。因而，1866年、1881年，迫于各方压力，清政府先后建立了福州船政学堂、北洋水师学堂。1886年5月，海军总理大臣奕譞赴天津检阅北洋水师后，也深感海军对未来发展和长治久安的重要性，马上给慈禧太后上了一道折子。后慈禧太后下懿旨："准海军衙门奏请规复水师旧制，参用西法，复京师昆明湖水操内外学堂。"

就这样，经过半年的紧张筹备，完全按天津水师学堂建学模式与课程设置的昆明湖水操内外学堂开学了。外学堂建在玉带桥偏西北的耕织图织染局废墟上，内学堂建在原耕织图水居村废墟上，学制5年，有教室200余间，学生60名。

其实，这项决定是权力斗争的结果。慈禧痛痛快快地恩准奕譞的请求，更多的是其权力欲和私心作祟的结果。

当时，光绪已满16岁，按大清祖制，52岁的慈禧已没有理由再"垂帘听政"。同时，光绪及其生父奕譞为让慈禧顺顺利利地交权，想给慈禧一个妥当的去处——这个去处不但要远离皇宫，而且也要让"老佛爷"喜欢。然而，被毁的5座皇家园林中，圆明园规模最大，重建耗资巨大；其他3座规模又太小，不能满足"老佛爷"的要求；只有清漪园是折中后的合适去处。这样，奕譞的态度来了个一百八十度的大转弯，从13年前坚定反对重建清漪园到成为重建的坚定支持者，而且还是提议者。所以，奕譞的折子"宜择地建学，力求进益……本有昆明湖水操之例，后经裁撤……请旨复旧制"正中慈禧下怀。双方在各怀心事中会心一笑，一拍即合。

还有正中慈禧下怀的，是可以大大方方挪用海军军费，修建用于自己养老的清漪园。因为，昆明湖毕竟行不了海军的军舰。

果然，不出慈禧所料，1887年，海军衙门专门从天津机器局定制了适合浅水行走的平底钢板小轮船"捧日"、钢板坐船"翔凤"、小轮船"翔云"等10余艘，但是在昆明湖根本行进不了。所以，水操内学堂只好向海军衙门报告："呈请闸板蓄水以资演练。"这样，以投资修建各闸板以及整修昆明湖之名重建清漪园也就名正言顺了。

俗话说，"种瓜得瓜，种豆得豆"。这种各有二心的决定，在权力的操纵下注定只会野蛮生长，长出"歪瓜裂枣"。

因而，首期60名学生几乎全是八旗子弟，学堂因此被称为"贵胄学堂"。这些学生名义上是海军学员，却大都没有见识过海洋，而且受不了功课之苦，不到一年就走掉了三分之一。5年后，只有9名学员完成了学业。第二届，也是最后一届，招了40名学员。中日甲午战争爆发后，北洋海军全军覆没。随之，海军衙门被裁撤。这所颐和园里的军校也随之消亡。

20世纪初，清政府决定复兴海军，自昆明湖水操内外学堂毕业的喜昌、吉陞、荣续、胜林、荣志等几名学生，凭"贵胄"和"专科"的身份，在腐朽没落的清政府安排下，纷纷占据了当时仅有的四艘海军军舰要职，并位居将校官职。这种安排，让清政府最终给自己选定了掘墓人。不久，武昌起义爆发，清廷急派其中三艘军舰参与"平叛"。关键时刻，这些"贵胄"暴露出"本性"——挂起白旗，不战而降。就这样，几名清政府亲选的海军将领把好好的祖宗家业葬送了。

此时，不知当年视水操内外学堂为权斗筹码的慈禧、奕譞在泉下会作何感想。

可能，慈禧和奕譞早就想到了，梦中也看到了学员们成为大清掘墓人的结局了，只是"万景归空"，一切的一切终究都是"南柯一梦"。

而今，当你走进水操学堂遗址，看到空空的院落中只有200余间校舍，小亭、游廊、古树、花木、湖石，以及曾经的机动游艇等，不免让人在院落中回味过往的喧嚣与驳杂。

一切，终究在历史年轮的碾轧下，成为永远的回忆。只有后人在这片瓦砾遗址上叹息着岁月不居。

浴火重生

成也奕譞，败也奕譞。1873年，刚刚亲政的同治皇帝发布重建谕旨，遭到了以醇亲王奕譞为首的大臣的坚决反对。奕譞当庭痛哭流涕、以死相胁后，最终迫使同治收回成命。

13年过去了，奕譞已是海军总理大臣，其子载湉也已是"龙袍加身"的光绪皇帝。所以，奕譞在揣摩"老佛爷"的懿旨后摇身一变，从坚决反对者转向了投其所好的重建倡议者。

奕譞向慈禧上折子，请求恢复昆明湖水师操练旧制。同时为恭迎太后阅师，请求修复沿湖一带破损的建筑。心照不宣的慈禧当即恩准，并请海军自行筹措经费。这样，重建清漪园成了大清历史上最奇怪的军事机关建设工程。也有史料载，重建经费是清政府售卖鸦片筹集的。

大清标榜以孝治天下，因而，一个"孝"字，常被用作借口。为了这个"孝"字，乾隆以庆祝母后六十大寿为由建设了清漪园，并改瓮山为万寿山，西湖为昆明湖。奕䜣直接效仿乾隆的做法，以"万寿庆典"贺慈禧六十大寿的名义，在众目睽睽之下，开启了"皇帝新衣"般的颐和园建设的序幕。

其实当年乾隆知道，自己借为母祝寿之名而满足私欲的"掩耳盗铃"之举必定不光彩。为免遭他议，乾隆在清漪园建成后给自己定下了特殊的规矩："园虽成，过辰而往，逮午而返，未尝度宵，犹初志也，或亦有以谅予矣。"就是说乾隆每次去清漪园，只能上午去，中午返回，绝不过夜，以求得社会的"或亦有以谅予"。所以，乾隆先后驾临清漪园132次，但一次也没有在园里过夜。

"玉泉悲咽昆明塞，唯有铜犀守荆棘。青芝岫里狐夜啼，绣漪桥下鱼空泣。"晚清诗人王闿运笔下荒芜、凄凉的清漪园，与鼎盛时期乾隆笔下的《绣漪桥》中"长河舟进绣漪桥，湖泛昆明廓且遥。澜静微风名似负，景澄四字实相邀"之盛景，形成了鲜明对比。

当年船由长河进入昆明湖，平静的湖面泛起点点涟漪，在望不到的天际中慢慢散开，让久负盛名的绣漪桥也显得似与天接，人、船、湖、桥，共享"天接"美景。

1860年10月，英法联军大肆劫掠圆明、畅春、清漪、静明、静宜诸园，继而将这些园林焚毁。清漪园的前山中段、后山中段和东段、东宫门、南湖岛等地段除个别建筑物外，被焚烧殆尽。佛香阁、大报恩延寿寺等建筑荡然无存。与此同时，园中陈设也被洗劫一空，园林从此荒芜败落，名存实亡。

触目皆是断壁残垣、萋萋荒草、一天比一天的颓败中，还有"雪上加霜"的监守自盗、填挖湖泊、盗伐树木等行为。1888年，慈禧太后以光绪帝名义下令重建清漪园。

重建面临一个难题：藏于圆明园的清漪园图纸已在火中化为灰烬。此时，"样式雷"向我们走来。这是成长于康熙年间畅春园工程的著名工匠家族。200多年间，这个家族为清廷设计建造了大量的宫殿、园囿、衙署等建筑，是清内务府建筑领域的扛鼎家族。

清漪园被烧时，"样式雷"第七代传人雷廷昌已满15岁，而且目睹了那场大火。当时已步入不惑之年的雷廷昌，凭借家族的秘传技艺，成为承担这项任务的不二人选。

深谙皇家建筑规矩的雷廷昌要明白，首先为什么重建，其次给谁建，再下来才是怎么建。

首先，围绕慈禧太后"颐养天和"的主题，应把"福如东海，寿比南山"予以表达。为此，雷廷昌受"蝙蝠落在寿桃旁"的启发，把昆明湖设计成一只寿桃，把万寿山设计成振翅欲飞的蝙蝠，用"桃山水泊，仙蝠捧寿"形成"蝠寿天年"之状。后人称之为"福山寿海"。在此基础上，在湖上建一座巨大如乌龟的南湖岛，表达出"龟寿延年"的意境。

其次，慈禧喜欢听戏，万寿山应有一座大戏楼。为此，雷廷昌在万寿山东南部原怡春堂旧址扩建了一座德和园大戏楼，与重建的、位于万寿山西南部原听鹂馆小戏楼形成南北呼应之势。大戏楼是三进院子，高21米，有上、中、下三层。下层天花板中心有天井与上层戏台相通，中层戏台设有绞车，可巧设机关布景，变化无穷。舞台地下室有水井、水池，可设置水法布景。大戏楼建成后，与故宫的畅音阁大戏楼、承德避暑山庄的清音阁大戏楼齐名，是中国现存最大的古戏楼之一。

再次，在万寿山前山的清漪园大报恩延寿寺原址，设计了颐和园最核心、最大的工程——排云殿。排云殿仿照紫禁城外朝的形式，分为三进院落，形成集佛寺和朝殿于一体的建筑群。殿内装修之多、奢华程度之高，堪称中国古典园林之最。

最后，重现清漪园景观，并进一步增加了苏杭元素，使重建后的颐和园不是江南，而胜似江南。

修建工程延续了9年，到1895年甲午战争后草草收尾。为了筹措修园款项，慈禧太后和光绪皇帝挪用了海军经费、鸦片税、海防新捐，以及由各省督抚认筹的款项等，耗资达500万至600万两白银。在此期间，河南、奉天、京畿均遭水灾，御史吴兆泰奏请"节省颐和园工程"，得到的结果是"着交部严加议处"。

就这样，闻名中外、凝结了中国古代几千年的文化沉淀，付出了几十万能工巧匠心血与汗水的颐和园建成了，也让万寿山和昆明湖焕发出勃勃生机。

但讽刺的是，就在颐和园修缮完成后，清王朝也日暮途穷，逐渐走向灭亡。

颐和惊魂

声色犬马的虚幻梦境，迟早要醒来。

沉醉于纸醉金迷的颐和园10年后的一天——1898年9月21日凌晨，慈禧被一份"密报"内容震惊了，之后匆匆忙忙从颐和园赶回紫禁城，直入光绪皇帝寝宫，将其囚禁于中南海瀛台。然后慈禧发布训政诏书，再次临朝听政。紧接着，她下令捕杀康有为、梁启超、谭嗣同、杨锐、刘光第等变法人士，并废止除7月开办的京师大学堂（今北京大学）外的所有新政措施。

惊魂中，整整一年，慈禧未再踏进颐和园半步。

这场惊变，起源于103天前的"戊戌变法"。这年6月11日，光绪皇帝颁布"明定国是"诏书，揭开了大清历史上维新变法的序幕——改革政府机构，裁撤多余衙门和无用官职，任用维新人士；鼓励私人兴办工矿企业；开办新式学堂吸引人才，翻译西方书籍，传播新思想……

变法因损害了以慈禧太后为首的守旧派的利益而遭到强烈抵制。

光绪十五年（1889年），光绪皇帝大婚，慈禧还政于光绪皇帝，宣布退居"二线"，移居颐和园乐寿堂"颐养天和"。此时，名义上"亲政"的光绪，有了些个人的自由和空间。有时来颐和园陪慈禧逛园子、散心，偶尔也会陪她居住在园子里，但主要精力还是在紫禁城理政。

到光绪二十二年（1896年），情况发生了变化。此时，军机处、南书房等帝国中枢搬到了颐和园，光绪也搬到颐和园仁寿殿居住。表面风平浪静、一团和气的颐和园，一下子变得波谲云诡。各怀心思的皇帝、太后，一举一动都牵动着大清帝国的走向。此时，颐和园里的安定与否，已成大清社会的晴雨表。

尤其是慈禧，看似天天都有闲情逸致，观花作画，但是暗中一天也没闲着。她一直在用自己的势力控制光绪和朝廷。每当光绪报来准备颁布的奏折，慈禧马上就召集荣禄、李鸿章等人商量对策，而后批复否。

彼时，西方列强的魔爪早已伸向了积贫积弱的中国。不平等的《南京条约》使中国向英国割让了香港；丧权辱国的《马关条约》迫使中国向日本割让了台湾岛；德国派兵强占胶州湾……每一个有良知和正义感的中国人，都在"落后就要挨打"中觉醒！

此时，伴随着康有为、梁启超、谭嗣同、严复等维新人士的"公车上书"，"亲政"10年而碌碌无为、已近而立之年的光绪，觉醒了！

1898年4月28日，光绪在颐和园的仁寿殿接见了康有为。两人就变法之事进行了谈话。

是年4月至9月，光绪先后19次跪在慈禧的乐寿堂前，等候召见。每次都给慈禧"灌输"西学观点，尤其是带着变法的奏折，给慈禧"洗脑"。慢慢地，慈禧也认为"变法"有一些道理。

光绪又把"变法"的一些主张印成册子分发给内阁成员。终于，光绪的"变法"得到了慈禧的准许。6月11日，光绪颁布了"变法"诏书，开始了"百日维新"。

103天的变法，光绪不但每隔两三天就要去一次颐和园，陪慈禧住两三天，汇报情况，请示懿旨。而且，光绪每日在处理奏折之后、发布之前，都要封好送给慈禧阅批。因此，"维新"颁布的180余道新政指令，都是慈禧同意的结果。

但是，皇帝、太后之间的矛盾还是日益白热化了。矛盾的中心内容，是以慈禧为代表的守旧派的个人利益与"新政"之间的斗争。

"礼部六堂官事件"是引爆矛盾的导火索——礼部的两个尚书和四个侍郎，公然违反皇帝命令，被光绪撤职。随之，事件的演变开始复杂化。被撤职的一名尚书怀塔布的老婆，跑到颐和园乐寿堂里,在慈禧面前痛哭不止,诉说光绪的不仁不义。怀塔布本人又跑到天津去找手握兵权的直隶总督荣禄,夸大其词,散布谣言。就这样,光绪与慈禧之间的矛盾迅速升级到了不可调和的地步。

因而,就有了传说中的康有为"围园"计划。说康有为计划有三:一是把颐和园包围起来,因为西太后在颐和园;二是请从湖南来的好朋友、好汉毕永年当敢死队队长;三是等袁世凯把颐和园包围后,毕永年就带100多人冲进去把西太后抓起来,将其杀掉。

因为康有为担心光绪皇帝到天津阅兵时,荣禄会采取行动,所以就设计了这个武力夺权的计划。康有为和其他维新派都是书生,想争取军队支持,就得靠袁世凯。于是谭嗣同受康有为之托,夜访天津小站,争取袁世凯支持。这种说法有《清实录》记载"六君子"罪状的10个字"谋围颐和园,劫制皇太后"为证!

该说法一直有争论,当事人康有为、梁启超等始终否认。

自光绪罢免礼部堂官后,许多守旧官员惶惶不可终日。更为关键的是,李鸿章被逐出总理衙门,处于改革的对立面。于是,李鸿章的亲信杨崇伊便与荣禄等实权派人物串通,策划如何说服慈禧阻止光绪继续改革。恰在此时,光绪帝诏令袁世凯进京觐见。光绪召袁,这不明摆着是要袁与荣禄分享兵权吗?荣禄与慈禧不可能漠然视之。

此时,狡黠的袁世凯两边都不会得罪。从光绪处回到小站,袁又马上去了顶头上司荣禄处卖乖。因而,袁世凯告密后政变才发生的可能性很小。

慈禧动手的真正原因是杨崇伊给慈禧上了个密报奏章,主要有三条内容:一是变旧法,就是把旧的制度完全改变;二是把那些老臣全部干掉；三是说还有一件不得了的事，就是光绪要聘请日本人伊藤博文作为客卿，到中国政府来当顾问。

密报的奏章戳中了慈禧的死穴——慈禧最害怕洋人。如果光绪皇帝背后有洋人撑腰，慈禧就真正控制不住光绪了。而且伊藤博文是有名的政治家，当过日本首相，对日本的明治维新，伊藤博文发挥了很大作用。光绪如果有伊藤博文撑腰，那还了得？

奏章惊醒了梦中的慈禧。阅完，慈禧匆忙从颐和园回紫禁城，逮捕了康有为和其弟弟康广仁，囚禁了光绪。事后，接到袁世凯的告密，又下令抓捕谭嗣同等人。

所以说，戊戌政变中，逮捕谭嗣同，是把镇压范围扩大了，是袁世凯告密的结果。

戊戌变法作为近代中国的一次资产阶级性质的改良运动，具有进步意义。变法虽然被慈禧太后扼杀了，但也为13年之后爆发的辛亥革命打下了思想基础。

1908年，光绪皇帝在中南海、慈禧太后在西苑，相继病逝。年仅3岁的溥仪继承皇位，由隆裕太后执掌朝政。这时候，清王朝已经是日薄西山，奄奄一息。在高涨的革命形势下，隆裕太后再也无心"颐养天和"了，遂下诏停止游幸颐和园，移居紫禁城。

1911年，辛亥革命推翻清王朝的统治。1924年，溥仪被逐出宫，颐和园收归国有，成为国家公园。

这座古老而壮丽的名园，浸透着中国人民的血汗，体现了中国人民的智慧和创造，展示出中国造园艺术的精华。随着中华人民共和国成立，颐和园开启了它的历史新篇章。颐和园成为第一批全国重点文物保护单位，并被列入《世界遗产名录》，入选中国世界纪录协会中国现存规模最大、保存最完整的皇家园林。

水木幽梦

"我所居兮,青埂之峰。我所游兮,鸿蒙太空。谁与我游兮,吾谁与从。渺渺茫茫兮,归彼大荒。"《红楼梦》中的"归彼大荒",道出了人世间之规律。

但是,"一场幽梦同谁近",千百年来谁不痴?

而今,站在颐和园昆明湖的水木自亲——当年慈禧寝宫乐寿堂前院码头,湖水碧波荡漾,鱼儿自在,岸上莺飞草长,生机勃勃,好一幅人与自然融为一体的水木自亲!"鸿蒙太空"中慈禧早已成为过往,而且归葬于东陵的"青埂之峰"还被挖坟掘墓了。到头来,"老佛爷"也是幽梦一场的"归彼大荒"。

渺渺茫茫中,100多年前的故事不觉间浮现眼前——水木自亲码头上,那盏高高的、进口自德国、颐和园最亮的探湖灯还亮着,整个园子灯火通明。因为,谁也不敢在那盏探湖灯熄灭前进入梦乡。只有那盏"水木自亲"灯灭了,水木自亲旁的乐寿堂堂主慈禧在"我所居兮"中进入梦境了,290公顷的颐和园,以及1300多万公顷的国土,才会进入梦乡。此时,颐和园就是清王朝的命脉、中枢和神经系统所在。

据载,从光绪十五年(1889年),光绪皇帝大婚之后,慈禧宣布退居颐和园起,一直到光绪三十四年(1908年),每年正月慈禧就带着载湉(光绪帝)来到颐和园,并且把处理朝政的场所也搬到了颐和园。在园内的乐寿堂,接见大臣、处理政务、举行典仪等，直到11月返回紫禁城或三海。乐寿堂的南侧临水建了五间门殿，名叫"水木自亲"，门前有码头，慈禧在此可以直接上下船。中央的正殿就是乐寿堂。此时，颐和园已成离宫御苑，成为大清的政治中心。但是，毕竟慈禧是退居"二线"的人，光绪皇帝就在身边，怎么办？

当时，迷恋于政治权力的慈禧，怎么也不甘心大权旁落。所以，在进驻颐和园10年后，慈禧杀了变法"六君子"，重新抢回大权，再次"垂帘听政"。

慈禧一生分两段。年轻的时候跟着咸丰颠沛流离，前半生并无大过，思想也算开明；过了45岁，慈禧手里有了实权，便开始了独断专行的日暮途穷之路。

此时，从未去过江南的慈禧，被神似江南的颐和园吸引——视野开阔，亭台楼阁、山水相依，听戏、习字、作画、下棋、赏雪、划船、品尝美食、与太监宫女游戏……常常让慈禧身心放松，流连忘返。

因而，颐和园中的岁月，让慈禧在暂为闲人的日子里找到了另一种发泄方式——穷奢极欲。俗话说，由俭入奢易，由奢入俭难。从此，慈禧走上了醉生梦死的不归路，至死都是梦中人。

拍案惊奇，仆人如云。慈禧身边的仆人数不胜数，让"衣来伸手，饭来张口"的古代帝王们，都自愧不如。掌握其膳食的机构下设五局，分工明确，即：荤菜局专门研究鸡、鸭、鱼、肉等荤菜；素菜局则挖空心思，专门加工白菜、豆腐之类的精致素食；饭局，专攻主食，净是精米、白面之物；点心局专做点心，以供午后、夜宵所用；饽饽局则专做满式糕点。也就是说，做点心就有两个局，各司其职。两个局做出的点心，完完全全是两种不同的状态。

用膳之前，还要由太监用银筷子亲自尝每一道菜。菜上齐后，慈禧想尝哪道菜，只需用眼神示意，侍奉的太监便会把菜端过来。睡前，慈禧洗脚、洗澡也有讲究。如洗脚水，要根据四时变化、天气阴晴，随时添加方剂——三伏，天气炎热又潮湿，要有杭菊花引煮沸后凉温了洗；入三九，天气寒冷，要用木瓜汤洗。

慈禧每天起床、梳洗完毕后，有一大群鹄立等候的太监等跪满庭中，一见慈禧出来，同时高呼皇太后圣安之类的吉祥语。饭后散步或在长廊漫步，前后接引的太监、宫女，陪同的皇后、妃嫔和格格，以及贴身宫女等，浩浩荡荡，簇拥跟随，排场极大。

荒淫腐化，挥金如土。因为慈禧对朝廷财政无节制地盘剥，北洋水师在甲午海战中一败涂地。此时，清政府的财政已濒临崩溃。老百姓更是衣不蔽体，食不果腹。但是，慈禧逍遥在颐和园里不管老百姓的死活，仍然打肿脸充胖子，不仅饮食大讲排场，而且挥金如土。一年中单是苏州织造局给做的衣服就有135件，仅一件藕荷色的外套就由3500粒鸟蛋大的珍珠编织而成；每年花费巨资从美国圣地亚哥购买十几吨碧玺制作饰品……还有王公大臣们尽其所能，在各地搜寻进贡的金银、宝石、珍珠、玛瑙、翡翠等稀世珍宝，数也数不清。与此同时，各国使臣也纷纷进献大量的西洋瓷器、玻璃器、西洋钟表、化妆用具、西洋家具、乐器、洋车、轮船等种类繁多的洋物，供慈禧赏玩。

史载，颐和园有文物3万余件，相当大一部分是慈禧几次在园内举办生日庆典时，王公大臣们进献的寿礼，有瓷器、玉器、青铜器、书画、古籍、钟表、珐琅、丝绸制品等，涉及商、周、宋、元及明代以来的传世文物。这些珍奇，稀有到无以复加，大多为绝世孤品。腐化的生活，最终给大厦将倾的晚清政府带来致命一击。

"今日到南苑，明日到北海，何日再到古长安？叹黎民膏血全枯，只为一人歌庆有；五十割琉球，六十割台湾，而今又割东三省！痛赤县邦圻益蹙，每逢万寿祝疆无"。这是晚清学者章太炎在慈禧七十寿庆（1904年）时写的一副对联。是呀，"五十割琉球，六十割台湾，而今又割东三省"，还要搞"万寿庆典"，且标榜自己"万寿无疆"，这不是痴人说梦吗？！

长梦不醒，魂断寿庆。以"万寿庆典"名义建设的颐和园，最终让乐于"寿庆"的慈禧命丧黄泉。光绪二十年（1894年），慈禧六十整寿，中日甲午战争爆发，让大清经营多年的北洋水师全军覆没，迫使慈禧颁下懿旨："颐和园受贺事宜，即行停办。"但是，这次"棒喝"并未唤醒慈禧。面对一些反对寿庆的大臣，慈禧还威胁道："今日令吾不欢者，吾亦将令彼终生不欢。"

1897年，德国的军舰开进了中国的胶州湾，但是慈禧等不及了。耗费巨额银两，在颐和园排云殿举行了隆重的寿庆大典。

寿庆后不久，俄国进占旅顺、大连，法国进占广州湾，英国进占威海卫。这让本已摇摇欲坠的国家，走到了更加被列强瓜分的崩溃边缘。但是慈禧仍旧不管不顾，痴迷于自己的寿庆。1904年，东三省正上演激烈的日俄战争，而慈禧只记得自己七十寿诞到了。所以这一年，慈禧又在颐和园为自己办了一场十分豪华的大寿盛典……

1908年11月15日14时许，慈禧在紫禁城中南海病逝，享年74岁。慈禧临终遗言说："此后，女人不可与闻国政。此与本朝家法相违，必须严加限制。尤须严防，不得令太监擅权。明末之事，可为殷鉴！"

慈禧弥留之际的自省，是在忏悔吗？可能并不是，只是自己祸国殃民后的另一场痴人说梦吧！

传世长廊

而今，漫步颐和园，昆明湖北岸沿湖的汉白玉栏杆和金碧辉煌的长廊建筑，使山水有了诗意的线条。这线条，从汉白玉栏杆到彩绘的长廊、气势宏伟的排云殿，再到高入云霄的佛香阁，层层攀升，化入云海，水天一色，山水一色，蔚为壮观。

这长廊，东起邀月门，穿过排云门，西至石丈亭，两侧对称点缀着留佳、寄澜、秋水、清遥四座重檐八角攒尖亭，象征春夏秋冬四季，全长725米，共273间，548根柱子，是我国古建筑和园林中最长的廊，1992年以"世界上最长的长廊"载入吉尼斯世界纪录。长廊似镶嵌在万寿山脚下的彩带，把万寿山和昆明湖映衬得光彩照人。尤其是每根枋梁上，从三皇五帝到清代，各个时期的数百个古典故事和民间传说的绚丽多彩、内涵丰富的大小彩画，让颐和园有了山水中的文化熏陶和畅游后的灵魂回归，使这座园林延绵了山水之外中华优秀传统文化的历史长度。

长廊始建于清代乾隆十五年（1750年）；1860年被英法联军焚毁后，于1888年重新建造；1900年，颐和园及长廊又遭八国联军洗劫和破坏，于1902年又重新修建。

中华人民共和国成立后，党和政府加大了对颐和园的修缮和保护力度，尤其是1959年、1979年两次整修，投入了大量的财力、物力、人力，集中了一批古建筑工匠和彩绘艺人，在继承传统的基础上，对长期疏于修缮，画面油彩剥落、模糊不清等情况，多方召集能工巧匠，以中华优秀传统文化为主基调，以人物、花鸟、山水、古建、博古等为主要内容，对长廊和彩画进行大规模修缮，使许多模糊不清的彩画绘制一新，使长廊有了"长廊之魂"——中华五千年历史文化浓缩于长廊上，让长廊焕发出蓬勃生机，真正成为"华夏文明百科全书"，成为中国古建彩绘艺术的典范和瑰宝。

彩绘，俗称丹青。古建筑的彩绘，是古代劳动人民在古建筑物上绘制的装饰画。"屋不呈材，墙不露形"，是班固在《西都赋》中对皇家宫殿的真实描述。古代建筑中，古建彩绘是重要组成部分，尤其是木构部分和墙体部分，必须将表面施油饰彩而不外露原材料——精致华美的彩画，像一层薄薄的木衣，分布在梁枋、天花、斗拱与藻井之上，饰建筑之华丽，护木构之周全，给巍峨的建筑平添了几分色彩，体现出中国古建筑的色彩之美。彩绘不仅美观，而且有一定的防水性，增加了建筑物的使用寿命。

《论语》言："臧文仲居蔡，山节藻棁"，其中的"藻棁"，即绘有彩画的梁上短柱。由此可见，春秋时期，中华民族已在抬梁式木构建筑上施以彩画。其后，人们用"雕梁画栋"来形容中国传统建筑这一独特的装饰艺术。

追溯历史，中国独有的古建筑彩绘随着社会的发展而发展，经历了由简单到复杂、由低级到高级的过程，可谓历史悠久、积淀深厚。春秋时，在木结构建筑上施红色涂料；秦汉时，在宫殿的柱子上涂丹色，在斗拱、梁架、天花等处施以彩绘，其装饰图案已有龙、云纹、锦纹；南北朝时，受佛教艺术影响，有了与佛有关的梵文、佛像、佛八宝等佛教题材的纹饰；宋代时，有了叠晕画法；元代，出现了旋子彩画；到了明清时期，迎来了彩画发展的鼎盛时期。此时，不但继承了传统，而且在取材和制作上有了变化与发展，使其题材不断扩大，表现手法不断丰富，法式规矩更加严密，等级、层次更加严明、清晰，且内容丰富，名目繁多，一般分为三类：旋子彩画、和玺彩画和苏式彩画；按画题不同，又分为殿式彩画和苏式彩画两大式。苏式彩画是原有的名词，"殿式"两字是臆造出来与"苏式"对称的。

苏式彩画构图有三种，分别为包袱式、方心式和海墁式。包袱式构图，用半圆轮廓连续跨越檩、垫、枋三个构件；方心式构图，类似于旋子彩画，在檩与枋中间三分之一处设计方心；海墁式构图，是在箍头或成对的卡子内，统一散点布局的主题纹饰。因而，园林中遍植花木，饲养珍禽异兽，既是园林的要素，又是彩画中的自然之趣、祥瑞之寓，如从古波斯传入的海石榴花、蕴含唐代装饰特征的宝相花、出淤泥而不染的莲花、象征富贵满堂的牡丹等。与此同时，被赋予神圣寓意的龙、凤等祥瑞动物，与现实中被寄予吉祥寓意的仙鹤、蝙蝠等，都是彩画的内容。在儒家山水比德思想的影响下，山水一直是诗画和园林共同表现的主题，也是建筑彩画的主题纹饰之一。

江山无限景，都聚一廊中。长廊，就是苏式彩绘的样板。走进长廊，你会为色彩斑斓的木衣锦绣所震撼，被那栩栩如生、细腻入微的湖光山色的山林，亭台楼榭的园林，园中牡丹、池上荷花、林中飞鸟、水下游鱼、山中走兽等吸引。你也被一幅幅构图生动、形态逼真的人物故事而惊艳到，为能工巧匠们的精湛技艺而倾倒。

咫尺而有万里之势，就是2000多幅人物故事画的艺术张力，而且没有哪两幅是相同的。这些取材于神话故事、历史典故、民间传说、小说、戏曲、诗歌等的彩画，故事前后呼应，没有文字说明，仅凭画面里的人物、服装、动作、背景等就能引人入胜，如：《红楼梦》中的"宝黛阅《西厢》""宝玉痴情""双玉听琴""焚稿断痴情"；《西游记》中的"齐天大圣""盗仙丹""三打白骨精""取经归来"；《三国演义》里的"桃园三结义""张飞请罪""千里走单骑""三顾茅庐""隆中决策""舌战群儒""草船借箭""孔明借东风"；《水浒传》中的"倒拔垂杨柳""大闹野猪林""武松打虎"；以及《封神演义》《杨家将》《岳飞传》《聊斋志异》等书中的"文王访贤""伯乐相马""负薪读书""天女散花""竹林七贤""劈山救母""穆桂英挂帅""岳母刺字""许仙借伞""画皮"；……这些故事无不述说着博大精深的中华文明，歌颂着真善美，闪烁着中华优秀传统文化的光芒，让人情驰神纵，超然意游，信可乐也！

童话千秋

自1750年起，颐和园已历经270余年岁月。虽为人造，却宛如天开的美景，几起几落的风雨，一次又一次的重建，一场场醉生梦死的幽梦，赋予了这座皇家园林越来越多的逸闻趣事。

趣事里的颐和园，颐和园里的趣事，令人遐思和神往！

据载，占地2.97平方千米的颐和园里，有百余个建筑景点、20余处院落、3000余间建筑、1600余株古树名木；有排云殿、佛香阁、智慧海、西湖、西堤、苏州桥、十七孔桥、铜牛、廊如亭等家喻户晓的标志性建筑；还有郭守敬补西湖、镇水的铜牛、郑板桥与瓮山、龙王与廊如亭、百鸟朝凤、古墓回春等故事。行走其间，不断让人悟出颐和园之大美、湖光山色之大妙、天地之大爱。

"神仙排云出，但见金银台"，这座以晋代诗人郭璞的诗句命名的排云殿，是在英法联军烧毁的原大报恩延寿寺旧址上重建的殿宇。排云殿依山筑室，步步登高——东西两侧各有配殿五楹，东曰芳辉，西曰紫霄。在迎"芳辉"、看"紫霄"中，经后院89级石阶曲折而升的爬山廊，到达德辉殿。据说，排云殿建成后，慈禧想将其作为长生不老的人间仙居，但是得了一场大病。她认为，可能距佛香阁太近，不适合作为长期居住的寝宫，便决定把寝宫改在乐寿堂，排云殿只作为朝拜礼仪的地方。

"气象昭回""云外天香"，建于万寿山前山巨大台基之上的佛香阁，高高托举起万寿山山脊，南俯昆明湖、排云殿，北靠佛教建筑"智慧海"，独具匠心，气势磅礴，是颐和园的标志，也是中国古建筑精品之一。传说，当年乾隆皇帝建造佛香阁的时候，规划的是建塔而不是阁，是在大报恩延寿寺后兴建一座九级延寿塔。可是，塔建到第八层了，乾隆改计划，让施工队把快兴建完成的延寿塔拆掉，改成阁，也就是后来的佛香阁。为什么？因为施工队在瓮山下发现了一座古墓，强行挖开后飞沙走石，墓门刻着八个大字："你不动我，我不动你！"

十七孔桥融合了中国南北建筑特点，既有南方水乡的柔美和灵动，又有北方的宏伟和雄浑。传说乾隆年间修建时，鲁班下界，凿了一年"合门石"，让桥顶正中间的"合龙门"天衣无缝地衔接，造就了举世无双的十七孔桥，并让其成为古代桥梁建筑的瑰宝。

山水之音，盛衰之变，颐和园内的亭台楼阁、山川湖泊、桥梁石洞，一砖一瓦一草一木，都有着动人的传说，尽把中华建筑文化的博大精深予以展现，使其熠熠生辉，风华绝代，无与伦比。

不论春夏秋冬、寒来暑往，每当我沉醉其间，就会被这里超越时空之美震撼，在叹为观止间，于心旷神怡中不能自拔。

第六章

长城绝唱

"烽火戏诸侯"(《史记》)、"孟姜女哭长城"(唐《琱玉集》)、"不到长城非好汉"(毛泽东语)、"只有一个伟大的民族，才能造得出这样一个伟大的长城"(美国前总统尼克松语)……与古人语、与今人叹、与世界奇。这，就是长城亘古卓尔之意象。

展现长城之意象、探寻长城之美，不是一般建筑、音乐、文学等物象和艺术所能表达的。

对中国人而言，长城早已从视角领悟、感知意象、融入记忆、产生美感，到走入心灵、刻入魂魄，成为中华民族厚德载物之意象、卓然意志之妙境，成为中华文明宏阔高远之底色，成为千古傲视苍穹之绝唱，是世界奇迹，也是世界文化遗产！

厚德载华夏

人参赞天地化育，君子中道而行。宽厚的美德，容载万物。

长城之大德，就是古人深谙"天人合一"中最美的君子品格、厚德示范，是古人高超的"通天彻地"智慧的结晶。在世界、在中国，任何一项古代防御工程，都替代不了长城绵延数千年的神圣与位尊。

长城主要分布在今山东、天津、北京、河北、河南、甘肃、青海、新疆等省（自治区、直辖市），其中秦始皇长城、汉长城、金界壕、明长城都超过5000千米。如果仅用修筑明长城的土石来修一条宽1米、高5米的墙，可绕地球一圈多；修一条宽5米、厚0.35米的公路，可绕地球四圈，蔚为壮观。

探究其因，与中华民族发展壮大、固疆卫土息息相关。从盘古开天、女娲补天，到三皇五帝、夏殷周和秦统一，再到汉以来的中华民族；从旧石器时代到新石器时代，从青铜器时代到铁器时代；据《史记》"天子案古图书，名河所出山曰昆仑"，黄河从昆仑山发端，到史前分东、西两系，成为东方文化的主干，在中华大地、九州方圆上，社会发达到一定程度，社会形态从游猎、游牧到氏族、部落，再到分封，国家就出现了。

在国家出现之前，人类团结靠血统，其重要组织是氏族。其后，血缘相异的人接触渐多，遂不复以血统相同为限。于是，氏族进而为部落，再而为国。古代的国，是指诸侯的私产，即住所、土地，亦即诸侯的都城、诸侯的住所，诸侯还要拿出一部分土地分封给子孙。

《礼记》云："天子有田以处其子孙，诸侯有国以处其子孙。"这里的田，是土地；国，就是封地。社是土神，稷是谷神，是居住在同一地方的人共同崇奉的神。所谓社稷沦亡，就是指国家覆灭。甲骨文中邦和封写法相似，封为累土，是两个部族交界处把土堆累高，以为疆界，是为封。

《孟子》载："天子之地方千里，公、侯皆方百里，伯七十里，子、男五十里。"《礼记》载："成王封周公于曲阜，地方七百里。"

《礼记》曰："天无二日，民无二主"，就是希望当时的若干区域，每个区域只有一个王。《管子》曰："强国众，则合强攻弱以图霸；强国少，则合小攻大以图王。"战国七雄为争夺土地、人口而战，试图统一天下。秦统一天下后为消除诸侯割据的风险而建郡县。

春秋战国，是中国历史上的社会大变革时期。"普天之下，莫非王土；率土之滨，莫非王臣"的"王室独尊"局面一去不复返。在诸侯国之间残酷兼并的背景下，长城产生了。

顾炎武在《日知录》中指出，长城的缘起是"至于战国，井田始废，而车变为骑，于是寇钞易而防守难，不得已而有长城之筑"。西山仰韶文化遗址、龙山王城岗遗址等史迹表明，到春秋战国时，古人的筑城技术已有2000多年的历史。正如《吴越春秋》所载的"筑城以卫君，造郭以守民"，各诸侯国在自己易受侵犯的边境筑起了道道长城。

《史记》载"秦有陇西、北地、上郡，筑长城以拒胡。而赵武灵王亦变俗胡服，习骑射……筑长城"。汉武帝元朔二年（前

127年）和太初三年（前102年），在北方修筑了规模更大的长城。

从战国至汉武帝时期的数百年间，长城不断修筑、完善，形成了今长城的基本规模和走向。之后，长城在不同时期都有修筑，其中最大规模的修筑是在明代，先后进行了7次大规模修筑，持续了100多年。最终建成了以秦长城为主体，从嘉峪关到辽东，全长8000多千米的"外边"长城。

北京，西、北、东三面环山，东南敞开面向渤海，中间是平原，宛如一个海湾。北京地处北方和南部三大地区的交通起止点和中心，三岔路口的人口集聚之地，后有靠山，前有流水，宽广的大平原形成了首都级大都市的宽敞大格局，从而使其成为兵家必争之地。

北京修建长城，成了春秋战国以来，北京固土安疆、承载炎黄使命、华夏兴盛所必需的举措。

燕居战国时七国的东北部，国力甚强，版图较大，东南濒大海，是天然屏障。因北面常有胡人南下骚扰，西面又有秦国崛起并每每有称霸之心，其间还有赵国相隔。为了防御，燕国修筑了北长城和南易水长城，以防胡人和赵、秦侵犯。

据载："燕亦筑长城，自造阳至襄平，置上谷、渔阳、右北平、辽西、辽东郡以拒胡。"造阳即今河北张家口，襄平即今辽宁辽阳，渔阳即今北京怀柔，右北平即今天津蓟州区。秦始皇统一六国后，命大将蒙恬将燕、赵、秦三国的长城连接起来，筑成自临洮至辽东的万里长城。

燕、秦之后，计有北魏、东魏、北齐、北周、隋、唐、明七个朝代在北京境内修筑过长城。终明一代，近300年的统治稳定，有赖于长城的修筑，也给后世留下了千古奇珍。

北京地区的长城沿线共有140～150座城堡，分布在门头沟、延庆、昌平、怀柔、密云、平谷6个区，为东西、北西两个走向，二者在怀柔会合，此结合点称为"北京结"。大小关口有数百之多，大型关口有将军关、墙子路关、大黑关、司马台关、古北口关、白马关、黄花城关、八达岭关、居庸关等，大多数关口至今尚存，仍是南北交通的要道。

灿然有气韵

"万里长城永不倒，千里黄河水滔滔"……始于春秋战国时期的长城，发源于昆仑山的黄河之水，一直是中华民族的精神象征。2000多年来，长城犹如一条巨龙，在中华大地逶迤绵延，不断从建筑之美中焕发出物象之美、地域之美、生命光彩，从表象中发出精神之光，喷薄出中华民族坚如磐石、生生不息的灿然气韵。

犹如巨龙卫中华。"古老的东方有一条龙，它的名字就叫中国……"这首曾经风靡一时的歌曲，表达了中国人以龙为中华民族象征的宏伟意境。分布在山东、天津、北京、河北、河南、甘肃、青海、新疆等省（自治区、直辖市）的长城，犹如一条巨龙，承接天象，把建筑之美融入自然山海的"道法自然"之中。它，在5万余千米的中华大地上"龙行天下"，与天地同和，所到之处风生水起，大地增辉，气象万千。巍峨雄壮的长城像巨龙般护卫着中华。

"巨龙"发端于春秋时期的齐、楚。

"连峰五道开,绵亘绕重关。曲径随流水,长城锁乱山。"这首诗描写的便是位于今山东省中部,横亘东西的齐长城。此长城蜿蜒于梯子山、五道岭之巅,行走于济南市长清区与泰安市肥城市的交界处。所行之处,把泰山、沂山一线相连。据记载:"齐宣王乘山岭之上筑长城,东至海,西至济州千余里,以备楚。"有学者认为齐长城是最早的长城。它东西横亘,绵延千里,气势磅礴,如一条展开的"游龙","锁乱山"而行于齐鲁大地。

楚长城,又称方城。整体呈"冂"形,似一条"盘龙",主要位于今河南省南部,分北、东、西三部分。据记载,楚长城西起今邓州市,沿湍河北上,经内乡县、西峡县,从郦县故城北达翼望山,折向东行,沿伏牛山脉,经嵩县、南召县,至鲁山县东南入叶县,经方城县、泌阳县,抵唐河县,全长300千米,以土为主,无土之处,累石为固,也有"虽无基筑,皆连山相接",以山险为墙,如大关口,位于伏牛山东麓,坐落于山腰,为群山汇集之地,地形十分险要。楚长城似"之龙"首尾呼应,使楚成为"方城以为城,汉水以为池"的国家,成为"地方五千余里",疆域最大的国家。正如《水经注》云"楚盛周衰,控霸南土,欲争强中国。"楚一度成为战国七雄之一。

继齐、楚之后,魏、燕、赵、秦及中山等诸侯国纷纷依托地形地貌,俯察国情而构筑起"龙行天下"的长城防御体系,以维护疆域安定。

魏长城行于黄河之南、之西,是绕水而居的"土龙",与黄河的"水龙"形成"二龙护魏"之势。河南长城,由今河南原武黄河故道南岸向东至原阳县东南,折向西南至郑州,至新密市境内,长200千米;河西长城,自今陕西省华阴市以北渡渭水,过大荔，经蒲城县、白水县，折向东历澄城县、合阳县、韩城市，直抵黄河西岸的陡壁处，长约200千米。然而，地处中原腹地的魏，最终因四面受敌等因素被强秦所灭。

《战国策》云："天下战国七，燕处弱焉。"燕，幅员辽阔，南与齐、赵相接，北与东胡等游牧民族毗邻。从公元前348年至前279年，燕国经历了较长时间分段、逐步修筑起南、北"护国龙"——南长城，西起太行山东麓，东至子牙河西岸，中间大部分沿着古易水北岸延伸；北长城，东西走向，自造阳至襄平，以巩固卫燕。

秦崛起于西北戎地，疆域西起甘肃东部，辖有陕西大部，东与魏、韩接壤，南与楚、蜀连接，西、北与诸戎相邻。战国中后期，对秦的西、北境有威胁的是匈奴。匈奴以畜牧业为主，人民拉弓射猎，骑马控弦，多畜马、牛、羊，逐水草而居，无城郭，常常把战争和掠夺作为获取财富的手段，是秦的后顾之忧。因而，秦昭王在陇西、北地、上郡修筑了"一字长蛇阵"式的长城，以拒匈奴。

"秦城万里如游龙，首接洮河尾辽海。"秦统一六国后，在秦、赵、燕三国长城的基础上，用12年时间、分两个阶段，动用近百万人的劳动力新筑或对旧有的长城进行修补。这条西起今甘肃岷县西，横跨今中国甘肃、宁夏、内蒙古、河北、辽宁五省区的长城，是中国第一道万里长城。长城的关隘与堡垒相互呼应，气势恢宏，像一条巨龙横空出世，蜿蜒于北方大地。

秦之后，这条"巨龙"飞舞在中国版图上，在汉、隋、元、明等朝代，代代接力，不断加固、延伸、发展，在冷兵器时期抵御强敌、保卫和平、捍卫中华。

大略成巨制

无数劳动人民的血汗和智慧才凝结成长城。它因人而兴，因人而造，因人而成。翻阅长城的历史，就会发现它就是一部古代王者、猛将胸怀天下，为社稷兴盛而奋斗的朝代兴衰史。正因如此，长城也凝聚了一大批帝王、猛将的非凡意志、超人胆略、卓越才能，可谓千古巨制。

秦统一六国后，始皇东巡，在碣石山"考方士"，燕人卢生奏图录曰："亡秦者胡也！"于是，素有雄才大略、13岁继承王位、39岁称始皇的嬴政，尽管正在推行"车同轨、书同文、行同伦、地同域"，仍为江山永固、万代兴盛，不论卢生的"图录"是否可信，"乃使将军蒙恬发兵三十万北击胡，略取河南地"，并借黄河、阴山山脉，大修长城、化短为长，以拒胡人以千里之外。蒙恬自幼受父亲、秦国名将蒙武的熏陶，胸怀大志，奉始皇之命在燕、赵、秦长城的基础上修筑了万里长城。但是，蒙恬以筑长城闻名，也因修长城被世人咏叹——司马迁在《史记》中云："阿意兴功！"

推行"罢黜百家，独尊儒术"的汉武帝，富有雄才大略、文治武功，使汉朝成为当时世界上最强大的国家。他开创了西汉王朝最鼎盛的时期。汉武帝的功绩之一便是审时度势，四次修筑汉长城。首次在元朔二年（前127年），《史记》载："卫青复出云中以西至陇西，击胡之楼烦、白羊王于河南，得胡首虏数千，牛羊百余万。于是，汉遂取河南地，筑朔方。"第二次是元狩二年（前121年），汉武帝命霍去病领数万兵出北地郡，大获全胜，浑邪王降汉，即修甘肃永登至酒泉的长城。

"明月出天山，苍茫云海间。长风几万里，吹度玉门关。"《史记》载，汉武帝元鼎六年（前111年）、太初四年（前101年），武帝又瞅准时机，先后破匈奴后修筑酒泉至玉门、玉门至新疆罗布泊的长城。经过多次修筑，汉长城的长度是秦长城的两倍。西汉的长城规模最大、地域最广、跨度最大，形成了乌拉特草原上两条南北并行的"内、外"长城格局。

"高筑墙，广积粮，缓称王"，这是农民起义领袖朱元璋得天下的战略举措。得天下后，"高筑墙"也被卓越的军事家、战略家朱元璋巧妙地运用了。

明洪武元年（1368年），朱元璋就派大将徐达修筑居庸关等处的长城；洪武十四年（1381年），又修筑了山海关等处的长城。隆庆元年（1567年），明穆宗派名将戚继光修整长城。戚继光依据"因地制宜，用险制塞"的策略，创造性地修建了进可攻、退可守的空心敌台，大大提升了长城的防御能力。一直到明万历二十八年（1600年），经过200多年的时间，全长8851.8千米，起于徐达、成于戚继光，东起鸭绿江、西至嘉峪关的明长城才完工。明长城工程规模之大、投入之多、历时之长、设计之精、技术之巧，秦汉之后是没有一个朝代能比拟的，达到了历史上前所未有的高度。

扼险倚雄沧海间。"重关称第一，扼险倚雄边。地势长城接，天空沧海连"，"长城高与白云齐，一蹑危楼万堞低。锁钥九边联漠北，丸泥四郡划安西"，这是两首诗节选内容，分别源自清康熙的《山海关》、清裴景福的《登嘉峪关》，既歌颂和描写了长城两座关隘山海关、嘉峪关的雄奇，又展示出万里长城倚崇陵之险、居深谷之奇、扼南北之要、连云海之幻的雄厚气势，及长城亦真亦幻、承天接地、吞吐万象之美景。

"一夫当关，万夫莫开"的制敌之效，是长城"因地形，用险制塞"的奇思妙想，是每个朝代修筑长城的立城之道。嘉峪关、山海关、居庸关、玉门关、娘子关、雁门关、平型关、古北口、镇远关、锦州城、老龙头、董家口、刘家口、马兰关、插箭岭关、金山岭、张家口、马市口、羊房堡关、水口关、紫荆关、界岭口、重峪口、徐流口、冷口关、白羊峪关、青山关、铁门关等1000多个关城隘口，都位于两山峡谷之间，或是河流转折之处，或是平川往来必经之地等险要之处。

史称"天下九塞之一""万里长城之精华"，位于延庆的八达岭长城，是明长城中最具代表性的一段，是居庸关前哨，最高点海拔约1015米，地势险要，历来是兵家必争之地，是明代重要的军事关隘和首都北京的重要屏障。登上八达岭，居高临下，尽览崇山峻岭的壮丽景色。

重峦叠嶂的慕田峪长城，位于北京市怀柔区境内，是"北京十六景"之一。其西接居庸关长城，东连古北口，开放的2250米长城段，特点是长城两边均有垛口，特别是正关台三座敌楼并矗，著名的长城景观箭扣、牛角边、鹰飞倒仰等位于慕田峪长城西端，是万里长城的精华所在。位于险峰断崖之上的箭扣长城，是怀柔长城段的又一奇观——整段长城蜿蜒呈"W"状，形如满弓扣箭。箭扣长城是明代万里长城最著名的险段之一，是近年来各种长城画册中上镜率最高的一段长城。

位于密云的古北口长城，是中国长城史上最完整的长城体系，由北齐长城和明长城共同组成，包括卧虎山、蟠龙山、金山岭和司马台4个城段。古北口是山海关、居庸关两关之间的长城要塞，为辽东平原和内蒙古通往中原地区的咽喉，历来是兵家必争之地，尤其是在辽、金、元、明、清五朝，争夺古北口的战役几乎从未停止过。独具"险、密、奇、巧、全"五大特点的司马台长城，位于密云区东北部的古北口镇境内，东起望京楼，西至后川口，全长5400米，敌楼35座，整段长城构思精巧，设计奇特，结构新颖，造型各异，堪称万里长城的精华。

位于入海处的山海关长城，由关城、东罗城、西罗城、南翼城、北翼城、威远城和宁海城七大城堡构成，四周有长4769米、高11.6米、厚10余米的城墙，墙体高大坚实，气势宏伟。在东、西、南、北建有4个城门，城东南隅、东北隅建有角楼，城中间建有雄伟的钟鼓楼。整个卫城建筑规模宏伟，防御工程坚固。山海关是明代创建"卫所兵制"的产物，明代的"屯田制"和改革政策又对山海关的巩固和发展起到了重要作用。现属山海关境内的长城全长26千米，主要包括老龙头长城、南翼长城、关城长城、北翼长城、角山长城、三道关长城及九门口长城等地段。老龙头长城是长城入海的端头部分，有"中华之魂"的盛誉。

"风吹沙漠千山远，雪舞祁连六月寒；登上墙台论楚汉，长城嘉峪见雄关。"肖草的诗《长城》，形象地描写了明长城西端起点嘉峪关横穿戈壁、大漠孤城的绝美苍凉之景。建于明洪武五年（1372年）的嘉峪关，是目前保存最完整的一座城关，是河西第一隘口，也是丝绸之路上的重要一站。黄土夯筑、外包城砖的城关，由内城、外城和城壕组成，坚固而雄伟。

长城城墙，多利用地形之势，如居庸关、八达岭等，都是沿着山岭的脊背修筑，有的地段从城墙外侧看去非常险峻，内侧则甚是平缓，有"易守难攻"的效果。在辽宁境内，明代辽东镇的长城有一种叫山险墙、劈山墙的，就是利用悬崖陡壁，稍微把崖壁劈削一下就成为长城了。还有一些地方完全利用了危崖绝壁、江河湖泊作为天然屏障，真可谓鬼斧神工。

宏阔见文明

长城像一座桥，用几千年凝聚的精神之美，架起与代代中华儿女心灵相通的桥梁，不断传递出超越物象的允执厥中之道、生生不息之美、金戈铁马之韵。

煌煌宇宙之美。和谐与秩序是宇宙之美的永恒主题。老子云"多言数穷，不如守中"，就道出了天地无言、四时自行、百物自生，宇宙以守中为天下正的天地之道；儒家的"执中""中庸"思想，也是宇宙在无尽运行中"中不偏、庸不易"的恒定之美。长城自诞生以来，就在不偏不倚中维系着中华民族的国运文脉，在历久弥新中与天地同和、与宇宙同美。

在古代多民族的迁徙、征战、融合中，长城傲视苍穹、俯察大地，从山海关到居庸关到玉门关到娘子关到雁门关到平型关到镇远关到锦州城到嘉峪关、从燕山到阴山到太行山到贺兰山到祁连山到天山、从华北到中原到西北东北到漠北……"三里之城，七里之郭"（《孟子》），"内之为城，外之为郭"（《管子》），挖掘沟壕、夯筑城墙，从几百米、几千米到几万米。长城，在中华民族的历史长河里，在广袤的大地上，从春秋战国到强秦，从汉到魏晋南北朝到隋辽金明大规模修筑长城，一代代帝王莫不在晓宇宙之大美、彻天地之中庸中，暗合天意而分分合合，开疆固土，不断开创出"执中"的和谐盛世，传承宇宙天地的自然之美。

生命情调之美。绚烂之美的生命，在长城传承中如花绽放、似云幻化，花开花谢、云卷云舒，或凄美哀婉，或悲壮雄浑，或惊天动地，至今让人难忘。

为情幻化，国破梦碎。为博美人一笑，以长城要塞为儿戏，断送西周国运的周幽王，至今都是人们茶余饭后的笑料。史载，昏庸的周幽王见了褒姒，惊为天人，十分宠幸她，为博褒姒一笑采纳佞臣的烽火戏诸侯之建议。褒姒见千军万马召之即来，挥之即去，觉得十分好玩，禁不住嫣然一笑。至此，他埋下祸根。公元前771年，申侯联合缯侯及西北夷族犬戎进攻镐京，幽王功败垂成，命丧黄泉，强大的西周也宣告梦碎。

历史总有惊人的相似之处。3000多年后，在素有"天下第一关"和"边郡之咽喉，京师之保障"之称的明长城山海关，已降大顺的原明辽东总兵、平西伯吴三桂，因爱妾陈圆圆被大顺将领刘宗敏抢占，"冲冠一怒为红颜"降清。山海关随之为清兵洞开，大顺溃败。

棒打鸳鸯，香消玉殒。相传秦始皇建长城时，劳役繁重，青年范喜良在与女子孟姜女新婚后的第三天就被征为劳役，修筑长城。不久，范喜良因饥寒劳累而死，尸骨埋于长城墙下。思夫心切的孟姜女历尽千辛万苦来到长城，得到的却是丈夫死亡的噩耗。接受不了夫丧的噩耗，如五雷轰顶的孟姜女在长城上哭了三天三夜。孟姜女的行为感动了上天，长城忽然坍塌，露出了范喜良的尸骸，孟姜女将其安葬后也在绝望中投海自尽，留下悲歌。

大爱无疆，彪炳千秋。竟宁元年（前33年），被汉宣帝安置在长城外光禄塞下的南匈奴首领呼韩邪来长安朝见天子,以尽藩臣之礼,并自请为婿,汉元帝遂将宫女王昭君赐给呼韩邪。王昭君为了国泰民安,出长城,远嫁匈奴,不但把中原的文化传给匈奴,还力劝呼韩邪单于不要发动战争。从此,边塞的烽烟熄灭了50年,出现了"边城晏闭,牛马布野,三世无犬吠之警,黎庶忘干戈之役"的升平景象。

金戈铁马之梦。长城,演绎出不胜枚举的英雄壮举和成败之歌,至今让人魂牵梦萦。"夜阑卧听风吹雨,铁马冰河入梦来",用宋代陆游这两句诗来回望历史,感悟叱咤风云的英雄故事,可谓恰如其分。

寒士逆袭成将相。长城演绎出诸多寒士展示才华、成就梦想的英雄故事。成为"春秋第一名相"的管仲,年少丧父,老母在堂,生活贫苦,不得不过早地挑起家庭重担,后几经曲折成为齐国上卿(即丞相)。一朝为相,管子便展露出惊人才华,辅佐齐桓公九合诸侯,一匡天下,成就齐桓公雄踞五霸之首的霸业。据记载,管子曾与齐桓公交谈道:"阴雍长城之地……长城之阳,鲁也;长城之阴,齐也。"之后,桓公于桓公四年(前682年)开始在齐、鲁分界线修筑西段长城,前后历时100年,至鲁襄公十八年(前555年)完成。修筑齐长城,有力地拱卫了齐的疆界。《战国策》云:"昔者,齐南破荆,中破宋,西服秦,北破燕,中使韩、魏之君,地广而兵强,战胜攻取,诏令天下,济清河浊,足以为限,长城巨防,足以为塞。"由"骑奴"逆袭为西汉大将军,卫青是又一成功典范。《史记》载,"青壮,为侯家骑"。元光六年(前129年),汉武帝任命卫青为车骑将军,迎击来犯的匈奴。从此,卫青开始了他的戎马生涯。卫青英勇善战,直捣龙城(匈奴祭扫天地祖先的地方),斩首700人,取得了胜利。汉武帝看到另外三路中两路失败，一路无功而返，只有卫青凯旋，非常赏识他，加封其为关内侯。从初露头角到去世，卫青数次出征，常常大获全胜，后被封为大司马，取代太尉之职，并受封长平侯，贵为一人之下万人之上的重臣。以私生子身份降世、英年早逝的大将军霍去病，24年的人生同样精彩且传奇。

元朔六年（前123年），17岁的霍去病被汉武帝任命为骠姚校尉，随卫青击匈奴于漠南，勇冠全军，斩获相国、当户官员等敌人2000多人，并俘虏了单于的叔父罗姑比。元狩二年（前121年）秋，已被汉武帝任命为骠骑将军的霍去病，奉命迎接率众降汉的匈奴浑邪王，在部分降众变乱的紧急关头，率部驰入匈奴军中，斩杀变乱者，稳定了局势，浑邪王率4万余众归汉。从此，汉朝控制了河西地区，为打通西域道路奠定了基础。

功过成败千秋叹。历数长城卫边的故事，西汉名将飞将军李广的悲剧至今让人叹之。"秦时明月汉时关，万里长征人未还。但使龙城飞将在，不教胡马度阴山。"唐代王昌龄的诗，表达出对西汉飞将军李广这位英雄人物的敬仰，也反映了他对当时边疆形势的忧虑及对边防安全的关注。然而，让人扼腕叹息的是，戎马一生、在卫边中与匈奴进行过70多次战斗的"飞将"李广终生未封侯。在元狩四年（前119年）的出征中，因卫青紧急把他调走而兵败，他为开脱部下而责己，遂引刀自刎，成为千古悲歌。与之形成鲜明对比的是深受汉武帝宠信的贰师将军李广利，虽屡战屡败，却因是武帝宠妃李夫人的哥哥而平步青云，加官晋爵。讽刺的是，志大才疏的李广利在征和三年（前90年）出征匈奴时，因惊闻朝廷的巫蛊事件而恐惧万分，兵败后立刻下马投降，后在匈奴被杀。

第七章 天坛秋思

"遂古之初，谁传道之？上下未形，何由考之？冥昭瞢暗，谁能极之？"这是战国时期士大夫屈原创作的长诗《天问》的开篇。远古初始的情况，是谁传下来的？天地未形成之前的事，如何才能探究清楚？天地蒙昧一片，谁能将其考察明白？

我是谁？我从哪里来？要到哪里去？这是现代人一直追问的问题。

古今之问，都体现了人类不间断探寻宇宙规律的信心、恒心、决心。只不过，古人探寻出皇权与天命的关联性，历代王朝继承了这一传统，今人是在科学技术指引下破解一个又一个历史之谜。不管怎样，这种探寻是永无止境的，是让人乐此不疲的。

而今，当你站在北京天坛公园的圜丘——明清皇帝们祭天的坛上，你会莫名为脚下的这片土地所感染、所折服。是呀，高深莫测的"天道"，难道皇帝们在此就能感应到上天的旨意，知道大家追寻的一连串问题的答案？

今天，不管你怎样看待明清皇帝们的举止，那时的人们对皇帝的举措深信不疑。随着时代变迁，祭天仪式中的皇权色彩逐渐淡化了。

祭天，作为中华民族俯仰天地、洞察万物的一种最高级别的礼仪活动，是帝王们加强统治的重要手段，也是祈祷风调雨顺、五谷丰登的内心表达方式。依据周朝礼制，祭天权力仅归属于皇帝。《礼记》强调"唯天子祭天地"。在人们认知世界的科学方式还很有限的情况下，这是凝聚人心的完美创造，也是封建帝王们心存敬畏的一种映像，更是中国"天人合一"哲学思想的生动演绎。

当你步入这个世界上现存规模最大、最完整的中国古代祭天建筑群，你会不由而然地思接千古，行走在祭天文化的历史长河中，领略其在当下承载的敬畏自然、慎终追远的文化精神。

心有敬畏

天地混沌，万物未开。盘古化为山川大地、日月星辰，女娲捏泥成人，由此，人类"一气化成"。

随之，区别于动物的人类，在思想、情感的支配下，有了高低贵贱之分、喜怒哀乐之情。

物竞天择，适者生存。在今年风调雨顺、明年可能多灾多难、后年可能灾与丰并重的情况下，"靠天"吃饭的古人，开始期望高深莫测的"天"能够"遂人愿"。随后在丰富的物质生活中，人类的欲望之舟也开始启航，开始探究其人生和命运，开始追问前方的路应该怎么走，才能够"顺天意""得人心"，从而达到事事如意。

在探索中，人类疑惑：是否"人外有人""天外有天"？是否有什么"神灵"主宰着人类的世界。由此，在混沌和迷茫中，人类开始探寻天道和天理，开始与"天通"、与"神灵融"，并展开对神奇的大自然的"探秘"活动。

这时，解决人类困惑的宗教开始走上历史舞台。这，也把人类逐步推向了高级动物的顶端，使之成为宇宙的神圣主宰。

在这一发展历程中，中华民族的"天理人心"和"天道"即"人道"的"天人合一"思想也开始萌芽。

不管人类社会如何形成和发展，东西方文明有一个共识，即任何文明的起源、成长、定型，都与其本土的地域特殊性息息相关，都有其共性和差异性。然而，能够经久不衰、熠熠生辉的，定是反映了人类社会最根本的属性——人类崇尚善、播种美好和福祉。

所以，中华民族的文明就是这样，一开始就抓住了人类的期盼——做一个心存敬畏、善良淳朴的人。就这样，中国人的信仰开始萌芽。中国人的情感认同、心灵沟通、对未知的认识的统一，开始萌芽。

这时，远古人类不知道自然界的法则。他们不知道动物与植物的区别，人与动物、植物的区别，以为万事万物都有一个像人一样的东西在暗中主持着。所以，人类才有了思想和灵魂。这些思想，其实都是被"神灵"一样的东西主宰着。为此，虚无缥缈的灵界在远古人类的思想中诞生了。有些人认为，"人间的事，都可以去'灵界'找到答案"。类推之，山川有神，老树、蛇、狐狸、怪石等有灵。

因此，在中华民族的社会发展、国家形成中，从游猎—氏族—部落—部族联盟中，每个氏族和部落都有一个"神灵"在主导和保佑着，而且有了"神不歆非类"之说。只有按照"神灵"的旨意去做，才能行"天道"、合"天理"，才能风调雨顺、事事如意。

而且，古人把神分为几大类，使神有了等级尊卑之分。据《周官》载，神有四类，即：最高等级的天神，是日月、星辰、风雨，主宰着一切；地祇，是山岳河海，主宰着一地一域；人鬼，是自己的祖先，主宰着家族。以上三类神，都是"善行天下"的神灵，引导人类一心向善。最后一类是物魅，善恶不定。

人类进一步想象，昊天为天帝，主宰万事万物。与此同时，还有五帝主宰着四时的育化，即：东方青帝，主春生；南方赤帝，主夏长；西方白帝，主秋成；北方黑帝，主冬藏；中央黄帝，主枢纽，兼四时育化。

在完备的哲学想象之下，与现实社会接轨的"上天"崇拜诞生。

受命于天

君权神授。史载，契、后稷，皆为"天帝"昊天之子。传说，商朝始祖契的母亲简狄，一次到河里去洗澡，有一只玄鸟掉下一个卵，简狄取来吞下便怀孕了，随后生下了契。周的始祖是后稷的母亲姜嫄。她在一次外出中，看见一个大脚印。姜嫄的一只脚还不如其一个脚趾大，好奇的姜嫄就踩了上去，瞬间就感受到了异样，随即就怀孕了。尔后来，她就生下了后稷。因契、后稷都是天帝的儿子，所以，其子孙也都是受天命而为的"天子"。这样，人们从对宇宙的崇拜中走入了现实——对"天子"的崇拜。

"天子"，就是古代统领天下的皇帝。

作为群居动物的人类，从山顶的洞中走出，走到水源丰沛的湖泊，再走到山水相依的平原……文明越来越进步了。与此同时，人类生存面临的各种困难和挑战也层出不穷。人们认识到，一个人的力量十分有限，必须集零为整，必须把十个手指握成一个拳头，才能战胜不断出现的各种困难和挑战。

此时，"天无二日""民无二主"的神灵崇拜，开始成为人们的话题，大家呼唤"共神"和"共主"的出现，呼唤社会统治从有血缘关系向无血缘关系转变。这时，"大禹治水"的神话故事应运而生。

大禹，名文命，其父鲧，是黄帝的后代。尧在世时，中原洪水泛滥，人民流离失所。尧决心消灭水患，大臣和各部落首领都推举鲧。鲧治水数年，大水没有消退。后来，舜操理朝政，革去了鲧的职务并将其流放到羽山。此时，大臣们又都推荐禹，认为其德行比父亲鲧强。舜采纳了大家的建议。当时，大禹刚刚结婚四天，就洒泪和妻子涂山氏告别，踏上了征程。

禹带领着伯益、后稷等一批助手，跋山涉水，风餐露宿，走遍了当时中原大地的山山水水，三过家门而不入。经过13年的治理，咆哮的洪水驯服地向东流去，昔日被水淹没的山陵露出了真容，农田变成了粮仓，人民又筑室而居，过上了幸福富足的生活。后代人们感念大禹的功绩，为他修庙筑殿，尊他为"禹神"，故古人又把中国称为"禹域"，也就是说，这里是大禹曾经治理过的地方。

大禹治水时划定的"九州"，即冀州、青州、豫州、扬州、徐州、梁州、雍州、兖州、荆州，便统称为夏。约公元前2070年，大禹之子启，建立夏朝，之后，九州稳定，四海升平，赋税既定，万国遵从，百姓有9年的储备，国家有30年的积蓄，朝廷和百姓都日益富庶。

此时，"神不歆非类，民不祀非族"的信仰崇拜，不断把各民族人民凝聚在一起。由此，国家产生了。

夏朝的建立，使统治由部落向部落联盟迈出了一大步。人们心中的"神灵"崇拜，从众多部落首领的"众多天子"，向大家共同膜拜的"天子夏帝"演进。这是大家借用"天帝"之名的假说，这也是规范社会秩序的顺势而为。

《礼记》云："天子有田以处其子孙，诸侯有国以处其子孙。"这意味着，人们心目中崇拜的"天子"，其子子孙孙都是"天子"的后代。"普天之下，莫非王土；率土之滨，莫非王臣"，人们始终是"天子"及其后代们的子民，必须对"天子"及其子孙顶礼膜拜，忠"天"不二。这就是孔子的"君君臣臣父父子子"思想及其思想下的社会生活秩序，也是几千年来中华民族封建王朝做人的"天条"，更是封建时期人们做人的不二法则、永恒定律。

因而，天子祭天地、天子的子孙——诸侯祭社稷的规制逐渐形成。

这样，身为大地主宰和"首领"的"天子"，不但代表着"率土之滨"的"王臣"的"最高统治者"，而且一言一行都代表着"天帝"的"旨意"。

在信仰崇拜之下，中国顺理成章地形成了"家天下"的分封统治格局。因而，从部族到分封，历史从上古发展到了夏商周。

随着时间的演进，当时中国分封了若干区域，每个区域各自有王。这样，直到秦始皇灭六国，一举摧毁了三皇五帝、夏商周以来的分封制，一个中央集权的大一统封建专制体制才登上中国的历史舞台。这是"君权神授"的延续，只是把分封的部落联盟彻底打破，变成了郡县制，把"天子"的权力推向了巅峰。

一晃，就是2000多年。

1911年10月10日，"辛亥革命"的一声枪响，震碎了"君权神授""天子""皇帝"的面具。1918年1月1日，"天坛"正式告别皇家"神坛"，成为大众的观赏地、游览地。

随之，新文化运动拉开了民主和科学的历史大幕。紧接着，

"十月革命"给中国送来了马克思主义,使辩证唯物主义、历史唯物主义成为中国社会发展的指导思想。

时代在进步和发展,我们彻底与封建的"天子"文化告别。

皇天后土

回过头来看,几千年的"天子"文化为何会盛行于中华大地呢?究其原因,大概与中华民族的发展轨迹有关。

秦灭六国,初设36郡,在破除与荫亲相关的分封制的基础上,使社会管理前进了一大步。然而,三皇五帝以来形成的"神权"崇拜,早已深入人心。人们内心没有想过要与先祖们假设的"神灵""天帝"告别,在老百姓的思想中,仍旧存活的是"君权神授"的"天子"。

在"率土之滨,莫非王臣"的中华大地上,百姓认为,自己的饮食起居都是"天帝"所赐。皇天后土,是古人对天地的尊称,他们认为天地是宇宙的主宰。因而,在这样的思想引领下,习惯了靠天吃饭的老百姓,其人生的寄托,就是盼望能够遇到一个好的"上天之子"、好的"皇帝"。

时日越久,这样的文化越深。不论老百姓,还是荣登大宝的一个又一个的"天子",日渐明白只有"敬天法祖,慎终追远",才能风调雨顺、五谷丰登。所以,大多数的"天子"都要把祭天、顺应天意作为执政的第一准则,老百姓更是"应天道"而为。

"天人合一"哲学，是对古代"神权"思想的反思、挑战，是人们"究天理"的认识飞跃的产物。

"天人感应"成为"天子"们治国理政的重要参考。"祭天"，即祈求老天爷给予眷顾、关爱，让黎民百姓过上好日子，成为上下的共识。

为顺应"天命"，从"三皇五帝"时代就有了祭天活动。"祭天"，是国家的头等大事，历代帝王都不敢懈怠。每年都要在特定的日子，率领群臣虔诚焚香，祷告国泰民安。《礼记》云："夫礼，必本于天，殽于地，列于鬼神。"《周礼》载，周代最高神职"大宗伯"就"掌建邦之天神、人鬼、地祇之礼"。《荀子》载："上事天，下事地，尊先祖而隆君师，是礼之三本也。"

据《尚书》记载，帝尧时期"乃命羲和，钦若昊天，历象日月星辰，敬授民时"。从考古资料看，已发现的新石器时代的祭祀遗址有30多处。

"祭天"也成为试图成为真命天子者证明自己政权合法性的手段之一。

当年，商纣继位，宠爱妲己，"唯妇言是用"，依赖"险邪小人"，对元老重臣、正人君子等实施监禁、杀戮。公元前12世纪，周文王即王位，便以族群为中心，期望形成反抗商朝统治的新势力。

故而，周文王灭掉商的忠实诸侯国密须国之后，为了探寻"天意"，摸清商朝对自己征伐密须国的态度，并试图看清天下诸侯国的人心向背，在回西岐的路上，修筑灵台，举行祭天仪式。

祭天前，文王率领执事的巫师，用龟卜的形式选定了祭天日期。然后派使者通知商朝的各诸侯国和自己的百官说："殷纣王无道，我要革商朝的命了，要像天子登位那样，在灵台祭天，邀请你们前来参加祭天活动。"紧接着，他用缴获的"密须之鼓"召集百姓修建祭祀的灵台。

各国诸侯接到通知，都按时赶来了。还将商朝天子封赐的、平时供奉在自己祖庙的镇国之宝——商封自己封国的玉圭，献给文王，表示臣服和祝贺。这表示把自己的封国交给了文王，表示绝对服从周文王的领导。

"祭天"也是帝王们得到天下后，向"天帝"表达感谢，向世人宣告自己从此贵为"天子"的重要仪式。如公元前221年，秦始皇横扫六国、一统天下后，便向上天祷告，宣示自己成为"皇帝"了。同时，也是祈求天帝保佑秦朝统一大业千秋万代。明太祖朱元璋，在元末的战乱中审时度势，荡平了群雄，建立了大明王朝。他相信，自己能取得这样的丰功伟绩一定有上天的眷顾和护佑，因此，他每年都要举行隆重的祭天大典，以表达对上天的感激之情。

在"祭天"仪式中，更多的是表达对皇天后土的感恩，感谢和期盼"天帝"进一步眷顾苍生，保佑风调雨顺。如，唐代是繁华强盛的封建王朝，唐太宗的"贞观之治"、高宗前期的"永徽之治"、玄宗的"开元盛世"至今仍然为世人传颂。唐玄宗遵循国家礼制，重视对五岳、五镇、四海、四渎的祭祀。

据载，唐开元十四年（726年），因久旱不雨、禾苗干枯、田地龟裂，唐玄宗委派太常寺卿张九龄祭南岳与南海，祈求南海神庇佑以降雨缓解旱情。张九龄到南海神庙后，举行了历朝以来最隆重的求雨仪式并大获成功——天降甘霖。

祭天仪式中，最隆重的莫过于封禅。五岳之中，泰山最高，封禅一般在泰山举行。王朝统治者认为，只有在此祭天，才称得上受命于天。封禅，就是举行"君权神授"的仪式。所以，在盛世或有祥瑞出现的特别之年才会举行。而且，通常只有做出较大政绩的君主才有资格举行。

唐宋时期，作为皇帝专享的祭天仪式，后来也为其他民族的君王所接受和仿效。清朝时，皇族扩大了祭天的范围，逢大的政治事件也要去天坛祭天，如皇帝登基、册立太子、册立皇后、皇帝出征等。

天圆地方

博大精深的中华文化，把源于天地和谐共生的信仰理念用祭祀的形式进行表达，这是中国人独特的宇宙观、世界观、人生观、价值观的体现。与此同时，人们通过祭祀表达对祖先的崇奉，并把春节、端午节、清明节、重阳节等节日融入祭祀，以便时时事事感悟人神沟通、上下交感的灵魂碰撞，实现人、神、天、地的和谐共生、美美与共。因而，祭祀活动一般庄重肃穆，一丝不苟，众人向神灵或祖先行礼，表示崇敬并祈求保佑。

"苍苍者天，抟抟者地"，祭天地是"天子"的专利。"郊之祭也，迎长日之至也"，这是《礼记》中记载的祭天活动。所以，"祭天"又称"郊天"。

万物皆有神。老百姓最关心的是"祭社"，即祭土神、谷神。这也是《礼记》规制中"天子祭天，诸侯祭社稷"的扩展。

至今，很多地方的民间"社火"等活动，就是祭祀仪式的延续。

古人对祭祀场所多有讲究，如"至敬不坛，扫地而祭"。古人认为，越是重要的祭祀，祭祀场所越应质朴。所以，平地是最原始、最简单的祭祀场所。一切祭祀，都可以在平地上举行。平地上筑起的坟墓，是最原始、最朴素的祭祀地。到坟墓祭祀，离祖先最近，祖先也听得最清楚。

祭祀中最重要的活动——祭天，早期没有固定的场所，多在高山上、大树下，或水边、平坦的场地上举行。随着祭祀的规范化，逐渐出现了固定的场所，人们修建了神庙或祭坛。祭坛，又称"圜丘"；祭地用方坛，古称"方丘"。坛，《礼记·祭法》注："封土为坛"，用土石堆砌成一个高出地面的祭坛。"祭日于坛，祭月于坎。"坛与坎，是相对的，坛高起为阳，坎下陷为阴。平坑，就是在地上挖一个大平坑作祭坛，古人称"坎"。

宫庙，是在坛或埠的基础上再筑墙盖屋，即成为宫；宫中陈列祭祀对象后，就成为庙。宫庙最初只是为人神而建造，后来许多神灵也有了庙，如土地庙、龙王庙、城隍庙……

人类社会的发展总是立足于前人的发展成果之上。作为重中之重的祭天文化，亦然。尤其是祭祀场地的变迁，其规格和建筑风格，通常是当时的最高水平，给人以庄严、神圣不可冒犯之感。

黄帝开启了"明堂"作为祭祀场所的先河。后来，夏商周把其纳入礼仪规范。据载，公元前11世纪，周武王在国都丰京和镐京（今陕西省西安市）都建有供祭天礼仪活动用的"明堂"。到了秦汉唐宋，神庙或祭坛普及。到了明清时期，祭祀场所更加规范和讲究。于是，一座宏伟而神圣的祭天建筑——天坛诞生了。

据载，明永乐十八年（1420年），明成祖朱棣按照南京天地坛的规制建成了北京天地坛，并迁都北京。

"营国，左祖右社，明堂在国之阳"，这是《周礼》的记载，即凡祭天都选在都城的南方。自晋司马睿在都城建康"立南郊于巳地"后，丘郊之坛大都立于都城的东南方。因而，天坛的位置在紫禁城的东南方。

《周易》认为，宇宙间有"天、地、人"三才，天在上，地在下，人在中间。乾卦是天的代表，坤卦是地的代表。所以，在平面上，天在南，地在北，人在南北之间。故而，天坛整体布局是北圆南方，象征天圆地方。其主要建筑耸立于大地，呈圆形，象征着天圆地方。

"天圆地方"是古人的朴素宇宙观在建筑美学上的反映。因而，天坛建筑处处展示着中国传统文化特有的韵味和寓意。主要建筑圜丘、祈年殿、皇穹宇，都采用圆形平面。而祈年殿、圜丘的砖砌外墙则为方形，天坛内外两重坛垣也是北圆南方。其技术构造，都因建筑外形的特点和"天"的含义而采用奇数、年数等与之相关的数字。主体建筑屋面覆以蓝色琉璃瓦，象征青天……

步入天坛，驻足于伟岸雄奇的代表"天圆地方"的建筑，在"真境逼而神境生"中，"天地入胸臆，呼嗟生风雷"，古人在祭礼中达到"物象由我裁"的神圣效果是可以想见的。

据载，自明永乐十八年（1420年）"开坛"后，到1911年的500年间，先后有明、清22位皇帝御驾亲临天坛，参加一年一度的祭天、祈谷礼仪活动。

1998年，见证了"天子"祭天、见证了丰年和灾荒、见证了明清政权更迭的天坛，承载着中华优秀传统文化的诸多密码，被列入《世界遗产名录》，恒久闪耀于世界文化遗产之林，成为人们永远膜拜的建筑。

天地浩大，无边无际。《易经》云："无往不复，天地际也。"自然界法则的运转与人事之推移，莫不如此。"祭天"，就是人们探究与"天通"，达到"人神互通"的表达方式。

因而，占地面积273公顷的天坛，用一道"天地墙"一分为二，有了外坛、内坛，主要建筑集中在内坛中轴线上，其北端有了祈谷坛、南端有了圜丘的这一"流动的音乐"——天坛，便用人间的方式与"天通"了。

无往不复

天坛就是对"无往不复"理念的巧妙表达。它用一组建筑，完美展现中华优秀传统文化的哲学、美学、历史学等诸多含义。与此同时，更表达出帝王们以天地为经纬，游走于天地间，懂得感恩和惜恩的宇宙情怀。

几千年的祭祀文化走到了大明。据载，出身寒微的朱元璋，从小靠为地主放牛度日。成年后，他出家为僧，穿百衲衣，吃百家饭，居无定所。25岁时，他参加了红巾军的反元起义，找到了人生的方向。10多年后，年仅40岁的朱元璋成为明朝的开国皇帝。

朱元璋认为自己能从地位卑微的草民一跃而成"龙体附身"、天下敬仰的"天子"，是老天爷的特殊眷顾和累世恩情。因此，朱元璋继承了老祖宗祭祀的传统，把一介草民对上天"无往不复"的厚恩用祭祀的形式表达出来。同时也宣示自己从此贵为"天子",并期盼上苍能世世代代眷顾朱姓的"大明",以保江山永固。所以,1368年,朱元璋一登上皇位、定都南京,就在南京城外钟山之南大兴土木,建圜丘以祭天。

前事不忘,后事之师。1398年,明太祖朱元璋驾崩。次年,在姚广孝的策划下,燕王朱棣发动了"靖难之役",起兵攻打侄子建文帝。3年后(1402年),朱棣成功上位,在南京登基,是为明成祖,年号为永乐。

从侄儿建文帝手中抢走了"大明江山",把其父朱元璋的基因继承得淋漓尽致的朱棣,也笃信"天命"——一定要把恩情都寄托于"天帝",感谢老天爷的特殊眷顾。所以,在左膀右臂、精通儒释道三教的姚广孝的策划下,1406年至1421年,成祖用18年时间在北京建成了紫禁城。1421年,明成祖迁都北京。

君权神授暗合"天道""天理"。天坛,既传承了老祖宗祭天的传统,又彰显了皇帝是天之骄子的正统地位,并树威于天下,行"九五之尊"的"皇权"。

在朱棣的号令下,大批能工巧匠涌入北平,彻夜不停地投入营造。用工14年,天地坛与紫禁城同时建成。

随着时间的推移,天地坛越发成为大明帝王们宣示正统的场所。因而,天地坛也越发完美和独立于世,注定要成为举世绝品。

1521年,明朝迎来了第十一位皇帝——嘉靖帝朱厚熜。此时,天地坛也迎来了一次大规模改建。嘉靖帝与永乐帝的继位方式虽然有区别,但他们有一个共同之处——都不是正统的继承人。因而,嘉靖帝担心自己的血统不能稳固皇权,于是选择了与永乐帝一样的办法——以祭天来巩固皇位。

从祭天着手,必然要总结前人的优劣以进行优化和提升。首先进行的，就是祭祀场地的改造，而且充分运用了先贤的哲理。于是，有位颇懂《周易》的大臣夏言，陈言古人在圜丘礼天，在方丘祀地，嘉靖采纳了夏言的建议，令建圜丘。

明嘉靖九年（1530年），圜丘坛建成，至此，天地正式分家，合祀改为分祀。次年春，嘉靖在大祀殿举行祈谷大典，此为明朝祈谷礼之肇始，并下旨"南郊之东坛名天坛"。至此，天坛之名落定，沿用至今。嘉靖十九年（1540年），拆除大祀殿，在其原址之上建造大享殿，用于举行秋飨礼。大祀殿与大享殿，便是今日的祈年殿的前身。在位45年，嘉靖帝对天坛坛制和祀典进行了一系列改革，使其区域迅速增扩至273公顷。如今，南北两坛并立的格局就是在那个时期初见雏形的。

到清乾隆、光绪帝重修、改建后，天坛形成了现在公园的格局。

建筑是凝固的音乐。音乐在时间上展开变化，而建筑在空间上流动。因而，音乐"舞"出的天地之心，是最高的韵律、节奏、秩序。音乐不仅仅是艺术的表现状态，而且能够将天地创化的过程凝固为建筑。

所以，天地大美，严谨如建筑的秩序，流动而为音乐，尤能启示宇宙的谐和与节奏，使宇宙深不可测的玄冥境界通过建筑具象于人间。

抟虚成实

"使在远者近，抟虚成实，则心自旁灵，形自当位"，这是与顾炎武、黄宗羲合称"明末清初三大思想家"的王夫之评价唐王维书画之妙时所说的话。

抟虚成实，正是"流动的音乐"——天坛建筑美学之大境界、大造化、大虚空。

抟虚成实，虚实灵动，把人对天帝的感念上升到用一座坛来表达，固定于大地的某方位、某地域、某个具体的建筑上，这是中国人的高超智慧表达。而且，这样的美，历经了几千年的传承，越发臻于艺境，使心灵净化于天地间，又使心灵深化于宇宙里，能够使人在超脱的胸襟里体味到宇宙深境。

虚，意指天坛的整个空间；实，是指天坛内外坛的建筑组合。在紫禁城的东南方位，天坛在一虚一实中，把生命流动的节奏在空间里流动出来，达到了老子的"有无相生""虚而不屈，动而愈出"的灵动境界。

艺术的境界，有其深度、高度、广度。总占地面积273公顷，分为内坛和外坛的天坛，正是把握了个中诀窍，使其高、大、深俱不可及。

其深，如东边在内墙东门外，有72间走廊，是祈年殿的附属建筑。其为连檐通脊式的一面暖房，北面砌砖，南面安设大窗门，俗称"七十二连房"，与祈年殿36根柱子相对应，象征七十二地煞。沿着天坛的中轴线由南向北一路行进，先低后高，首先是圜丘，之后是皇穹宇，紧接着过丹陛桥，到达祈年殿，最后是皇乾殿。越往北走，地势越高。

遥想当年，皇帝在最低的南端的圜丘坛祭天，之后，向皇穹宇迈进，在供奉着日月、神明、风雨雷电诸神的牌位前祈祷，再沿着逐步升高的地势踏上丹陛桥，过丹陛桥后，慢慢走向越来越高的祈年殿。此时，一种"步步登天"之感油然而生。最后到达皇乾殿，向殿内的太祖、太宗们祈祷。

这种慢慢升高，让人一步一步向"云海"迈进的设计，充分营造出从天帝到列祖列宗，逐步在"天人感应"中护佑子孙万代风调雨顺、五谷丰登的"神坛"气势。可以说，一座天坛、四大建筑，尽把天地人的气场、磁场、信息场等巧妙连贯，能让人在"天人感应"中达到"天人合一"之境界，妙不可言。

耸入云天的祈年殿又名祈谷殿，是明清皇帝孟春祈天、祈谷的场所，也是天坛的主体建筑，更是中国古代木结构建筑的经典之作。3层大殿，坐落在3层汉白玉平台之上，4根巨大的龙井柱象征一年中的春、夏、秋、冬4个季节；12根金柱，象征一年中的12个月；外围的12根檐柱象征着一天中的12个时辰；檐柱、金柱合计24根，象征着二十四节气；24根柱子再加上4根龙井柱，合计28根，象征着周天二十八星宿；28根柱，加上8根童柱，合计36根，又象征着三十六天罡。眺望，金色鎏金宝顶，施蓝琉璃瓦，至高无上；龙飞凤翔，蓝绿相间，与蓝天白云相映生辉，美轮美奂，无比神圣、庄严、雄伟。

占地面积最大的皇穹宇是供奉圜丘坛祭祀大典所供神位的场所。其绝妙之处在于，墙身是著名的回音壁。当人们站在东、西配殿靠近墙壁处讲话，虽然双方相距很远，但是可以清楚地听见对方的声音。

更为具象的圜丘坛，按中国古代哲学"太极生两仪"的理念，顶部中心凸起圆石，称为天心石，又称"太极石"。天生万物，作为与天的中心相对应的"天心石"，可以把"天子"的祈文直达九重天界。与此同时，占地面积44.66公顷的圜丘坛，完全按《周易》的规范，顶层坛面直径九丈，从盘面中心的圆石外围满嵌着九圈扇形石，并以九的倍数发散而下，圆形石台分作三层，以艾叶青石铺设而成。古代对数字九有近乎神明的崇拜，皇家用九不仅有着长长久久之意，更有着"九五之尊"的寓意。

专门供奉"皇天上帝"和皇帝列祖列宗神位的皇乾殿，是举行祭天仪式所必备的场所，是一座庑殿式大殿，覆盖着蓝色的琉璃瓦。还有东门外的神库、神厨、宰牲亭及长廊，以及西坛门内占地约4公顷，有钟鼓楼、无梁殿、寝殿等的斋宫，绿色琉璃瓦显示出"上天之子"所居的恢宏气势。

外坛广植树木，郁郁葱葱的翠柏让天坛始终生机盎然，给人以万物生长、生生不息的宇宙宏阔之感。

信可乐也

"仰观宇宙之大，俯察品类之盛，所以游目骋怀，足以极视听之娱，信可乐也"，是王羲之在《兰亭集序》中的佳句。仰首观览到宇宙的浩大，俯察大地上的万物，用来舒展眼力，开阔胸怀，足以尽享耳闻目及的无穷乐趣，实在很快乐。

相信皇帝们在祭天时，一定会全心全意地向上天祷告，从而"舒展眼力，开阔胸怀"，达到"心神合一"，进入玄冥境界。

皇帝祭天前，首先要斋戒。在斋戒的时间内，不食荤、不饮酒、不听音乐、不与妃子同房、不理刑名、不问疾吊丧、沐浴净身，以示虔诚。明朝和清朝前期，皇帝会在天坛的斋宫斋戒三日。

斋宫实际上就是一座小宫殿，位于西天门内南侧，坐西朝东，平面为方形。宫墙两层，外层叫砖城，内层叫紫墙，紫墙四周有167间回廊环绕，是守卫宫墙的八旗兵丁遮蔽风雨霜雪的地方。宫内石桥前面南北各有朝房5间，是侍卫和禁军的住所。斋宫的5间正殿，是一座无梁柱的砖结构拱券建筑。殿前左右各置配殿3间，丹墀（露台）之上，左右各置一座高大的白石亭子，左边的称斋戒铜人亭，右边的称时辰亭。

入斋宫时，皇帝要在斋戒铜人亭内的小方桌上铺一块黄云缎桌布，上摆一尊铜铸人像。铜铸人像戴有乌纱玉带，手持"斋戒"牌，以警示皇帝要虔诚斋戒，切忌胡思乱想。祭祀时间一到，铜像即刻撤去。斋宫的东北角有一座钟楼，是乾隆时期修建的。钟楼内悬挂着明朝永乐年间铸造的大铜钟。皇帝祭天的时候，从起驾出斋宫开始鸣钟，到皇帝登上坛台时钟声即止，大祭礼毕，钟声再起。

其次，要礼乐齐备，以示庄严。《礼记·乐记》云："天高地下，万物散殊，而礼制行矣。"又云"凡音之起，由人心生也。人心之动，物使之然也"。因而，祭天前，为体现"天高地下"的特点，达到"人心之动，物使之然"的礼乐效果，要进行严格的乐舞排演。故而，天坛建有神乐署。

神乐署建在圜丘坛西天门外西北，是管理祭天时演奏古乐的机关，原名神乐观。明代时，神乐观的乐舞官、舞生都由道士担任。明永乐十八年（1420年），朱棣迁都北京时，有300名乐舞生随驾进北京，此后明代神乐观的乐舞生保持在600名左右。到嘉靖时，乐舞生总人数达2200名。

神乐署平面为东西长、南北短的长方形，为两重殿宇的三进院落。前殿面阔5间，后殿面阔7间，殿后还有袍服库、典礼署、奉祀堂等建筑。

祭祀的音乐多为中和韶乐。中和韶乐，以金、石、丝、竹、土、木、匏、革八种材料制成的十几种乐器演奏，融礼、乐、歌、舞为一体，可溯源于3000多年前的西周雅乐，被称为"华夏正声"。春秋时，孔子在齐国听到《韶》乐，痴迷到三个月（指长时间）不知肉味的地步。儒家认为，人的修养能达到中和境界（即"致中和"），就会产生"万物位焉，万物育焉"的效果。因而，中和韶乐成为明清两朝皇家用于祭祀、朝会、宴会的专有礼乐，文以五声，八音迭奏，玉振金声，以表达对天神的歌颂与崇敬。

据载，"中和韶乐"从乐队规制、乐器使用、人员数量到演奏方法都有严格规定，一场演出的"标配"包括编钟、编磬、镈钟、特磬、琴、瑟……加上歌生、文舞生、武舞生等有200多人，相当于两个大型交响乐团。

再次，礼器古典淳朴，堪称神品。放置乐器、舞具、祭器的三库，坐北朝南，在院内一字排开，都是专门为祭祀服务的。祈谷大典前一天，神厨会将置备好的供品放在豆、簋、簠、铏等不同的礼器中，按照各神位的不同分别陈列在神库的供案上，皇帝亲自检验无误后，再由专人送上祈年殿。祭器的特点是，同一类器具有圆形的，就一定会有方形的与之对称。

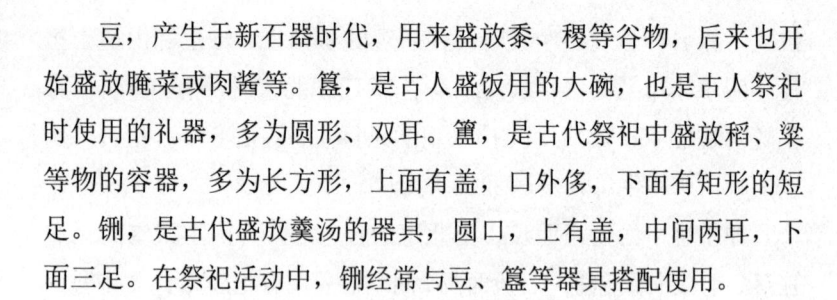

豆，产生于新石器时代，用来盛放黍、稷等谷物，后来也开始盛放腌菜或肉酱等。簋，是古人盛饭用的大碗，也是古人祭祀时使用的礼器，多为圆形、双耳。簠，是古代祭祀中盛放稻、粱等物的容器，多为长方形，上面有盖，口外侈，下面有矩形的短足。铏，是古代盛放羹汤的器具，圆口，上有盖，中间两耳，下面三足。在祭祀活动中，铏经常与豆、簋等器具搭配使用。

威仪神圣

天坛自明永乐十八年（1420年）建成，明、清两代有22位皇帝亲临此地，向天帝顶礼膜拜，虔诚祭祀。

皇帝祭祀，队伍称为"卤簿"，仪仗人员众多，队伍浩大，尽显"尊朝廷、彰国彩"。魏晋时，祭天仪仗名为"大驾卤簿"。明成祖朱棣规定，"卤簿"为皇帝祭天专用。清乾隆时，它被钦定为天坛祭天专用。

清代皇帝参加祭天大典时，从紫禁城到天坛的卤簿仪仗人员有万余人，在鼓乐喧天、画角长鸣中，车辂、乐队、旗、帜、旌、节、幡等绵延起伏，伞盖如云，文武百官、守卫兵丁，前呼后拥，蔚为壮观。

据载，卤簿队伍最前面是象征"祥"的四头"导象"，紧随其后的是驮着内有火绒、火石、火镰的"宝瓶"的五头"宝象"，宝象后面是手持静鞭的民尉，之后便是大乐的吹鼓手及"五辂"的车驾，再后面跟着手持各种五颜六色的旗、帜、旌等的引仗、御仗队伍，之后是执兵器的亲军、护军，最后是皇帝陛下的玉辇。为玉辇备班的数百人中，有佩刀的侍卫、文武百官、太监护军等，队伍绵延数里，浩浩荡荡，气象万千。

《风俗通义》云："夏曰嘉平，殷曰清祀，周曰大蜡，汉改曰腊。"嘉平、清祀、大蜡，分别是夏商周三代之时祭天礼仪活动的记载，也是后世祭天、神与过新年的礼俗的起源。

《周礼》载："以冬日至，致天神人鬼。以夏日至，致地示物魅。"就是说，"天人，阳也。地物，阴也。阳气升而祭鬼神，阴气升而祭地物魅。"这是从周代直至清代，历朝于冬至举行祭天礼、夏至举行祭地礼的确切记载。所以，一般皇帝一年祭天两次，主要在冬至和孟春。

祭天大典程序一般分为九项。第一项为燔柴迎帝神。赞引官唱赞"燔柴迎帝神"。燎工将一整只犊牛置于燔柴炉口，将敬献皇天上帝的牺牲毛血掩埋在瘗坎里。此时，乐官高唱《乐奏始平之章》，由70余人组成的中和韶乐乐队开始奏乐，钟鼓齐鸣，气势非凡。皇帝走到皇天上帝位前，一上描金龙沉柱香，二上捧瓣香，然后依次到列祖列宗的神位前行礼。第二项为奠献玉帛。皇帝将圆形苍璧敬献给皇天上帝，这是祭祀礼仪的重要标志之一。然后，将祭祀用的玉敬献给皇天上帝，再依次将祭祀先人用的玉帛敬献给列祖列宗。第三项为进俎。由执事人员将犊牛放入俎内，再陈放在神位前，由浇汤官将滚烫的汤水浇到犊牛身上，一时间香气四溢。第四项为初献敬酒。司爵官将醴酒奉给皇帝，皇帝将酒献于皇天上帝，第一献放置于神位前中间的位置上。与此同时，舞生起舞，先舞《武功舞》。皇帝献给皇天上帝的酒陈放在供案后，乐舞停止。接着，读祝官朗读祝文，祈风调雨顺、谷物丰收、三农仰赖。朗读祝文后，乐奏舞起，皇帝依次为列祖列宗敬酒。第五项为亚献。皇帝将第二爵醴酒献给皇天上帝，然后依次献给祖先。献酒时，60余名文舞生手执羽龠，跳起《文德舞》。第六项为终献敬酒。第七项仪程为撤馔。执事人员将馔盘内供品从坛上撤下，依次送往燔柴炉及燎炉焚烧。第八项为送帝神。第九项为望燎。皇帝到望燎位观看焚烧过程。所有献给皇天上帝及列祖列宗的供品，分别送入燔柴炉及燎炉内焚烧，以示虔诚。

就这样，天坛的祭天仪式延续至1911年清帝溥仪逊位止。然而1915年，袁世凯又到天坛举行了一次祭天大典，倒行逆施之举让世人不齿。

1918年元旦，天坛正式对公众开放。

中华人民共和国成立后，1961年，天坛被列为第一批全国重点文物保护单位。1998年，天坛被联合国教科文组织列入《世界遗产名录》。

第八章

美美『双奥』

老子曰："天下皆知美之为美，斯恶矣。"社会学家费孝通亦云："各美其美，美人之美，美美与共，天下大同。"

今天，我们探讨奥运遗产，不论是有形的、无形的、物象的、意识的，打开记忆之全景，美是永恒的，可推动主办城、主办国文明进步，并在"各美其美，美人之美"中推向"美美与共，天下大同"之大美境界。

从百年一梦，到一梦百年；从1908年国人提出的"奥运三问"，到2008年北京奥运会，再到2022年北京冬奥会，北京穿越历久弥新的中华文化历史风云，传承中国智慧和中国方案，在奥林匹克发展史上留下了光辉灿烂的一页，成为全球首个"双奥之城"。

北京奥运会坚守中华文化立场，让中国文化与世界文化碰撞产生出奥运之美的光辉、神韵，在中国文明史、世界竞技史、世界文明史上留下了光辉灿烂的篇章，并使中国文化传递出东方气派、东方意境，把奥林匹克文化推向了辉煌的巅峰，成为世界读懂中国的"标识"。

至今，"双奥"熠熠光辉映照下的首都北京，在美轮美奂的奥运建筑遗韵中，美不胜收，神情超迈，风流万里。

中华美之美

艺术之美是无与伦比且直抵人心的。巨幅LED屏幕流出的"四大文明""太古遗音"、四大发明、汉字;"动静结合、刚柔相济"的太极展演;千人呐喊出的"四海之内皆兄弟"的天下一家亲;时光在二十四节气中轮转;"黄山瀑布"在鸟巢上腾空而起;"折柳"送别的依依不舍;……

当今世界,人类利益交融、命运与共、休戚相关。国际社会想了解的中国人的世界观、人生观、价值观,想知道的中国对自然、世界、历史、未来的看法,中华民族的喜怒哀乐、历史传承、风俗习惯、民族特性……这些都在作为"国之大典"的"双奥"精彩绝伦的开幕式和闭幕式上,生动、艺术、传神地展现出来。

那些刻骨铭心、展现中华大美神韵的瞬间,至今让人难以忘怀。盛典更让世界惊叹于中华文化之魅力,折服于中国文明之神奇。

这就是"双奥"留给世人的永恒的美,是中华美学巧妙利用奥运体育盛事,在开幕式和闭幕式大舞台上传神展现中华文化的艺术魅力使然,是打开中华文化的大书,是中华民族留给全人类的文化盛宴和文明遗产。

穿越历史的瞬间之美。当夏季奥运会开幕式上巨大的卷轴在鸟巢徐徐展开时,全场为之震撼——这幅长147米、宽27米的巨大LED屏幕，展现出中国五千年灿烂悠久的历史文化，表达出东方美学独特的时空观念与哲学精神；舞旗的演员身着兵俑服饰，在移动戏台上，在京胡、锣鼓伴奏下，4个京剧木偶和800名演员表演凯旋的喜悦场面；5幅中国长卷画，配以演员们的古典舞，再现了古代中国礼仪之邦的盛世气象、盛世强音，颂人间和谐。当冬奥会开幕焰火燃起，一棵生长在高山岩石裂缝之中、至少有1300年树龄的迎客松在鸟巢上空呈现，欢迎全世界来宾的到来，前所未有的景象刹那间震撼了世界；"黄河之水天上来"的舞台设计——蓝色水墨从天而降，幻化成黄河之水倾泻而来，一瞬间，全场奔腾着滚滚而来的黄河之水，蔚为壮观，尽显中华文化之底蕴。

"大道之行也，天下为公。"当冬奥会闭幕式上烟花组成的汉字"世界大同，天下一家"，以及对应的英文"One world One family"瞬间展现时，全世界为之惊艳。

融合科技的现代美。当以中国传统历法的时光轮转作为倒计时开场，从24倒数到1，冬去春来，四季更替，每一帧都是壁纸，每一秒都美如画。而且，北京冬奥会恰逢第一个节气"立春"，诗意的偶然、浪漫的创意、巧妙的融合，再配上一首首中国古典诗篇，一重又一重的意境汇成世界人民都看得懂的美好。

这，蕴含了中国人通过观天识万物在2000多年前总结的二十四节气，利用科技表达了中国人传统的勤劳智慧与生命哲学。

当参照中国民间虎头鞋造型，仿若十二生肖冰鞋的12辆车子在短短2分钟内，以车轮痕迹组成巨大的中国结轮廓，车身上的生肖头像与地面上的中国结相映成趣时，科技与历史文化的巧妙融合向全球展现出中国文化的现代浪漫与超凡情趣。尤其是大胆使用中国红碰撞冰雪蓝，将灯笼、中国结等中国传统文化符号作为表演元素融入仪式中,展现出"双奥之城"的艺术效果,瞬间成为整场闭幕式的最大看点。

从二十四节气倒计时到黄河之水天上来,从冰立方逐渐破碎到主火炬点燃的瞬间,冬奥开幕式上利用科技讲述的一个个中国传统文化故事的浪漫创意,让人过目难忘。

当897位演员化作朵朵桃花,在光影构成的长城内外漫山遍野绽放时,北京夏季奥运会开幕式传达出中国关于人与人、人与自然最古老的人文理念——"和为贵"的天下一家亲意境,在鸟巢通过现场直播传达到世界各个国家和民族。

当北京冬奥会闭幕式上响起艺术大师李叔同作词的《送别》,场上演员手捧始于先秦的"折柳寄情"缓缓出场,在悠扬的乐曲声中轻盈缓步进入场地,所到之处,微风轻拂,柳枝摇曳,地屏中,柳絮翩翩飘落,漫天飞舞,既似离别愁绪,又仿佛在延续生命。进而,当人们汇聚到场地中央,一束直径16米的白色光柱直冲天际,用光和爱铸就的生命丰碑庄严而伟大,仿佛在与逝去的生命对话……

北京冬奥会恰逢中国传统的元宵节。这一天,大家要挂灯笼、闹花灯、吃元宵、猜灯谜……冬奥会闭幕式上,完美展现了正月十五闹花灯的景致。

中国结,是中华传统文化的亮丽名片。冬奥会闭幕式上多次亮相的中国结,让世界感受到中华传统文化的魅力和新时代中国无微不至的文化关怀。

北京"双奥"开幕式和闭幕式,使东方巨龙再次惊艳了世界——中国的巨变,经济、文化、精神上的大国格局,一种新的文明形态正在逐渐被世界认同。

"双奥"国际大舞台上,传播了中华文明,彰显了中华民族信仰之美、崇高之美，展现了美美与共、天下大同的艺术魅力。

　　这是一次中华审美缔造的神韵走向全球的成功赶考，是五千年中华文明深厚底蕴坚实的土壤托起100年热望，是让百年奥运之梦绽放得迷人灿烂、芳香四溢的世界话语"论剑"。

充盈之德美

　　子曰："志于道，据于德，依于仁，游于艺。"孔子说，立志要高远，要有良好的道德约束，保持内心的善良与仁爱，活动于六艺之中。

　　北京"双奥"展现的"据于德"的"德之充盈"，把中华民族长期实践中培育和形成的独特的思想理念和道德规范——崇仁爱、守诚信、讲辩证、尚和合、求大同，以利为先、义利兼顾、人类命运与共的全球伙伴关系等思想，以及自强不息、敬业乐群、扶正扬善、扶危济困、见义勇为、孝老爱亲等传统美德，一展无遗。

　　1894年，顾拜旦召集第一次国际体育大会，提出复兴奥运会的建议并得到赞同。国际奥委会成立后，1896年召开的第一届现代奥运会获得了极大成功。奥林匹克精神诞生了——促进人类的精神发展，并以此促进人的全面发展。奥林匹克精神的要义之一是教育人，锻炼人的性格，培养人的道德情操。

　　人，无德不立；国，无德不兴。一个民族、一个人，能不能把握自己，很大程度上取决于道德水平的高低。

中华民族传统文化中的"据于德",就是奥林匹克精神的生动写照。北京"双奥"紧紧围绕"据于德"的中华优秀传统文化,把中华民族的美德通过"双奥"国际舞台发扬光大。

"同一个世界,同一个梦想""一起向未来",两届奥运盛会,北京的口号充分体现出"德不孤,必有邻"和"厚德载物"的中华传统思想,体现出通过奥林匹克体育运动让人的身体与心灵、精神与品质得到完满和谐,潜能与美德得到开发的"厚德载物"的道德追求。

在"双奥"宏阔的历史"赛场"和飞驰的"赛道"上,中国展现出非凡的大国风范、大国担当,大力弘扬和平、发展、公平、正义、民主、自由的全人类共同价值。

在"双奥"赛场上,中国始终秉持"正其谊不谋其利,明其道不计其功""友谊第一,比赛第二"的道德理念,让"团结、友谊、和平"的奥林匹克精神深入世界人民的心海。

赛场上,最令人感动、最令人难忘、最吸引人及最鼓舞人心的未必是金牌,而是那些体现奥林匹克精神的场景,包括不断出现的外国朋友从心底流出的"谢谢北京""谢谢中国""你好,北京"这些话语,让人们收获了感动,凝聚了力量,收获了友谊,更弘扬了中华灿烂的文化。

1992年,巴塞罗那奥运会官方报告第一次对奥运志愿者做出了明确定义:一是志愿,二是不为报酬,三是利他。

北京奥运会志愿者表现出来的"仁者爱人",代表了一种符合现代社会发展要求的道德精神,包含了尊重他人、同情弱者、与人为善、严于律己、勇于奉献等现代意识,大大拓展和深化了奥运志愿者的内涵和外延,带有鲜明的时代烙印,体现出中华的人文景象和中华民族的道德精神,让世界为之震撼和感动。

物象之大美

触景生情,奥运的物象美让人流连忘返。鸟巢、水立方、冰丝带、滑雪场、福娃、冰墩墩……早已融入首都人民的日常生活,成为新时代大国首都的形象和地标,向千秋万代诉说着"双奥"北京的物象之美。

古希腊传说中,有一个歌者奥尔菲斯的故事:奥尔菲斯,是首先给木石以名号的人,他凭借这个名号催眠了它们,使它们像着了魔,追随他走。他走到一块空旷的地方,弹起了七弦琴,这空场上竟涌现出一个市场。音乐演奏完了,旋律和节奏却凝固不散,表现在市场建筑里。市民们在这个由音乐凝成的城市里来往漫步,周旋在永恒的韵律之中。"

歌德谈到这个神话时说:建筑是凝固的音乐。

音乐,用节奏、旋律、和声构成了其形象之美。建筑,如音乐,用比例、均衡、节奏深化了空间之美。

这美,在"双奥"之城的北京一览无遗。

这些流动的"音乐",把北京的山河、平原、村庄、街巷打造得美轮美奂、雄强至极,让悠久、灿烂、古韵的北京焕发出新的神韵之美,把新时代的北京点缀得更加俊美、绚烂,并使其成为国内外游客、嘉宾的观光胜地、必达之地。

献给世界的画卷。大型体育赛事,建筑、标志、吉祥物等文化创意,都是体现各国审美与设计水平的重要载体。美轮美奂的"鸟巢",梦幻般的"水立方",雄奇的"冰之帆""冰丝带",厚重的"雪如意",寓意高超的"雪飞天"……"双奥"让中国拥有了一大批展现民族特质、国际形象、中华精神的体育场馆、文化产品。

为满足夏季奥运会、残奥会赛事要求,北京建设了30多个比赛场馆,其中新建场馆11个,新建的"鸟巢"和"水立方"最具特色,分布在北中轴线的奥林匹克中心区。中心区集中新建和改扩建了国家体育场、国家游泳中心、国家体育馆等10座奥运场馆,把胜景如画的北中轴线打造得古今交错,给历史的厚重增添了时代的创意。西部以五棵松文化体育中心为主建设了7座场馆;北部的旅游风景区,建设了水上比赛、赛马等3个赛场,向全世界展示了华夏文明的绚丽画卷。

冬奥会在北京、延庆、张家口3个赛区布局场馆,共有25个场馆,其中竞赛场馆12个、非竞赛场馆13个,10个为现有场馆,其他为新建场馆。赛区的场馆有由"水立方"国家游泳中心改造的"冰立方"、由国家体育馆改造的"冰丝带"国家冰球馆、由首钢旧址改造的"雪飞天"滑雪大跳台,延庆赛区建设了国家雪车雪橇中心、国家高山滑雪中心。非竞赛场馆包括延庆奥运村、延庆山地媒体中心、延庆赛区颁奖广场;张家口赛区建设了冬季两项中心、北欧中心越野滑雪场、北欧中心跳台滑雪场、云顶滑雪公园等场馆。

这些具有标志意义的体育场馆,饱含着中国人的智慧和创新精神,凝结着中国人的梦想和情感,共同构成一幅精美的画卷奉献给世界。

被称为"最美赛区"的延庆,定位于"山林场馆,生态赛区",体育设施建设与生态建设同步规划、同步建设、同步完工,让一流的冬奥会场馆融入小海坨山的自然景观之中。

而今,古都北京,既有历史悠久的建筑古迹,又有充满现代科技感的体育场馆。一座座奥运场馆,不但成为北京新地标,也成为北京城市精神的缩影。

目前,北京的奥运场馆已成为展示中国建筑最新技术等工艺的"T台"。

美中塑美的妙思。作为奥运会三大主会场之一,令人叹为观止的"鸟巢"——国家体育场,将中国传统文化中镂空的手法、陶瓷的纹路、红色的灿烂与热烈,与现代最先进的钢结构设计完美地融合在一起。"水立方"——国家游泳中心的膜结构是世界之最,是根据细胞的排列形式和肥皂泡的天然结构设计而成的,这种形态在建筑结构中从来没有出现过,创意十分奇特。国家体育馆是国内最大的双向张弦钢屋架结构体系的体育馆,采取了由南向北的波浪式造型,屋面轻盈而富于动感。

在夏季奥运会优美、绝世、巧夺天工的建筑群的基础上,冬奥会建筑充分体现了中国建筑美学博大精深、超然绝俗的设计理念。变身为奥运会三大主场馆之一的国家体育馆为"双奥"国家冰球馆,现在它又有了一个新昵称——"冰之帆"。作为两届奥运会的亲历者,它寄托扬帆起航之意,同时也是"可持续发展"的代言明星。"水立方"国家游泳中心变身"冰立方",成为世界首座完成"水冰转换"的奥运场馆。

冬奥会后,"冰立方"在游泳季和冰上季之间不断切换:春夏秋三个季节将成为"水立方",用于水上运动;冬季则变身为"冰立方",用于开展冰上运动。一馆多用,将可持续发展应用到了极致。

"雪飞天"——首钢滑雪大跳台,设计灵感来源于敦煌壁画中的飞天，近看是滑雪跳台，远看则犹如一条美轮美奂的彩虹丝带。登上大跳台，群明湖、高炉、厂房，首钢老工业园区的大片区域尽收眼底。这里曾经是机器轰鸣的首钢厂区，如今已变为冬奥健儿的竞技之地。

一个个老馆旧址的保护和改造，最大限度地保留了原有建筑风格，留住了历史文化根脉，同时使比赛场馆能够反复利用、综合利用、持久利用。既体现了中国节俭办奥的美德，又展现出深沉的文化自信，形成了历史风貌与冬奥元素的完美融合，使中国文化与奥运精神交相辉映。

这，也是冬奥历史上第一次实现竞赛场馆与工业遗产再利用、城市更新的完美结合。它既代表了城市更新的典范，也成为北京一道亮丽的风景线。

"冰丝带"——国家速滑馆，是2022年冬奥会唯一的新建冰上竞赛场馆。如果说"水立方"是把柔软的水设计成坚硬的方块，"冰丝带"则是把坚硬的冰设计成柔软的丝带。由22条晶莹丝带状曲面玻璃幕墙环绕构成的"冰丝带"，流光溢彩，非常梦幻。就连顶流"冰墩墩"脸上的彩色光环，灵感也来源于"冰丝带"。

"冰丝带"是世界上首次应用二氧化碳跨临界直冷制冰技术的场馆，这项技术可以让"冰丝带"的冰面成为世界上"最快的冰"。

"雪如意"——国家跳台滑雪中心，名字来源于跳台滑雪的赛道，S形的曲线与传统文化符号"如意"的形象契合。作为我国第一座跳台滑雪标准场地，它由顶峰俱乐部、出发区、滑道区、看台区组成，拥有两条落差高度分别为136.2米和114.7米的滑道。近观滑雪大跳台，远眺群山，崇礼银装素裹的冰雪风光尽收眼底。

当夜晚降临，"雪如意"也将绽放属于它的光彩，从山间蜿蜒而下，成为黑夜里最璀璨的如意珍宝。

"雪游龙"——国家雪车雪橇中心，速度是这个场馆的代名词。16个角度、倾斜度各不相同的弯道，使得整个赛道犹如一条盘龙，横卧于群山之巅。"雪游龙"也是世界第十七条、亚洲第三条、中国第一条雪车雪橇赛道，对这届冬奥会来说意义非凡。冬奥会中速度最快的项目，如雪车、钢架雪车和雪橇等比赛都是在这里进行的，运动健儿们顺着蜿蜒的赛道快速滑行的场面，真可谓刺激又壮观啊！

"雪飞燕"——国家高山滑雪中心，从山顶平台出发，一眼望去就像燕子展翅欲飞。2198米，是北京冬奥会所有赛场里的最高海拔，也是国家高山滑雪中心"雪飞燕"的最高点。

高山滑雪中心布局了7条狭长的雪道，总长21千米。这些雪道从海拔近千米的高山上蜿蜒而下，是迄今为止国内最高规格的高山滑雪赛道。

……

如数家珍的冬奥场馆，是向世界展示中国建造水平的重要窗口，是彰显中国理念、中国形象的重要平台。

北京奥运会会徽"中国印"及吉祥物"福娃""贝贝""晶晶""欢欢""迎迎"和"妮妮"，冬奥会的"冰墩墩""雪容融"，点燃火炬的长信灯、服装上的山水画、奖牌里的同心圆玉璧……每一个设计展现的物象美，无不蕴藏着深厚的"东方美"，无不彰显出中国文化的时代风貌和民族魅力。

风尚漫京城

奥林匹克精神，凝聚着奥运的人文价值及行为规范，渗透在奥林匹克运动的方方面面，久而久之，便成为主办地、主办国的社会风尚而广为传播。

北京，从无与伦比的夏季奥运会，到无与伦比的冬奥会，是首个向世界奉献了既"有特色、高水平"，又"简约、安全、精彩"的奥运盛会的城市。"双奥"之城以坚忍不拔的执着和努力，实现了中华民族的百年期盼，完成了海内外中华儿女的共同心愿，而且全面兑现了对国际社会的庄严承诺，书写了奥林匹克运动新的辉煌，赢得了国际社会的高度认同，在现代奥林匹克运动史上深深钤上了彤红的中国印。

在世界百年变局加速演进、人类社会面临越来越多的重大挑战的背景下，北京冬奥会更以非凡的胜利促进了不同文明的交流互鉴，推动了全球团结合作、共克时艰，为动荡不安的世界带来了和平、发展、合作、共赢的历史信心和希望，向世界发出了"一起向未来"的时代强音！

"双奥"后的北京，奥林匹克体育精神在百姓生活中得到了完美体现。奥运带来的社会风尚之变化，掀起了首都人民崇尚健康、追求美好生活方式的大转变——举目望去，绿色生活、低碳生活、健康生活、强身健体的生活，已成为而今首都人民的寻常生活。在"后奥运"时代，首都人民享受着运动带来的风尚之美和快乐。

体育风尚遍京城。普及体育科学知识，提升体育观念，加快发展大众体育，使我国不仅成为奥运会金牌大国，也成为真正意义上的体育大国、强国。

京城百姓践行"人文奥运"理念，体育健身的热情愈发高涨，处处一派朝气蓬勃、昂扬向上的景象。

为满足各类人群的健身需求，政府加大投资，在全市的街、乡、社区和行政村均建设了全民健身设施，满足了广大市民日益增长的健身需求。"全民健身与奥运同行"已成为市民生活的一项重要内容。

北京夏季奥运会举办一周年之际，首个"全民健身日活动"在北京举行，4000多场体育活动吸引了370多万市民参加。紧接着，以"全民健身夏日广场"为主题的北京奥运城市体育文化节举办。通过各类群众体育文化体验互动活动，继承和发扬奥运精神，放大"全民健身与奥运同行"效应，推动了奥林匹克文化与首都文化的融合发展。

目前，北京奥运城市体育文化节已成为具有重要知名度和影响力的奥运主题文化品牌。数据显示，北京奥运城市体育文化节创办以来，参与体育文化节各项活动的群众已累计超过1200万人次。文化节还探索出"互联网+"模式，开展云端活动，使活动覆盖全国300多个城市，让体育文化节的"群众性"不断发扬光大。

2022年8月，以"双奥"为特色的第十三届北京奥运城市体育文化节举行。开幕式突出"遇见·奥林匹克""相约·中国北京""精彩·双奥之城"等主题，聚焦北京与奥林匹克的深厚渊源，放大"健康中国与奥运同行"的效应，促进奥林匹克事业发展,让"双奥之城"的风采传扬更远。

随后,北京市发布"一区一品"群众体育品牌活动评选标准及办法,进一步倡导了体育生活理念,助推群众体育活动向专业化、规模化、品牌化发展。如顺义区依托奥运水上项目举办地顺义奥林匹克水上公园,精心打造了具有鲜明顺义特色、北京风情、中国韵味的龙舟大赛、端午体育文化品牌;门头沟区借助国际山地徒步大会,开发丰富的山地旅游资源;西城区围绕底蕴深厚的宣南体育文化,充分展示中幡、中国式摔跤、空竹、花毽等具有代表性的民族民俗体育项目;平谷区打造国际桃花音乐节户外休闲健身,演绎集山地徒步、野外露营、音乐狂欢、健身互动和文体表演于一体的户外休闲健身盛会……

全民健身的推进,使得北京市民的健身意识明显增强,参与全民健身活动的人数逐年增加,身体素质有了明显提高。

绿色万物醇

"问渠那得清如许?为有源头活水来。"

而今,当我们漫步在鸟语花香、云淡风轻、蓝天白云、河清海晏的首都大地,"绿色奥运"这颗种子营造出的生态之美,不时绽放在京城百姓的心海里。

20世纪90年代前后,国际奥委会和举办城市开始重视环保问题。1994年,国际奥委会将环境列为继体育、文化之后的第三大支柱。1996年,国际奥委会成立了环境委员会,并要求申办城市必须具备城市美化、环境幽雅的条件。2000年的悉尼奥运会和2008年的北京奥运会，都提出了举办绿色奥运的口号。

北京践行绿色奥运，倡导"创新、协调、绿色、开放、共享"的发展理念和"开放、融通、互利、共赢"的合作愿景，从保护环境、保护资源、保护生态平衡的可持续发展做起，在奥运会工程建设、市场开发、采购、物流、住宿、餐饮及大型活动等方面，都从绿色理念入手。绿色奥运贯穿于夏季奥运会、冬季奥运会的全过程，不但在奥运期间向全世界展现出环境质量好、宜居、生态文明的中国首都形象，而且在与奥运相关的各领域充分展示循环发展的产品和服务，让世界各国与会者共享中国全球化发展的成果。

从硕大的"鸟巢"用雨水斗接水，到所有场馆设计节约循环利用资源、防止污染；从市民"少用一个塑料袋""少开一天私家车""夏季室内空调调高一度"，到政府提倡垃圾分类、低碳生活；从治理PM2.5、机动车按尾号限行，到大力发展城市交通网等的全方位治理；从设立"无烟日"，到提倡全民戒烟、建设无烟城市；从奥运场馆建设的绿化环保，到城市绿化、生态北京建设；……北京实施清洁能源、调整工业结构、完善城市基础设施等一系列措施，绿色奥运目标从思想到行动引领首都人民的生活。

绿色场馆，折射出新时代美丽中国的底色——绿色低碳。对建筑业来说，这是一场深层次的变革，也是一场必须进行的变革。建设中，结合每个项目的特点，差异化定制绿色建造、生态环保方案，把绿水青山作为"双奥之城"最亮丽的底色，把冬奥项目作为贯彻新发展理念、建设美丽中国的最生动的实践。

从夏季奥运会落实"绿色、共享、开放、廉洁"的理念，到冬奥会把理念融入竞赛的每个环节，尤其是奥运场馆全部采用绿色技术，100%使用绿色能源，体现了中国以奥运为契机，引领人民开展了一场生态革命，开启绿色低碳新生活的重大变革。

一路走来，北京为千年古都留下了一笔可观的奥运环境遗产。绿色低碳的文明理念正助力中国实现碳达峰、碳中和的宏伟目标，全面建设富强、民主、文明、和谐、美丽的强国首都的中国故事，日趋生动美丽。

"天行健，君子以自强不息；地势坤，君子以厚德载物。"

如今，"双奥"神韵已成为一种生活态度，融入了首都人民的生活里；已成为一种人生态度，体现在人们乐观向上的生命中；已成为一种社会伦理，践行在构建人类命运共同体的征途上。

一个精神自立、文化自信、话语自觉的中国在全世界面前尽情展现"双奥"神韵、美美与共的风采！

美哉，"双奥"！"双奥"神韵，永恒！

第九章

万象北京

妙造自然

2024年9月21日,北京文化论坛在京圆满落幕。论坛以"传承·创新·互鉴"为永久主题,以"深化文化交流,实现共同进步"为年度主题。收官之际,唐代诗人司空图的诗句"真力弥满,万象在旁"不断在脑海间萦绕并催人思考。

"妙造自然,万象北京",这应是北京文化的张力所在。

文化是一个国家、一个民族的灵魂。文化兴则国运兴,文化强则民族强。北京立足"四个中心"(政治中心、文化中心、国际交往中心、科技创新中心)的功能定位,以高度的文化自觉积极探索首都文化建设这篇大文章。北京有着3000多年建城史、800多年建都史,深厚的历史文化积淀,见证了源远流长的中华文明,成就了首都北京的独特魅力。要把北京文化论坛打造成建言文化发展、推动文化创新的一流平台,塑造为具有中国风韵、国际影响的文化品牌,定要有司空图诗句展现的艺术功力:"真力弥满,万象在旁""妙造自然,伊谁与裁""行神如空,行气如虹"的气象万千,艺术创造追随真宰的创造。

哲学求真,道德或宗教求善,介乎二者之间并表达我们情绪之深境和实现人格和谐的是美,是文化艺术的美!

人的生命境界之广大,包含着经济、政治、社会、科学、宗教、哲学等内容,而这一切,都能反映在文化艺术里。在生命的小宇宙里,有着美轮美奂、有情有形的和谐美。文化艺术的博大,和人生同然。静观万象,万象如在镜中。这种觉心,才能映照出陶渊明的"此中有真意,欲辨已忘言"的博大、深邃、充实之美。

只有"真力弥满",才能"万象在旁"。大美北京,万象北京,如何用美的视觉去发掘、展现、传承好北京文化呢?

首先,是充实之美。孟子曰:"充实之谓美。"清初诗人叶燮在《原诗》中云:"可言之理,人人能言之,又安在诗人之言之;可征之事,人人能述之,又安在诗人之述之。必有不可言之理,不可述之事,遇之于默会意象之表,而理与事无不灿然于前者也。"求实,则真力弥满。迄今为止,北京已有70多万年的历史。黄帝部落通过阪泉之战与炎帝部落融为一体,产生炎黄文明,涿鹿之战后把炎黄文明延伸到中原。此后在3000多年的历史长河中,这一地区从一个分支逐步发展为中华文化的重要组成部分,并随中华文化融入世界文明。北京文化最基本的特点是海纳百川、丰盈充满。概括起来,北京文化具有纵贯古今的历史脉络、博大精深的文化内涵、包罗万象的文化形态、天然的文化韵味,可谓是天工妙造。北京文化无须雕饰便是一幅大美的璀璨画卷,境界丰实,应全方位在表现"充实"中大书特书。

其次是灵性之美。物象之美,不但不以人的意志为转移而客观存在,反过来还陶冶人类的心灵,锻造人类的情操,提高人类的精神境界。世界古代四大文明中,延续至今的只有中华文明,而见证中华文明不断发展的最典型代表就是北京历史文化。

从周口店北京猿人到3000多年前的燕国,从秦设广阳郡(治蓟城)到汉高祖立燕,从元改中都为大都到明成祖定都北京……北京的历史文化就是物象的活化石。北京文化,需要我们在"人在画中，画在人中"中静下心来，思文之幽情，把自然的、物象的美的"灵性"归类、梳理、呈现，让人们在眼、耳、鼻、舌、身的感官意会中发现其灵性、体验其灵性、追踪其灵性，以心灵而映射万物，以物象而观照世界，进而上升到精神层面，去洗涤和改造我们的精神世界，提升我们的精神境界。

再次，贵在"神"。戏剧舞台上，演员结合剧情的发展灵活运用表演形式和手法，逼真、传神地展现出人物的情感和精神境界，以达到难以言表的艺术效果。这"神境"，是剧中人与观众的精神交流，是神与形的高度统一，是剧情与现实社会的高度共鸣。北京文化被誉为中华文化的北斗星，堪称世界文化的参天大树。尽管不同时期北京的文化内涵有所变化，但是，从地域文化上升为炎黄文明、中华文明的这条主线没有变，这是北京文化的精髓所在。在发掘北京文化中，这就是"神"，就是其真谛。

北京文化发展至今，之所以不断显现出强大的生命力、凝聚力、向心力，主要得益于中华文明根脉深厚。孟子曰"充实而有光辉谓之大"，发扬北京文化的"神"，就是要站在中华文明的高度去粗取精，善于从一粒沙看世界，把"美如神龙"的北京文化的一鳞一爪生动地传承，努力擦亮北京历史文化的金名片。

人心大美

"流美者，人也"，这是三国时大书法家钟繇的书论。明末清初著名画家石涛曰："画受墨，墨受笔，笔受腕，腕受心。如天之造生，地之造成，此其所以受也。"

古代两位艺术家通过对书法、绘画的论述告诉我们，字画以点墨之微取形用势，意明笔透，把万象之美通过书画者的笔端表达出来。

这美，是从艺术家心里流出来的！

大美的风尚画卷。风俗，自人类群居开始，是多数人的生存、性情、嗜好、言语、得失等在经年累月、不知不觉、相衍相嬗中养成的一种约定俗成，是大多数人的行为规范、道德约束。

《诗》三百，言风俗最详。《礼记》曰："礼从宜，事从俗。"《礼记·王制》曰："天子五年一巡守……命太师陈诗，以观民风俗。"

"听其言则知其风，观其乐则知其俗。"中华民族几千年来，逐步形成了以风俗而规秩序、引风尚、淳民意、治家国、正人心的优良传统、灿烂文化。

长期以来，北京作为中华礼仪之邦的首善之区，形成了人类从生到死，从衣、食、住、行、娱等日常生活到精神、物质等无所不及、无所不包的民间习俗、行为规范。

这些习俗，体现着燕京地域文化、京师人文景象。听之、观之、品之、论之，便是一幅幅从古都人们内心流出的大美画卷，是北京人的内心之美，是70多万年前人类文明的曙光，是4000多年前炎黄文明的记忆，是北京3000多年前建城、800多年前建都之后逐渐积淀的中华民族大美之万象，是中国礼文化的典范！

《礼记·礼运》曰："昔者先王未有宫室，冬则居营窟，夏则居橧巢。未有火化，食草木之食、鸟兽之肉，饮其血，茹其毛。未有麻丝，衣其羽皮。后圣有作，然后修火之利。"

距今约70万年前，北京地区就已有人类存在。从生活在山洞里的北京猿人、山顶洞人，到以平原黄土和台地为居住地的东胡林人、上宅人，北京远古的祖先、中华民族的祖先，在风俗引领、约定俗成中，如《礼记》记载，能控制火种，用火烧熟食物、照明等，并走出森林、洞穴，完成从猿到人的转变。

之后，慢慢进化。据记载，大约8000年前，北京平原上的草原扩大，湖泊消退。5000年前，针叶树种增加。

后来，气候向干凉转变。平原地区，特别是南部平原，文明程度较高，生产技术先进，农业发展较快。先民们经过长期探索，终于找出了山间几条有效通道，开始把生活从山洞移向平原，开始了渔猎和耕作活动，谋生手段不断丰富。

就这样，民俗融入了人类的进化史、发展史、文明史，北京的历史翻开了灿烂悠久的新篇章，至今绵延不断。

风俗中有大爱。有人认为，"礼产生于俗"。绵延几千年的中华礼文化，起源于原始先民的礼仪活动。

礼文化的核心是儒家的道德思想。孔子及其弟子的"乐而不淫，哀而不伤""里仁为美""君子怀德""见贤思齐""礼之用，和为贵""吾日三省吾身"等，都是民俗的基本准则。

中国民俗中的儒家思想，是受炎黄文明、华夏文明传承影响的结果。

多数研究者认为，追根溯源，中华民俗的根在北京。根深，则叶茂。正因为北京民俗深厚的历史底蕴，在中华民俗的大家庭中才蔚为壮观、大爱无疆。

"仁者爱人。"北京的民俗始终闪烁着人间温暖、人性关怀。如人在出生、死亡的两个重要环节有"洗三"（婴儿出生后的第三天举行，意在洗去婴儿前世带来的污垢，今生平安吉利）、"接（送）三"（人死后的第三天进行，将亡人的灵魂接到阴曹地府，从而实现从阳间到阴间的空间转化）。

人出生时的"洗三"、去世后的"接（送）三"，一直是老北京人心目中最重要的两件大事。而且"洗三"仪式烦琐，光序幕就有设香案、供13位神像、香炉里盛小米等10道工序，紧接着的"添盆""开洗"等，前后还有20多道工序，可谓讲究。"接（送）三"更是一场盛典，从黄昏开始到深夜，经历若干程序，更为烦琐、复杂、严谨。

在北京的传统中，结婚有相亲、定亲、陪奁、迎亲、贺红等6道程序之多和各个程序的诸多环节，也煞是隆重、热烈、壮观。

此外，北京的民俗还注重年节、寿庆、服饰等，始终围绕人文关怀、生命健康及人的尊严接续传承。

新时代，随着建设国际一流和谐宜居之都的推进，这些"大爱"在变迁、创新中，已融入首都文化建设的血脉。

娱乐里见大美。娱乐，就是快乐有趣的活动。据记载，西周时期，我国就出现了"射"的习俗。辽、金、元三朝，都是以燕京为首都，骑射既是谋生的手段，也是练兵、娱乐的内容。

"射"习俗传承的文化基因，造就了燕京地区以强身健体为基本形态，积极向上、丰富多彩、独具特色的多种娱乐风俗，千变万化、经久不衰——骑射、武术、摔跤、冰嬉、棋艺、球戏、杂耍、斗艺、放风筝、踢毽子、踢石球、鞭陀螺、跳绳、摸瞎鱼、吹糖人、兴灯彩、秧歌、舞狮……

快乐、有趣的活动，一直是北京百姓增强体格、发展爱好、美化生活的习俗。这些深深打着北京烙印的风俗，经过几千年的洗礼、沉淀、扬弃，目前正在去粗取精、去伪存真、扬弃与发展中与首都人民共同成长。

由美入真

老子曰："其精甚真，其中有信。""水穷云尽处，隐隐两三峰"。京味文化就是在静水深流中，流荡着生动气韵的、"体尽无穷"的由美入真、由真入美。

返璞归真的"京味儿"。林语堂在《北京颂》中写道："使得北京如此迷人可爱的是它的生活方式与妥帖布局，紧邻繁华闹市也能生活得安详宁静……无论在什么地方，民宅附近总会有家杂货店和茶馆。"这种大中有小、大中见小的市井生活、人间烟火，见思想、见精神、见境界，便是大美北京的精神气象。

北京建都800多年来，作为国家的政治中心，整个城市以皇城为中心，为皇权政治服务是其核心功能。同时，"民为重，社稷次之，君为轻"和"民以食为天"的儒家思想也是古都的文化信条——从城市布局到大兴工商业、繁荣文化贸易，充分营造"国都"的市井生活，成为元明清以来的文化传承。元世祖几经

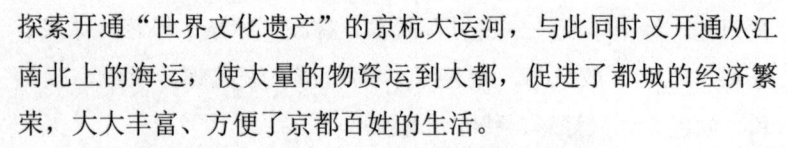

探索开通"世界文化遗产"的京杭大运河，与此同时又开通从江南北上的海运，使大量的物资运到大都，促进了都城的经济繁荣，大大丰富、方便了京都百姓的生活。

建筑是城市文化的载体。明成祖在营建帝都时，一方面体现皇权至上的文化主题，另一方面注重"宫城、皇城、京城"的整体布局，使得林语堂笔下立体全景的北京初具规模。

经济是文化发展的物质基础。自清康熙以来，北京不但有全国最大的商业市场，而且聚集着来自全国各地的商人，被称作"商贾辐辏之区"，除大量的生活物资外，还有各种奢侈品和娱乐品。清代俞蛟著《梦厂杂著》记载，正阳门外"前后左右计二三里，皆为殷商巨贾，列肆开廛"。其中，不乏被誉为老字号的六必居、王麻子、王致和、同仁堂、都一处、全聚德、荣宝斋、瑞蚨祥等，十分兴盛和便利。

"旧时王谢堂前燕，飞入寻常百姓家。"新时代，党和政府始终牢记让人民生活幸福是"国之大者"，积极回应人民群众关切的文化、科技、教育、医疗、养老、住房、社保、环境、交通等问题，加强一刻钟便民生活圈建设，推动生活性服务业向高品质和多样化发展，并不断向具有全球影响力、竞争力和美誉度的国际消费中心城市迈进。首都百姓的寻常生活正在日新月异的变化中美美与共。

天工造化四季美。郁达夫在《北平的四季》一文中写道："北京的人事品物，原是无一不可爱的。就是大家觉得最要不得的北京的天候，和地理联合上一起，在我也觉得是中国各大都会中所寻不出几处来的好地。"北京处在大陆干冷气团向东南移动的通道上，四季分明，冬季最长，夏季次之，春、秋短促。这样的天气，如人生四季的少年、青年、壮年、老年，自然而然地把生命融入大自然的怀抱中而美不胜收，而且每个季节都有自身独特的美。春天的北京，温榆河的冰还没化，故宫的玉兰花已探出了可爱的小脑袋，玉渊潭的樱花也在一夜之间开满了枝头。京郊大地，庄稼冒出了嫩绿的小芽，小草也争先恐后地钻出来，好一派万物复苏、生机盎然的景象。夏天，骄阳似火，颐和园、圆明园的荷花开了，北海公园的垂柳更加油绿娇嫩了，生机勃勃的大地到处是绿绿的草、沁人心脾的花。秋天，香山的枫叶红了，淡黄、金黄、橘黄、深红等颜色层层叠叠，把香山点缀得绚丽多彩。瓜果飘香，昌平的苹果、怀柔的板栗、大兴的梨等在枝头挤着、笑着。冬天，北京银装素裹，俨然一座冰雪王国，仿佛行走在仙境里。

如今，"绿色北京战略"的生态美，更让北京一步一景，四季鲜花盛开、山清水秀、瓜果丰盈，煞是醉人。北京市域内"一屏、三环、五河、九楔"的绿色空间结构基本形成，古都北京已成为山城共融的生态家园、城乡一体的宜居城市。

真实而睿智的表情。王安忆在《两个大都市》一文中提及北京人说："他们说出话来都有些源远流长似的，他们清脆的口音和如珠妙语已经过数朝数代的锤炼，他们的俏皮话也显得那么文雅。"这，就是"天地入胸臆""物象由我裁""此中有真味"的北京文化表情。这些坦然、真实、自然、幽默、聪慧的文化表情，来自幽燕礼贤下士的黄金台精神、慷慨悲歌的侠义精神、以勇著称的尚武精神、多民族融合的民族精神。发展于辽金时期的南北杂处、彼此包容、规于礼制、"因俗而治"，形成了多元交融的风尚与民俗；成熟于元代宫廷文化、祭祀文化、市井文化、农耕与游牧并行的大一统文化；定型于明清的紫禁城、坛庙、十三陵、长城等城垣、园林、宗教建筑，尤其是清朝作为中国封建社会最后一个大一统王朝，其礼制建筑已发展到巅峰。帝王的都城，宫城、皇城、内城、外城的"普天之下，莫非王土"的皇家文化与市井文化高度融合，一代又一代的言传身教、耳濡目染，使北京人的血脉里、骨子里、记忆里都深深烙印着"不出户，知天下"的"万物自生听"的妙境。

京派熠熠

"天地氤氲秀结，四时朝暮垂垂，透过鸿蒙之理，堪留百代之奇"，这是清代著名画家石涛的艺术感悟。

《礼记》曰："大乐与天地同和，大礼与天地同节。"天地，是舞、是诗、是画、是音乐，是艺术家在天地物态中寻觅天趣，在宇宙万形中感悟生命，在"心源"和灵性的"造化"中表达人生真谛的深心自我。

艺术家就是要用自己的心源之光，透过一切物象的表面，把自己对宇宙生命的"妙悟"生发出的"妙境"展现给世人，达到"透过鸿蒙之理，堪留百代之奇"的艺术境界。

几千年来，尤其是北京建都800多年来，艺术家们留给世世代代的精神财富形成了独特的"京派"艺术奇观，可谓星汉灿烂，光耀千秋。

据有关部门统计，北京积淀了大量珍贵的非物质文化遗产，包括京剧在内的10多个项目入选联合国教科文组织"人类非物质文化遗产代表作名录"。

幽燕气韵是真宰。万物有源，万象有根。探寻北京的艺术奇观，探源寻根是究因之本。《易经》曰"天地氤氲，万物化醇"。人在天地万物环境中，感受生生不息的宇宙、物象、人事之变化，醇化出超于象外的精神镜像。

中国文化的差异，是统一的中国内部的地域文化差异。

"京派"奇观离不开最初地理、物候、人文特征所孕育的幽燕气韵的熏陶。西周时期召公封于燕，周礼开始发端，后燕代蓟，与以黄帝后裔为代表的本地蓟文化融合，以燕蓟为核心的北京地区游牧与农耕相融相通的幽燕文化开始形成。

幽燕文化礼贤下士的黄金台精神、慷慨悲歌的侠义精神、以勇著称的尚武精神，加之多民族融合的民族精神之内核，便成为北京艺术气质最初的基因密码。

之后，幽燕文化在多个民族的文化融合中发展，北京逐渐成为辽的北方文化中心、金中都的文化中心和元明清以来全国的文化中心，并借此不断缔造出"京派"艺术的气韵。

风云际会得其妙。艺术之美，是超越时间、空间、年龄、性别等诸因素的"动人无际矣"。

文学艺术的"通天"之妙，在于艺术家把丰富多彩的宇宙、社会、人性之美发掘出来，用文学作品予以呈现。

作为客体的艺术家，要创作出经得起历史锤打和检验的艺术珍品，除艺术家本身具备的情怀、灵性、修养外，主体的创作素材也很关键。尤其与主体自身所处的区域、时代，所经历的时代变迁，以及所接受的时代洗礼息息相关。

古老的北京大地，有着3000多年的建城史、800多年的建都史，尤其自春秋战国以来，幽燕大地历来是兵家必争之地。从古燕国的幽燕文化发源，到秦汉至隋唐的北方军事重镇的边塞文化，再到辽金时期的北方文化中心，最后到元明清时期的全国文化中心。这里，风云际会，险象环生。

"得幽燕者，得天下"，这里，一直是权柄、荣辱、善恶、美丑、得失的大舞台、利益场。

人间万境中，幽燕是晴雨表、万花筒、照妖镜。五代时，石敬瑭割"燕云十六州"送辽，契丹改幽州为南京，到金灭辽再灭宋，迁都燕京改称中都，再到元明清的大都、皇都，各色人群在这里上演了一幕幕人生活剧，为艺术家提供了独特的创作素材。

这些景象，是中国大地上绝无仅有的创作素材。

百花争妍留青史。在燕京这块神奇的土地上，上到帝王将相，下到平民百姓，上到御用文人士大夫，下到一般官吏，都喜爱文学艺术。风尚之下，万木齐发，百花竞开，至今仍在中华民族的艺术长河中熠熠生辉。

据记载，辽圣宗幼喜书翰，十岁能诗，并晓音律。辽兴宗好儒术，通音律。随着大批契丹人南下定居，在草原游牧文化的影响下，燕云地区形成了独具一格的"北方画派"。

金时，金世宗以女真字千部《孝经》分赐护卫亲军学习，还创作歌曲供女真族演唱。据记载，每逢婚嫁、宴会、大型活动，女真人都有歌舞活动。

元世祖忽必烈定都大都后，大兴礼乐，命人编纂《大元一统志》和修订《授时历》。诸多举措吸引了一大批文学家、艺术家来到大都，如戏曲作家王实甫、杂剧巨匠关汉卿，元曲代表作家马致远、贯云石，书画巨匠赵孟頫、康里巎巎等。

明代文化昌盛，典籍刊印盛行，北京文坛始终执全国牛耳，呈现出丰富多彩的京师文化盛景。文学领域，有相继崛起的"前后七子"和主张文学应随时代发展而发展的"公安三袁"；书画领域，有创造"书中有画，画中有书"妙境的徐渭，还有提出"南北宗论"画论的董其昌。

清代，四大徽班陆续进京，经与其他剧种和民间曲调融合，最终形成了国粹"京剧"。戏曲说唱的传播，也促进了小说的繁荣，这一时期诞生了曹雪芹的《红楼梦》、李汝珍的《镜花缘》、文康的《儿女英雄传》等作品。

近现代以来，催生出了大批京派文学者：蔡元培、陈独秀、周作人、梁漱溟、胡适、章士钊、李大钊、俞平伯、沈从文、林徽因、卞之琳、朱自清、汪曾祺、老舍……

新时代，首都艺术家们正在全国文化中心的康庄大道上，奋力谱写时代灿烂的华章。

匠心"都韵"

江山无限景，都聚一"都"中。今天，我们塑造彰显首都风范、古都风韵、时代风貌的城市特色，擦亮北京历史文化的金名片，进一步坚定历史自信和文化自信，推动理论和实践融合创新，推动北京全国文化中心建设，唯有此"都"无他物，坐观万景得全景。

北京文化的独特魅力、大国首都的文化创新，都能在建都史的"都韵"里继承、创新、绵延。这，就是北京文化创新的根脉。

北京因"都"而立，因"都"而兴，"都""城"关系是北京作为超大城市治理的逻辑线，是北京为高质量发展谋篇布局的指挥棒。围绕"都"的功能谋划"城"的发展，以"城"的更高水平发展服务"都"的功能，是北京高质量建设、发展的精髓所在。

北京3000多年的建城史、800多年的建都史，是探寻北京深厚历史底蕴、发掘北京独特文化魅力、传承源远流长的中华文明、北京文化，坚定文化自信的关键所在。"一花一世界，一沙一天国。"一花一鸟、一沙一石、一草一木、一山一水，承载着北京的无限深意、无边深情。心自旁灵，形自当位。"都韵"，就是北京的"花"和"沙"，是北京的过往和未来，四表无穷，势形万里。

禀赋天地心。山川景物，月落乌啼，云卷云舒，不可言传，只可意会，须凭胸臆构造，方能出神入化。"受命于天"，是首都的神韵所在。首都，既是国家的象征，更是天下一家、国家一统、民族兴盛的重要标志。从3000多年前周成王封召公于燕建城，到从北方军事重镇发展为金中都和元大都的陪都、首都；从元代"城方六十里，门十一座"之"都城套皇城、皇城套宫城"，到明成祖以居中轴正位外朝内廷为核心的"宫城、皇城、京城"新格局紫禁城建设；从被列入《世界遗产名录》的"周口店北京猿人遗址""大运河""故宫""天坛""颐和园""长城"等七大遗址，到800多年来一直执全国政治文化之牛耳。北京吐纳天地之气韵的"国都"色彩持续凸显绵延——政治一统、国家稳定、商业繁荣、文化兴盛，大江南北、长城内外，波澜壮阔的多民族、多地域文化特色在北京生生不息、创新发展。进入新时代，百年变局和世纪疫情相互交织，经济全球化遭遇逆流，世界进入新的动荡变革期，不稳定性、不确定性大幅增加，"国之大者"的首都北京与党和国家的使命紧密相连,首都功能作用愈发凸显,要求我们必须建设好伟大的社会主义首都、迈向中华民族伟大复兴的大国首都、国际一流的和谐宜居之都。

抚"都"众山响。南朝著名画家宗炳将所画的山水画悬挂于墙,对着画边弹琴边曰:"抚琴动操,欲令众山皆响。"乾坤万里眼,时序百年心。首都的历史文化,犹如一把竖琴,在祖国的巨幅山水画前拨动琴弦,万里江山、千年古都便在时光隧道的瞩目中流连、跃动,伴随着琴的旋律而响彻云霄。高山仰止、景行行止,首都的都城、城门、城墙、城楼、宫殿、园林、大运河、故居、墓葬、祠堂、院落、灵台、寺庙、胡同……无不表达着"万物皆备于我"的首都气韵。

进入新时代,"都韵"之妙境,更如对画弹琴,画中有韵,弦上之音,如天籁鸣唱,袅袅不绝。人民大会堂、天安门广场、国家大剧院、鸟巢、水立方、大兴国际机场、延庆世博园、冬(残)奥村、北京颁奖广场、国家速滑馆、首钢滑雪大跳台、副中心的"运河之舟""文化粮仓""森林书苑""大运河森林公园"、北大红楼、香山革命纪念馆、中国人民抗日战争纪念馆等,一系列"都韵"文化之气象在大国首都璀璨绽放。

灵光满大千。老子曰:"不出户,知天下。不窥牖,见天道。"从70万年前周口店北京猿人闪烁出人类的文明曙光,到4000多年前阪泉之战产生炎黄文明并推向中原和华夏大地;从幽燕文化到游牧与汉民族融合形成的北方文化;从辽的都城建设向礼规制,到金中都的供奉孔庙;从元大都的"究天人之际"的钟楼、鼓楼、太庙、社稷坛,到明清的紫禁城、天坛……正如刘勰在《文心雕龙》中所言:"目既往还,心亦吐纳。"首都灿烂的人文精神,是中华民族基因和血脉的重要部分,也催生了新时代

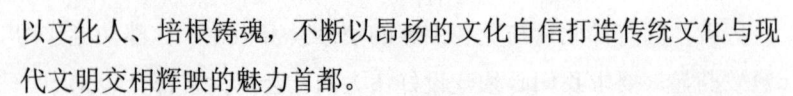

以文化人、培根铸魂，不断以昂扬的文化自信打造传统文化与现代文明交相辉映的魅力首都。

尤其是党的十八大以来，北京立足"四个中心"的功能定位，以高度的文化自觉不断推进全国文化中心建设。源远流长的古都文化、丰富厚重的红色文化、独具特色的京味文化、蓬勃兴起的创新文化，相得益彰，融合发展。正如诗人杜甫所云："俯视但一气，焉能辨皇州。"北京尽显悠久的历史底蕴和人文底蕴，尽显首都之美、文化之美。大美北京！

光影真宰

从最初的第一届电影季，到如今的国际电影节，从蹒跚学步到初长成，北京国际电影节已圆满完成了一个阶段的使命——北京国际电影节已是"芳苞初绽"，但是"香未浓"；已"开胸臆"，但还有"更高层"！

这个更高层，就是通过十多年的磨砺、借鉴、吸收、融合、发展，须抓住电影的核心就是作品，须用中华优秀传统文化的深邃、宏廓、纯美"强筋壮骨"，探寻出东方光影艺术的真谛，使其"茁壮成长"，正如《礼记·乐记》云："歌者，直己而陈德也，动己而天地应焉，四时和焉，星辰理焉，万物育焉！"

以此，打造出独具东方文化魅力的视觉盛宴，推动北京在世界城市建设中打造东方影视之都，成为世界看中国电影的"窗口"；推动电影节更加体现出"国际水平、中国特色、北京风格"，使其成为国际文化交流的重要平台、电影市场的风向标、新人新作的孵化器、城市文化的金品牌；成为最具国际影响力的电影文化交流盛会，以及国内外电影机构、影人、影迷、社会大众的节日盛典。

求本中探寻东方真宰。起源于法国的光影艺术，已有100多年历史，被誉为人类在创造了诗（文学）、音乐、舞蹈、美术（雕塑和绘画）、建筑和戏剧六种艺术之后，创造的第七种艺术。这种艺术传到中国也有百年了——1905年，中国第一部戏曲电影《定军山》在北京诞生。

这种艺术舶来品是科技发展的产物。是靠声、光、电营造出的音画效果。利用声、光、电讲述好东方大国中国的人类故事，表达宇宙的奥秘，揭示出星辰大海、万事万物生生不息的本源和规律，是具有五千年灿烂文明——中国的"气盛而化神"的独特优势。

五千年、百年、一个年轮，五千年的文化传承、百年的电影探索、一个年轮中寻求与国际接轨。走到今天，我们自省而自证，自会领悟出中国电影的艺术魂魄，树立起强大的文化自信，感悟出东方光影艺术的张力所在。

中华文化，源远流长。溯之伏羲河图，开文化之先河；黄帝开国，奠华夏之基业；尧舜继统，浩浩荡荡如天；上承易道之幽光，下开亿万世无穷之道统。与源自古希腊文明的西方文化"重逻辑、重方法，贵在就山论山、就水论水，知识是知识、真理是真理"相比，中华文化"重直觉、重证悟"，是"欲穷千里目，更上一层楼"的触景生情、发现事物的道（规律），在内心"别有一番天地"中揭示出事物的奥秘，达到"神悟境界"，进而生发出心灵境界、艺术境界。

这，就是中华审美的智慧、东方文化的智慧。那么，这智慧的本源又是什么呢？就是在以德长物中，弘扬宇宙的真、善、美。

这应是中国电影美学，尤其是当下中国电影打造东方光影艺术的立足点、出发点，是中国电影有别于西方电影的根本所在，是中国电影强势"出镜"，缔造东方电影魅力的独特优势。

天下皆宁中探寻叙事。被称为"宇宙魔方"的中华文化之源的河图、洛书，是中华祖先最早用"1—10"和"1—9"数字，描绘天地生成、万物变化的艺术表达。后来，伏羲、神农又作琴弦，从弦上、管上发现数字比例变化而演变出的音律，逐渐产生了中国的音乐。《易经》则用"长、短"线条，演绎出天地万物的变化规律——"穷理尽性以至于命"。再后来，中国的书、画，也都是由线条的长、短、纵、横、开、合等，构成千形万象的艺术表达——把天地宇宙间的"天之理，道之理，人之理"，以及"尊道贵德"的生命大美表达得淋漓尽致。其中的奥秘和真章，至今"见仁见智"，渐成中华艺术的瑰宝。这种高深的叙事表达，是中华文化"天马行空不住空"的独特审美气象。这气象，揭开了中国艺术的帷幕。

而西方音乐，产生于希腊哲学家毕达哥拉斯发现琴弦上的长短和音高成数的比例；西方的绘画则是用解剖学、透视法、光影凹凸的意韵来表达创作的意境。

中、西比较之下，创作的起源、着眼点、表达方式等均有差异，表达、叙事更相迥异。这就是中国艺术、东方艺术创作应有别于西方艺术创作的要义所在，更是中国电影创作须牢牢把握住的根和魂。

"《诗》三百，一言以蔽之，曰'思无邪'。"这是孔子对《诗经》的评价。"思无邪"的纯美，就是中国的叙事之本，构成了中国人的生命情调、艺术意境。《史记·孔子世家》载："与齐太师语乐，闻《韶》音，学之，三月不知肉味。"韶即舜乐。孔子于音乐，有深嗜、有素养，能在韶乐中移情，三月不知肉味，是韶乐如婴儿般的天真圣洁感染了孔子。因而《论语》载："子谓《韶》，尽美矣，又尽善也。"

尽善尽美，就是中国人的艺术审美境界。在尽善尽美的主张下，正如《乐记》云："乐行而伦清，耳聪目明，血气和平，移风易俗，天下皆宁。"用天下皆宁的艺术效果纯化人类心灵，应是中国电影的叙事主旨。

意趣超拔中表达人格。艺术的终极目的是塑造人格，表达出深入肺腑、惊心动魄的人性之美。作为第七艺术——百年前诞生的光影艺术，也是利用科学技术把人性的善恶、美丑、忠奸等进行艺术的表现，其核心还是利用科技手段对叙事主题的人格塑造、人性挖掘、精神境界的表达。所以，电影与其他艺术无二，其终极目标也是通过光影艺术表达出人格的独特魅力。

中华文明生生不息，古圣先贤为后世留下了许许多多可歌可泣、蔚为壮观、感天动地、让人荡气回肠、刻骨铭心的精神文化，如在"温良恭俭让"传统下，中国人讲究善行天下，"从善如登，从恶如崩""舍生取义""天下为公""犯我中华者，虽远必诛""为天地立心，为生民立命""一勤天下无难事"……这些绵延不绝、悠久博大、生气充盈的中华民族精神，就是电影艺术得天独厚的取之不尽、用之不竭的宝藏。

晚清学者辜鸿铭在《中国人的精神》一文中写道："真正的中国人，就是有着赤子之心和成年人的智慧、过着心灵生活的这样一种人。简言之，真正的中国人有着童子之心和成人之思。中国人的精神是一种永葆青春的精神，是不朽的民族魂。"如果说中华民族精神是青春永葆的精神，是不朽的民族魂，那么，中华民族精神不朽的秘密就是中国人心灵与理智的完美结合。

从艺术表达来看，这种意趣超拔的中国人精神，在动态中有静，静止中有动，这，就是灵魂与躯体、表象与人格的完美写照。这种写照，是世界上独有的生活美、中华美、东方美。

我们要善于利用光影技术淋漓尽致、逼真通透地表达，让观众在回肠荡气中欲罢不能，这，应是打造东方光影"内秀"的"一招鲜"。

天地同和中展现境界。《道德经》云："人法地，地法天，天法道，道法自然。"老子用一气贯通的手法，将"天人合一"的天、地、人，乃至整个宇宙的生命规律精辟涵括、阐述。

老子告诉我们，宇宙自然是大天地，人是小天地。人和自然在本质上是相通的，故一切人事均应顺乎自然规律，达到人与自然的和谐。

因此，人应该热爱生命，热爱大自然，这样，就能领会所有生命的语言，时时处处感受到生命的存在，与大自然的旋律交融相和，达到与大自然和谐共存，人与物质、物质与物质极度巧妙完美地结合，达到"万物与我为一"的精神境界。

天人合一，不仅仅是一种思想，更是一种状态。"天人合一"哲学构建了中华传统文化的主体，也是中华灿烂文化的根脉。这种观点与西方"进化论"强调物竞天择、弱肉强食、自然淘汰并造成人与自然割裂形成鲜明对比。这也是中国审美的"天人合德，万变定基"的艺术大道。

北京国际电影节设立天坛奖，就是以"天人合一，美美与共"的中华文化为引领，发现全球最新佳作，鼓励电影多样性的节日表达形式。而如何真正把"天人合一"的文化内涵赋予中国电影创作，乃是关键所在。

《乐记》云："大乐与天地同和，大礼与天地同节。"中国悠久的宇宙观念与艺术见解，是我们把握中国电影创作的独一无二的法宝。

"十年磨一剑，扬眉剑出鞘"——走过10多年的北京国际电影节在专业化、国际化、市场化上已向前迈出了可喜的一步，如从首届的开幕式、展映、论坛、洽商、音乐会等六个板块，到如今的"天坛奖"评奖、开幕及红毯仪式、北京展映、电影嘉年华、大学生电影节、闭幕暨颁奖典礼、"电影+"等九大主体板块；从最初的来自国内外42个国家和地区的160部影片集中展映，到2022年来自88个国家和地区的1450部影片报名参评，汇聚了世界电影优秀成果，增进了国际电影交流合作，推动了跨区域、跨文化的电影传播，实现了电影人和电影资本的跨文化合作，拓展了国产电影国际传播空间、推动了中国电影"走出去"。

但是，电影产业的核心就是电影，如果没有电影创作，电影的其他环节都将不复存在。如何在发挥自身优势办出特色和提升国际影响力的同时探寻出中国人的精神和东方光影艺术的叙事表达是我们的终极目标。

较之这一目标，我们任重而道远。让我们继续努力！

后记

提笔撰写《北京九美》，缘于多年亦师亦友的《北京青年报》主编潘洪其先生的约稿。记得两年前，洪其约我写写北京的历史文化，我很勉为其难。因为我知道自己一是历史知识匮乏，二是学问尚浅，三是把握不好皇城的"脉"会"剑走偏锋"，四是写不出皇都的神采和韵味，五是古都的文学推介已佳作如云，自己是"老虎吃天，无处下爪"呀？！

在一连串问号和疑惑下，"赶鸭子上架"的我被洪其先生每周一期的专栏逼上了"绝路"，在2022年8月开始了都城的审美之旅——立足幽燕大地、回眸北京历史、放眼首都文化，在哲学沉思中开始了文学游走！

就这样，第一篇《妙造自然，万象北京》，把北京文化的充实之美、灵性之美、贵在有"神"凝缩概括后介绍给读者。文章刊发后，获得了一定的好评。紧接着，又有了《匠心"都韵"万古新》《由美入真的"京味"文化》《民俗流出人心大美》《京派熠熠百代奇》等多侧面审美北京文化的小文，也不断得到读者的喜爱和好评。

在"牛刀小试"中，我终于鼓起了勇气，一头"扎进"北京这座既熟悉又陌生的城市，开始梳理起21世纪初，我自海南步入首都北京工作、生活后的岁月，尤其梳理这些年来，我与这座城市亲密接触的点点滴滴。以此为起点，我常常流连忘返于五大世界文化遗产长城、故宫、天坛、大运河、颐和园，以及自己亲历的"双奥"盛典等，情驰神纵、灵魂超拔！此时，我知道，其实我早已与这座城融为一体了！我早已是这座宏伟城市的一分子，小小的一分子！

就这样，在饱含热泪中，我开始了自我灵魂与这座城市的碰撞和对话，开始在"心灵映射万象"中，跳出绚丽万象的景物而"深入宇宙""澄怀观道"，开始了大美北京的书写。就这样，有了心海流出的系列文章《"双奥"神韵，美美与共》《千古绝唱长城长》《上善之水运河美》《天境万景永定河》《旷世绝美话故宫》等，尽把哲学思考后的北京之爱、北京之美、北京之魂、北京之千秋表达出来！

作品能结集出版，要感谢全国政协常委、副秘书长，民盟中央专职副主席，中国美术馆馆长、二级教授、博士生导师，中国文联全委会委员、文艺工作者职业道德建设委员会副主任，中国美术家协会副主席，中国城市雕塑家协会主席吴为山尊师的厚爱、关怀，为小书惠赐墨宝、题写书名。

感谢中央文史研究馆馆员、国务院参事室新闻顾问、光明日报原副总编辑、中国韬奋新闻奖获得者、中国政府特殊贡献专家赵德润尊师的厚爱、关怀，为小书作序。

感谢中国人权发展基金会特邀理事黄晓京大姐等人的关心、厚爱和支持。

感谢朝华出版社的精心编辑、出版。

由于本人水平有限，书中谬误在所难免，欢迎读者批评指正。

2024年8月于北京沁园